严歌苓 —— 著

妈阁是座城
A CITY CALLED MACAO

他们前边低飞着一只灰乎乎的海鸥。

晓鸥心里急煎煎地想赶它走。

千万不要谈起我美丽的名字。

海鸥在打他俩的主意;活着的人类总会产生垃圾。

人类垃圾紧扣着海鸥的食物环链。

这是一只有前瞻意识的海鸥,

守望着它食物环链的出产源。

人民文学出版社

图书在版编目（CIP）数据

妈阁是座城／严歌苓著．—北京：人民文学出版社，2017
ISBN 978-7-02-013379-6

Ⅰ.①妈… Ⅱ.①严… Ⅲ.①长篇小说—中国—当代 Ⅳ.① I247.5

中国版本图书馆 CIP 数据核字（2017）第 231926 号

责任编辑	刘　稚
装帧设计	刘　静
责任校对	韩志慧
责任印制	苏文强

出版发行　人民文学出版社
社　　址　北京市朝内大街 166 号
邮政编码　100705
网　　址　http://www.rw-cn.com

印　　刷　三河市航远印刷有限公司
经　　销　全国新华书店等

字　　数　219 千字
开　　本　880 毫米×1230 毫米　1/32
印　　张　13.375　插页 11
印　　数　65001—85000
版　　次　2014 年 1 月北京第 1 版
印　　次　2019 年 5 月第 4 次印刷

书　　号　978-7-02-013379-6
定　　价　39.00 元

如有印装质量问题，请与本社图书销售中心调换。电话：010-65233595

♠ 引　子

梅家跟普天下所有中国人都不一样。假如他们的不一样被人咬耳朵，被人当冤孽，梅家人才不在乎。梅家人——其实就是梅家的女人，因为梅家上溯五代的男人都不作数。从现在——二〇〇八年往上数，就数到了梅家五代上面那位祖奶奶，娘家姓吴，当时乡里人都叫她梅吴氏，也有叫她梅吴娘的。眼下活在二〇〇八年的梅晓鸥更愿意叫这位祖奶奶梅吴娘。梅吴娘产的第一个孩子是个囡，第二个也是囡，到了第三个囡，婆婆连催奶的甜醋子姜煲猪手都舍不得给吃了，认为一个小赔钱货还不值一砂锅猪手甜醋的钱。但梅吴娘拒绝在婆家低声下气，相反，她不知廉耻地当众把二囡顶在头顶，十个月的囡，嘴上笑着，下面一泡尿就从母亲的头上流下来。梅吴娘一动不动，听任小囡的尿在她上过刨花油的头发上滚成珠子，滴落得一肩膀。直到小囡把那泡长尿舒坦撒完，她才跟周围目瞪口呆的邻居解释，小囡有个毛病，撒尿不能分心，一分心尿就憋回去了，要是憋坏了腰子，是个讨债的男仔就算了，坏个把腰子不算什么，我们囡金贵啊！一街的邻居都咬耳朵，说梅家这个能顶两个后生做活的媳妇其实是个疯女。

到梅吴娘生第四个孩子时，她什么都自己来了：端了一铜盆热水，甩了条家织手巾进去，把人都赶到大门二门外，再插上门闩，一声不吭就把小人儿下在蓝白细格的被单上。等她开了大门二门出来，人们问：男仔女仔啊？她指指二门里的一片阴暗：去看吧。婆婆床上抱起一个死仔来，是个男的。

过了两年，梅吴娘的老公梅大榕从番邦回来，让梅吴娘又大起肚子，九个月后，新添的人丁出了娘胎就吹喇叭，嘹亮得几里地都听得见。而门一开人们看到的却又是个死仔，也是个男的。

隔着一百多年，在机场等候误点航班的梅晓鸥想象这个祖奶奶如何麻利地把男仔一个个头朝下按在半满的马桶里，心里数"一、二、三、四……"好了，讨债的回去了。梅吴娘就这样连着杀死梅家三个男婴。婆婆举着烧火棍上来，嘴里不干不净，说一年六七担米就喂出一口生赔钱货的×，生出的男仔个个是死的！梅吴娘手大脚大，烧火棍哪里挨得着她？不知道在她碗口粗的腿上断掉多少烧火棍。她一面攥紧婆婆的烧火棍在膝盖上撅，一面还要纠正婆婆：囡能赔多少钱？一百个绑一块也赛不过梅大榕的一根钱毛！后来公公婆婆老弱了，全凭梅吴娘伺候，也就都乖顺起来，不再敢提专门生赔钱货的往事。只是在听说乡间谁家新媳妇生了囡的时候，老夫妇便会得到一点阴暗的慰藉，相互分享些不可告人的恶毒快乐：福分够薄的，头生是个囡。梅吴娘便会悠悠地吸一口水烟，回敬他们说：囡好啊，哪点不好？不赌，不嫖，不抽，不喝，荒年来了不上山做土匪，出息了也不会挑唆大家造反推翻朝廷，囡没哪点不好。公公婆婆如今都不惹她生气，都是不顶嘴不抬杠的乖老人，因为他们的儿子都留在番邦了，人不回来钱也不回来，家里养蚕种地全靠梅吴娘一双大脚两只大手，最忙的时候，梅吴娘出嫁的囡会从婆家回来两个，凑成三双大脚六只大手，田里、集市地跑，因此别家还在忙，她家早闲了。

祖奶奶梅吴娘把三个男仔溺死在马桶里的传言，谁都没法证实，不过人们都认为她是干得出来的；她太怨恨太小看男人了。嫁到梅家之前，梅吴娘的娘家村里就都是梅大榕这样的男人，出洋去番邦淘金沙，死了一半，活着的带上全部金沙兑换的钞票钻进赌档丢光，只能再回去做驴子拉铁轨、拉枕木，因为金沙已经不给黄面孔的华人淘了，硬要淘就收你高过白面孔鬼佬五倍的税金。梅吴娘的老公梅大榕花了几年工夫淘出一把金沙，归途中拿出家里带给他的定亲画像，画里是个有眉有眼，有肥有瘦的十六岁女仔，一把金沙换的钱给她盖一幢藏娇碉楼，再给她打一对金耳环、一个金戒指应该足够。当时东莞、惠州一带风气就是俊俏女仔家里只收出洋男仔的帖子。梅大榕到达家乡码头之后，却连画像上的吴姓囡都没见一面就原船返回了番邦。因为他连见吴姓女仔的洋服和鞋子都没有了，都在船上的赌桌上输出去了。

机场广播响了，为北京开来妈阁的飞机继续误点致歉。晓鸥看了一眼手表，飞机误点两个多小时了。而梅大榕当年结婚误点可是误了十年。头回他回家结婚之前，用几颗金沙给没过门的吴姓姑娘买了见面礼：一双山羊皮女士鞋，不顾尺码只图心意；一把番邦贵妇都打的镂花丝绸伞，人多了遮面目，人少了遮太阳挡灰尘。除去船票钱，还剩五十多块美钞，一小半用做拜堂，一多半用做盖房。像所有淘金返乡的中华男子一样，阿祖梅大榕穿的是旧货店买的洋服洋帽，拎两个洋面口袋，里面装着回乡赠送亲朋好友的洋物件，从用剩了一半的香粉盒到吃空的糖果罐。船是中国公司的汽船，上船当晚就有二十个人入了底舱的赌局。梅大榕还不是头一批沦落

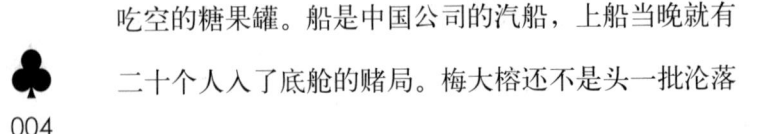

的人，并不是因为他品格比同伴高，而是他上船晕了三天海，晕得命都不想要了。第四天发现一帖治晕海的妙方：赌钱。一赌他可以不饿不渴不困不解手更不晕船。底舱摆开二十张桌子，骰子和骨牌同时碰撞，金玉一般悦耳，响得人什么心事都没了。一个半月之后船靠广东岸，一半人上岸，一半人随船返回番邦金山城，继续打山洞，铺铁轨，要么填海造田让洋人收粮。因为这一半人的钱在船靠岸前输光了，连返航回金山城的盘缠还是跟航运公司赊的账。

所以梅吴娘头次坐花轿的指望落空了。听说梅大榕连船都没下就返回金山城，十六岁的她以为画匠把自己画走了样，人家给画中人吓回去了。吴家人诚惶诚恐，收下梅家又一份厚礼，更是不敢打听缘由。直到梅吴娘终于坐上花轿，入了洞房，才从新郎梅大榕口中得知缘由。新郎把三次原途返回金山从而把梅吴娘从十六岁耽误到二十六岁当成毕生最大功业讲给她听。梅吴娘这才明白娘家人何敢源源不断收到婆家厚礼的原因。梅大榕第四次登上回国返乡娶新娘的汽船，便用刀割开手指，喝了一碗血酒，对大洋盟誓，假如再赌，大洋对他千万别客气，让千般海兽万种鱼虾零食了他。航程过半时他的手指刀伤痊愈，突然捡到一块光洋。他允许自己只把这块光洋玩出去。一块光洋玩成十几块光洋。他没想到那十几块钱出奇地经输，输出去又赢回来，远远看到家乡山影时总算全输光了，可是轮船将抛锚的一刻他又大赢几注，十几块钱变成了一百多块钱。他一登陆赶紧把从小新娘等成老新娘的吴姓姑娘迎娶到梅家。

洞房花烛夜，等到了二十六岁的梅吴娘听到的就是新郎的这桩丰功伟业。梅大榕于是被乡里乡亲当成了王。背朝天面朝地做苦力挣来的房屋田亩算什么？了不得的人都是一眨眼掉进钱堆的。这一种财叫横财，是命给的，什么比命厉害？梅吴娘在洞房里那一刻就知道新郎会怎么收场。新郎在家闲了几年，看着自家的楼起来，看着桑林一片片扩大，绿了又枯，枯了又绿，看着桑蚕渐渐肥了，做出茧子，变成蛾子，轮回往返再而三，同时也看着梅吴娘生下一个囡又生下一个囡再生下一个囡，看得他日日哈欠连天，懊恼自己一筒烟工夫得来的钱怎么去得如此艰难滞慢，还想不通在船上钱来时那样石破天惊，而钱去时竟跟亿万众生毫无二致：战战兢兢无声无色。他早听说一个并不遥远的地方叫妈阁，摆着千百张赌桌；充满三更穷，五更富，清早开门进当铺的豪杰。可惜妈阁给另一族番邦占去好多年，反而不让他梅大榕这个本邦人随便进去。就在妈阁海关外面，梅大榕找到一个赌档。那一夜钱去得一泻千里。第二天他回到家便打点行李，赶下一班船过海返金山城。梅吴娘问：不是说再也不去做白鬼佬的驴子拉铁轨了吗？他懒得回答，背上行李出村了。前脚他上船，后脚来了收楼收桑田的人。梅吴娘背一个囡抱一个囡身后还跟一个囡，半张着嘴看人家内外丈量，一面跟按了梅大榕指印的契约核对。

幸亏那年茧子涨价，也幸亏梅吴娘一个人劳作惯了从不指望横财偏财，把卖茧的钱拿出来，买回五十棵桑树。第二年、第三年蚕茧价钱更好，梅吴娘不再卖茧，而在镇上赁下一间缫丝坊，自产的茧子自家缫成丝，所以梅大榕再次两手空空回来往她肚里填孩子时，她已经开了三间缫丝坊，二人之下，百人之上；二人，是她的公婆。梅大榕看见女人的肚子又大起来，嘱咐她一定要生个男仔，便扭回头去金山城了。

梅大榕在四十五岁上带着他的一百一十一块美元从金山搭船返乡。那一百一十一块钱是他的一只耳朵换的。修筑加拿人通美国的铁路时，他跟几个华人苦力一块埋炸药炸石头，一块飞石削掉了他的左耳。老板从保险公司为他要来一百一十一块钱。上了返乡的汽船后，这笔耳朵钱让他乍富又穷、穷了又富，三更做乞丐、五更做老财，横渡太平洋的航程几千海里，他经历了几十种人生与几十种家境，最终还是跟娘胎里出来一样干净，身上估衣店估来的里外衣服都输给了别人。他说：我姓梅的不会赖的，下船之前一定把衣服扒给你。梅大榕说话算话，投海前把那至少比他身量大三个尺码的黑色洋服和汗衫底裤全扒下来，一一搭在了甲板上。

因此梅家五代之后的女性传人梅晓鸥看见妈阁海滩上时而打捞起一个前豪杰时，就会觉得咸水泡发的豪杰们长得都一个样，都是她阿祖梅大榕的模样。

假如梅大榕的遗腹子不是让梅家老人及时营救的话，就不会在二〇〇八年十月三号这天存在着一个玉树临风的梅晓鸥了。

她感觉太阳光哆嗦了一下。也许风眼就要过去了。

误点了五个小时的飞机假如不在台风的风眼过去之前降落，她的等待就会不可预估地延长。再等十一假期就等短了。就是说，让那个人倾家荡产的概率就小了。晓鸥的客户们都被她在心里称为"那帮人"，今天来的是个单打独斗的大客户，所以就是"那个人"。她存心忽略客户们的姓名；有名有姓的人容易让她用意气，动感情，而掺了意气和感情，她不会有如今的成功，尽管她从不敢细想她到底算干什么的。假如要她填一张身份表格，职业这一栏就必然要填入"自由职业"。自由职业者是个辽阔的灰色地带，藏龙卧虎，藏污纳垢。画家、作家、音乐家、盲人推拿师、维修手机和电脑的、站街女、按摩女、报刊撰稿人，都算自由职业者，当然也包括梅晓鸥这类给赌场贵宾厅拉客户做掮客的。晓鸥这行在妈阁有个头衔，叫"叠码仔"。鉴于她在身份表的性别栏目中填写的是"F",那么她知道一些赌客背地里会称她"叠码囡"。比方"把自己还挺当个人,不就是个叠码囡吗?"一般出来这种不屑之词,都是在她向他们讨赌债的时候。

终于听到广播员说从北京飞来的飞机要降落了。时间是下午五点半。风每分钟都在提速。台风在和飞机赛跑。停了一会,另一个女广播员开始呼叫几个台湾乘客的名字,请他们立即到登机口,飞往台北的飞机马上要起飞了。都是男人的名字。那几个台湾男同胞在赌台上迷途忘返了。也或许他们输光了钱,直接上了去索莫娃或阿拉斯加的远洋渔船,用一年生命换一笔高薪,为了还能回到妈阁来收复失去的筹码。就像晓鸥的阿祖梅大榕一样,在美国旧金山和老家东莞之间、在富庶和赤贫之间往返,最终壮烈自尽。原来海峡两岸,往昔今夕,彼此彼此。女广播员叫喊的音色都变了,像傍晚在野坟地里喊魂。

那个人从海关出口向她走来。她斜一眼手里的接人告示,重温了一下上面的黑体字:**Kevin Duan**。曾经发生过把这个人和那个人的名字混淆的事,那是比较得罪人的,尤其是自以为独特的人。她向前迎了一步,微笑说段总辛苦了。段姓男人很矜持。他们在开始时都很矜持。所有的开始都很好,但都离他们落花流水不远。梅小姐辛苦了,让你久等啊。对着一张矜持的面孔,她怎么也叫不出老刘告诉她的名字。水电部的副司长老刘在电话里跟她说,就叫段总Kevin;老刘用山东侉音发出带平仄、带儿化音的洋名字,说段总乐意女人叫他"凯文儿"。从海关出口那道长长的围栏走出来需要三分多钟。沿着围栏站满各旅行团、各酒店接客的人,一张张甲方对乙方的公文脸。而段凯文在几分钟之后变了,晓鸥形容不了这种变化,但她感到他变成了一个和"那帮人"有区别的人,假如和他单独在电梯里相遇,她会希望和他搭讪几句。段总个头挺拔伸展,腹部弧度不大,鼻梁端正,脸上的中年浮肿不严重。接下去,在晓鸥的车里,她发现他谈话量适中,得体地亲热,还有种不让她讨厌的当家态度。渐渐地,他跟老刘介绍的凯文儿不是一个人了。

老刘怎么介绍他的呢?一年挣几个亿,北京三环内几个楼盘已经入住、五环外几个楼盘正开盘的大开发商,上过财富杂志和各种大报小报的成功人士,一年赌桌上玩个把亿,那是段太太娇纵他出来怡情消遣的。老刘是晓鸥十年前认识的客户,自己把一点私房钱玩光之后就热心带朋友来妈阁玩。老刘热心地看朋友下注,看朋友输赢,手头宽裕时就跟着朋友下几注,输了赢了一样好脾气,输了的朋友事后诸葛亮,他就顺水推舟送几句懊悔,赢了的朋友发小费请喝鱼翅羹他沾光却也凑趣知恩。

老刘还告诉晓鸥,段总玩一次不容易,哪来的时间嘛,因此玩就玩大的。多大?"拖五"。梅晓鸥遇到过"拖十"的,世面不是没见过,但她还是拦了一把:别拖五了,拖三吧。飞蛾撒欢地扑火,晓鸥拦不了飞蛾,她只能拦火。她不拦自己也要焦一半。"拖三"是个黑玩法,台面上跟赌场明赌,台下跟晓鸥这类"叠码仔"暗赌。若拖五,台面下输赢就是台面上五倍,万一段凯文赢了,等于在台面下赢了五个梅晓鸥。晓鸥听老刘在北京用手机和段总通电话,存心让晓鸥听两人商讨。老刘连哄带劝地说:"段总啊,人家梅小姐不同意拖五,人家一个小姐,怕输不起;您看您能不能退一步,咱跟她玩拖三?"在妈阁的梅小姐听见北京的讨论往来几个回合,最后段凯文遗憾地退了一步:那就拖三。老刘告诉她,段总顾念你小姐,怕你紧张。

"梅小姐的名字不错啊。"段总在车后座的黑暗里说。

"谢谢段总!"

她答话的腔调把阿专惊着了,飞快瞟她一眼。阿专给晓鸥当了五年司机兼保镖、助手,听他女老板拿捏嗓音是有数的几次。女老板的名字过去给客户们夸过,她下来自己说,什么好什么美?海鸥是最脏最贱的东西,吃垃圾,吃烂的臭的剩的,还不如耗子,耗子会偷新鲜东西吃。梅晓鸥从来不避讳一个事实:自己跟鸥鸟一样,是下三滥喂肥的。

"听说梅小姐是北京人。"段凯文说。

"现在有点南方腔了是吧?在妈阁住了十年了。听说段总是清华毕业的?"车里很暗,但晓鸥把笑容搁在话音里。

"我上大学那时候,比现在好考。"

这又是段凯文不同寻常之处。讲话讲七分,不讲满,调子比一般人低半度,低得你舒服,再低就会假。偏偏这么个人要"拖五",前天好一场劝说,出于怜香惜玉之心才答应退两步。

台风就在车窗外,胀鼓鼓地挤着宝马740的玻璃窗。老刘晚上一定不会来了,不然飞机会被刮翻。这一夜她要和段凯文共度,在台面下和他单独厮杀,没有老刘在场,她突然觉得拘束,就像男女头次相面,媒人突然缺席。

到达金沙酒店之后,一切如常;出示护照,开房间,放行李,这期间梅晓鸥左右伺候。柜台里的人认识晓鸥,打招呼说梅小姐晚上好,忙着呢?她注意到打招呼的人对段凯文的打量,他们似乎也像她一样,觉得这位"总"比其他"总"顺眼,是一位有料的"总",十年寒窗从山东乡下进入清华,从清华进入"宏凯建筑集团"他那一层楼大的办公室，所有经历似乎都充实在他笨鸟先飞的稳健做派中。段总跟着一个年轻员工上楼去搁行李，回过头对晓鸥嘱咐一句："别跑远了，我马上下来。"

不知怎么，这句话也让晓鸥听得顺心。

讨她喜欢的另外一点是段凯文不急于去赌场。他从客房下来先邀请梅小姐喝一杯。晓鸥半玩笑地说，一般情况下饮就不能赌，赌就不能饮，一夜只能造一种孽。段总说听她的。但他的微笑告诉她，他才不会听她的。他有个好看的笑容，丝毫不带有钱的中年男人那种少廉寡耻。这人是哄女人的好手，不然就是女人的好猎物。

来到VIP厅的时候，三张台子都给占了。一张台子边放了一个客房送餐的手推车，玻璃台面上搁着一海碗面，一大盘青菜。段总在离入口不远的地方站下来，观望着每张桌上的人等。当他看见从海碗斜上方伸出一颗秃脑袋，张开口就往嘴里稀里哗啦地拖面条，他对晓鸥笑了一下。这正是晓鸥想对他笑一下的时候，而段凯文恰好成了她的同感者：这厮怎么如此没有相？嘴就搁在碗沿上，面条直接从碗里往喉咙里抽，泡浑了的汤水成了一口塘，从中往外打捞一捆烂绳子也会比这图景好看。

默契有了,晓鸥就不再有那种跟陌生男子单独相面的拘束。她把预备齐的五十万筹码交给段总。

段总向左扭头,避开吃大碗面的秃头,向一号桌走去。段总坐下之后看了一会电子显示屏上的"路数",四根蓝色"闲"路从上方贯通下来,晓鸥料到段总会打"闲",他却把十万筹码推上了"庄"。

一口气还没喘出来,段凯文赢了,十几亿的身家又添了四十万的财富;台面上赌场赔他十万,台面下晓鸥赔他三份十万。难怪他敢拖三,知天命的。梅晓鸥想到自己祖先梅大榕赢钱引起乡邻们敬神般的心情:人家那是命;什么比命厉害?梅晓鸥没招他没惹他已经欠了他三十万。

他把赢来的钱一把推上去,二十万。当然不止这些,台面下还拖着晓鸥的六十万。真是爽,又赢了。段总连闯两关凯旋。他侧过脸对她笑笑,不好意思似的。台面下晓鸥欠他九十万了。他再一次一推,四十万筹码堆成一个小堡垒。他邻座的人看好戏地看着那个小堡垒,又看看堡垒对面的女荷倌。女荷倌的面孔平板得如同纸牌,眼睛平视前方,邻座们都不敢押注,由段总一人"闯三关"。所谓新客上台闯三关,无非就是把头两把赢来的筹码和老本一块押，闯过三关意味开张大吉，赢不赢势头是大好了。但段总在即将闯第三关的最后一秒钟变卦了，突然伸出两手盖在筹码上，迟疑一会，把晓鸥刚才交给他的所有筹码都往前一推：八十万。那么台子下跟晓鸥暗赌的就是二百四十万。晓鸥听见自己耳朵眼深处呼呼地响，脑浆的激流在撞击脑壳。十年做女叠码仔，什么货色都见过，像眼前的男人这样杀人不眨眼地酷，她没有见过。或许他是真富翁。不像百分之九十的富翁那样，你永远别想搞清他有多少是贷款，多少是集资，多少是明天进来的钱昨天已经花出去了。贵宾厅内冷得奢侈，晓鸥额上和鼻尖却沁出汗来。段的八十万赢了的话，晓鸥在台面下就得赔给他两辆宝马740。她不是因为即将输钱不安，是因为此人干得太漂亮了，像是早就算好路数，来给她和赌场下套的。

比黑桃五更没表情的女荷官翻出一个八点。好牌，想好过她必须是九点。段凯文盯着那个八点至少盯了十秒钟。晓鸥慢慢转过身，但刚转过身就忘了自己转身要去干什么，于是她又转过来，发现台子两边的人都一动不动，跟她转身前毫无变化。

还是那个方块八仰面朝天躺着，其他的牌仍然背着脊梁。没有人出声，那个拖拉面条的秃顶改为拖拉蔬菜。

粤菜可恶之处是从来不把蔬菜切断，所以让秃顶的坏吃相污染视觉也污染听觉。而这呼啦呼啦的油水加口水的声音丝毫不打扰段凯文。

女荷倌的蜡黄脸偏倚一下。她的不耐烦表示得很微妙。

这也不打扰段总。晓鸥看着段总的侧面，一根通天鼻梁插在两边被地心引力拉得微微卜坠的脸蛋之间，相当不错了，十几亿挣下来，无数小三儿穿梭过来，只在这面相上留下这一丝儿腐败模样。

段凯文右手一抬，掌心朝上，荷倌等了近一分钟，现在欣然翻开她面前的第二张牌。一张黑桃J。荷倌那方面好运到头了：八点。段总这一方要用最高点数九点赢下这一局。他以出人意料的痛快手势翻开第一张牌：红桃Q。

什么兆头？

不知为什么。他扭头看着晓鸥。晓鸥不知自己是否正确演出了他无声的词汇：来，坐在我身边。晓鸥坐在他旁边的椅子上，见他捏起牌的一角，一点点往外捻翻，像是把它见不得人的面目一分一毫地揭露。旁边围了八九个看客,此刻都在起哄："四边！四边！"至少是九点。段总押的是"闲"，真是"四边"都出来的话，晓鸥那几千万家产就要出现二百四十万的亏空。而此刻她忘了自己跟赌场是一条战壕，必须与段凯文你死我活；他的一败涂地提供她和赌场（包括眼前的女荷官）衣食住行。她心里却有种焦渴；快翻出"四边"来吧，快赢吧！

段凯文的手短粗有力，仍在一点点揭示那薄薄的纸牌包藏的秘密。翻了牌的这一侧，又把牌调过头，翻那一侧，因为从这一侧看，像是"四边"了，纸牌在他的手下备受蹂躏，从通体光润到筋断骨折。渐渐地，纸牌暗藏的嘴脸全部显露了，周围一圈人大声喝彩，紧接着出来几个追悔的事后诸葛亮："我就知道是四边！""刚才想跟着押一注，一念之差没押！""妈的！"

四川话，东北话，河南话……谁都听得懂谁。都是来自五湖四海，为了一个共同的发财目标走到一起来了。

躺在台子上的是苍老的梅花九，布满皱纹，鞠躬尽瘁。段凯文收回两只手，在裤腿上抹了抹。这回他没转过头来向晓鸥微笑，表示不好意思，因为硬从她手里夺得了一笔巨款。刚才那一注她在台面下给他拖进去二百四十万，全没了，加上前面输的两注，一共三百三十万。怪不得他脸都不敢转，是不好意思表达他的不好意思。才半小时不到他就劫走她三百三十万，而她又有几个三百三十万来让人劫？她对他所有的好感顿时没了，抢走她三百三十万的人只能是凶残的敌人。本来就是敌人，一旦玩起"拖"来，她就从中介成了他的对手。她为刚才那个叛卖自己、胡乱多情的梅晓鸥发臊。

十年的叠码仔营生陶冶出她的风度，你不理我我理你："段总好手气！你先玩着，我去打个电话，看航空公司是不是取消了刘副司长那班飞机。"

他向她做了个微小的手势，请她自便。

她当然不是去打听航班，她打开手机拨通了老猫、阿乐，说她有一份货，自己吃不下来，愿意分给他俩各三分之一。货就是段凯文。在妈阁赌界，找同行分吃货就是分担风险。

老猫是精怪，马上断定这货已经赢了，赢了的货晓鸥分给他们就是眼下的亏空。晓鸥马上说这货前面的输赢归她自己，分吃从她和老猫、阿乐签了合同开始，公平了吧？十多分钟后，西服革履的老猫和阿乐到达金沙大堂，盟国代表签订瓜分世界的条约似的。老猫拿出规范合同，三人速速签名。老猫和阿乐都是这行里的油子，知道头三把大赢的客户只要屁股稳，坐得住，后来十有八九会大输。所以他们各认下三分之一的货跟晓鸥分吃。好，现在台面下是三个战段凯文一人。

等她回到厅里,段凯文输了一注。她的亏空小了一百来万。段抬起头,看见她回来了,由衷的盼望就在他的眼睛里。

"你一走我就输!"

"输得不多吧?"其实她扫一眼剩在桌上的筹码,心算结果就出来了。一百一十万从刚才飞速筑高的筹码城堡里出去了。

"不多,一百来万。不准走了啊!"他拉了拉她的手。

他把她也当成那无数蠢女人中的一个。她在他身边坐下来,抬起头,看见女荷倌一晃发了福、国字形的大脸蛋,棱角浑圆,如同一张被人玩太久的纸牌,直角磨去,在方形和圆形间模棱两可。胖荷倌比刚才的瘦荷倌有看头,脸上带情绪,段凯文输一把,她那冰冻一层的漠然便碎裂一次,露出窃喜。

现在段凯文有了两个玩伴,刚才吃面条的秃头和一个面色土灰的男子挪到这张台来了,各踞一方,围攻胖荷倌。这两人是段的胜利招来的,他们认为段杀出一条光明坦途,他们可以顺着走一程。段推上五十万的注,此二人你看看我我看看你,各自推出十万码子,都跟段押在庄上。

晓鸥突然发现胖荷倌的两撇眉毛浓厚得不近人情,眼睛像蓬乱的草檐下点着的灯,再亮都昏暗。这眉毛可不好，比男人还男人，非克死你不可。胖荷倌手一动，一道绿彩，原来她戴了个成色不差的翠镯。一对如此的眉毛和一只这般的翠镯，看起来像在抬杠。妈阁有不少葡萄牙人的混血儿，这位荷倌混得比较乱。戴镯的手将牌发到段凯文面前。段又朝她做了个"你先请"的动作。胖荷倌大大方方翻开牌，一个是红桃五，一个是梅花十，两张牌相加，九为最大，过九为零，因此这两张牌加起来，只有红桃五算点数，仅为胖荷官积了五分。非常平庸的手气。

段凯文右手拇指和食指数钞那样捻动：一个角捻出来，半张牌再捻出来，接下去他把牌轻轻一掷：黑桃三，第二张方块九。他得分是两点。

晓鸥心想：刚才那几手牌，输赢都漂亮，这时怎么了？

庄家、闲家各要一张牌。吃面条的一肚子面条全冷了，土灰脸的膝盖上下颠颤。晓鸥喝了一口水。似乎是她喝水提醒了段，他侧脸看她一眼，看出她浑身有点软，劝慰地笑笑。他把手伸向荷倌：翻牌吧。荷倌翻出个梅花二，加上前两张牌的点数，她现在是七点，赢的机会不小。

段凯文把脊背朝天的牌摩挲着。右手拇指抠起牌的一角，捻出一个红桃，顺着捻下去，三个红桃出来了。观战的人开始进入角色，吆喝着让他"吹！吹！……"假如牌面是八点，他必须把那多余的一个点"吹"下去，不然点数过剩，就爆了。一上赌台，人人都是蒙古症儿童，幼稚可爱，牌上那命定的点数在他们出世前都写好了，是能吹得掉的吗？

而这个清华毕业的成功企业家真鼓起微微下坠的腮帮吹起气来，他那样认真而愚蠢，估计最倾心他的女人都羞于相认。梅晓鸥把目光转开，他愚得她也跟着害臊。

这时门口响起一个大嗓门："段总来了吗？"

老刘到了。台风没把飞机刮翻，老刘拎着好干部下基层的黑皮包从门口进来。

"哎哟段总，怎么样？"

段凯文此刻因为吹牌半斜着身，一侧腮帮几乎贴在台子边沿，这是一个派头不凡的中年男人很丑的姿态。他的目光越过晓鸥的肩膀，看了老刘一眼。谁让段总看这么一眼，就明白自己被看得粪土不如。那一眼可以杀你；天下竟有如此不知趣不识相不合时宜的东西，你还不去死？

晓鸥明白，最虔诚的赌徒迷信一切细节，一切征候，什么东西、什么人、在什么时候出现，都不是偶然，都暗暗循着一个巨大主宰的支配。老刘就是这巨大主宰送来的丧门星,比胖荷倌还于他不利。所以他放弃一般把抠昧半晌的牌一抛。牌面上是红桃八,多余一个点。刚才那么吹,都没吹掉。两张有效的牌加在一起点数为十,等于零。

输了。

吃面条的和土灰脸站起,走开了。

老刘这会晓得厉害了。他在心里回放段凯文盯他的那一眼,刀一样的目光。不对,光辐射一般的目光。从科员到科长再一级级爬到副司长地位的老刘几十年在心里编辑了一整套各种眼色的光谱大集,什么眼色他都有详细注释。对这个腰缠万贯的段总,老刘看得比上级还上级,因此他先溜到赌厅门外段总那具有超强杀伤力的目光所不能及的安全地带,再研究那眼色的意味,越研究越害怕:他今晚真把段总惹了。段总那一瞥目光可以解读为:操,老天真有眼,怎么没把你的飞机刮到海里?!

梅晓鸥反正是读懂段总眼色的。晓鸥能解读赌徒的各种眼色。这时候最好什么也不说,一动都别动,让段总专注反省或认输。段总沉默了两分钟,呼吸匀净了,神色从容下来,对胖荷倌打了个"飞牌"手势。这是从西方赌场舶来的词语"Freehands",被中国赌客吃掉了一个字母"r"之后,变成了现在的"Fee",于是成了"飞"牌,即荷倌自己走牌,赌客不押注,只是旁观牌的走势。电子显示屏上记录下的"庄"、"闲"二家博弈胜负,便是段总此刻如何下注的参考。晓鸥看着段凯文计算三角几何的高深面孔,心里好笑:赌台里装着八副扑克,四百多张牌,数字能拼出无限的组合,怎么能让你计算出牌路?音符只有七个,自古至今,组合旋律的可能性就是无限的。再看看对号锁、保险柜,十个数码又是多少种组合?

必然是每个赌徒不去提的,甚至不去记忆的;他们向别人向自己常常声张的是偶然吃到的甜头。必然就是梅晓鸥的阿祖梅大榕,跳进海里把光着的屁股和脸面一块藏到鱼腹里。

飞牌飞了十多个回合,段凯文朝胖荷倌打了个手势:开始吧。在飞牌期间,赌桌边上又添了几个看客。眼神机灵得发贼,姿态中透着底层人的世故,习惯于不学无术又甘心奉献最低等的功能使他们形成妈阁无产阶级的风貌。晓鸥一看便知他们是老猫和阿乐的马仔,被派来看"货"的,以防段总出老千。他们的老板在分吃梅小姐的"货",一点差错都不能出,小小的误差都很昂贵,上百万、上千万都可能。万一段总身上掖了个五十万的码,再会点戏法,把它混到台面的码子上,他们在台面下就要认一倍的输。

这一注段总押得不大，二十万，走着瞧。但他马上赢了。他舒展脊梁，四下里扫一眼，巡视胜仗后的战场一样。再押的两把都是五十万，都输了。他扭过头，看看晓鸥。十年经验教给晓鸥，此刻出不出主意都是她的罪过。出主意一旦他输了，他会赖你存心出馊主意，不出主意他骂你冷血，见死不救，做你的客户图你什么？至少击鼓助威给他当当啦啦队吧？

"你饿了吧？"这是段凯文扭头看她之后说的。

"我给您订了两家餐厅。就看段总想吃中餐还是西餐。"梅晓鸥说，"我请客，段总要给面子噢！"

"吃西餐。不过我不给你面子让你请客。"

"段总不能坏规矩；我的客户到妈阁来，接风洗尘都是我的事！"晓鸥说这些话时不完全是敷衍，下了赌台的段凯文又是个顺眼顺心的男人。

"那我宁肯饿着。"段把脸转向赌台，好像要回去接着输。

"那好吧！没有像您段总这么不领情的！"晓鸥让步地笑笑。

老猫和阿乐的马仔们看看段又看看晓鸥。在他们眼里晓鸥此刻是浪的。他们也没办法，晓鸥看上去比实际上要嫩很多，一笑两条细眉下一对弯眼，不笑又是孤苦伶们的凄艳，慢说她在行内做人堂正，就是她整天请男人们吃亏也情有可原。他们的老板做不过这位梅小姐，就因为梅小姐美丽豪爽，又形单影只还不失体统地浪一浪。

段凯文走到贵宾厅的小吧台，端起拧开盖的苏打水倒了半杯，深饮一口，向赌厅门口走去。台面上他欠赌厅三百二十万，台面下他欠三个叠码仔每人三百二十万。除了段输给她的三百二十万，赌厅还要付给晓鸥百分之一的"码佣"，这两个小时共有三百多万的"Rolling"（流水账），百分之一就是三万多。晓鸥尽管在心里把赌徒们看得不值一文，她深知自己正因为这些一文不值的人格买下别墅和宝马。她一直梦想做个寻常女人，夜夜安眠，拥有芸芸众生都拥有的早晨，见见十年不见的朝阳和晨露，靠收房租和吃利息开支油盐柴米，假如不是因为一个叫史奇澜的赌徒。史奇澜欠了她一千三百万赌债，她必须留守在现在的行业位置上，借行内的势力确保那一千三百万的归还。

她和段说好一小时后在酒店大堂见，由阿专开车去MGM的西餐厅。她正好趁机打几个电话，同时慢跑三公里。其中一个电话就是要打给史奇澜的老婆。刚要去换运动服，老刘闪现出来，一脸堆笑。

"刚才段总背后骂我没有？"老刘问。

"骂了。"晓鸥也笑嘻嘻的。

"骂我啥？"

"啥都骂了。"

老刘从晓鸥的笑容里探明段总什么也没说。段总剜了那一眼，什么骂人的话都省了。什么脏字比那一眼更具杀伤力？

跑步机的传送带开始运行了。梅晓鸥腰带上别着手机，耳机插着耳塞，右手在手机上一按。史奇澜办公室的电话号码被她专门输入，只需按一个字母就接通。一千多万欠款把他老史提升成首席VIP。史奇澜的老婆叫陈小小，曾经是身怀绝技的杂技演员，跟史奇澜一块创业时只有十七岁。陈小小总是靠得住，在北京那头接电话。一听是晓鸥，她立刻"请晓鸥姐等一会"。晓鸥边跑边想，陈小小一定是去关办公室的门了。那是在北京郊区的一家硬木家具厂的办公室。史奇澜鼎盛时期，有十多家工厂，光是收集的全世界名贵硬木就富可敌国。现在他输得只剩北京一家原始厂和一库房存货了。

"晓鸥姐，你快来一趟北京吧！"小小气喘吁吁地说。

"怎么了？"

"奇澜不止欠你一个人钱；最近我才知道，他在外面到处跟人借钱！这几天有人到家里来要账，到晚上都不走，地毯上沙发上到处躺。他不见了！"

"谁不见了？"

"老史不见了！"

小小刚才关门就是要告诉晓鸥老史不见了的消息。

"你赶快来一趟北京！"

晓鸥不知道她去北京于事何补，能让消失的史老板复现？

"我要你来北京，是让你挑一些值钱的存货。我们库里还有两件黄花梨的镇店之宝，你拖走吧！奇澜欠你的债欠得最久，应该尽着你把好东西先拖走，不然其他债主动起手来，拍卖我们库里的东西，老史就再没指望还你钱了！"

陈小小从她瘦小身子里发出紧急呼吁。晓鸥给陈小小出主意，让她找律师走动法院。法院出面跟史奇澜所有的债权人谈判；所有珍贵木材和成品都暂归法院封存，同时给史老板一段时间恢复生产，每年的产值偿还一部分债务、本金和利息。陈小小认为债权人不都像梅晓鸥这样温柔、上档次，他们大部分比人渣高级不了多少。晓鸥急切地告诉陈小小，这不仅为了还债，更重要的是给史老板一次浪子回头的机会。这句话对于小小是十分中听的。浪子回头，回头是岸，一旦老史上了岸，哪怕赤条条地上岸，她陈小小都有活头了。她嫁给老史的时候，嫁的近乎是赤条条一文不名的好男儿。史奇澜多才多艺，赤手空拳，用好话都能把小小这种女孩子哄进被窝。晓鸥一面慢跑一面催促小小找律师，嗓门大起来。她从对面的镜子里看到健身房仍然空空荡荡，她可以放心大胆地向北京的陈小小喊话，给她做军师。她要小小知道，一旦法院判决下来，为史老板保住了那些稀有木材和精品家具，老史一定会珍惜这次机会，东山再起。小小听进去了，在电话里一谢再谢，谢着谢着就哭了，她哭老史几年都还不出晓鸥的钱，可是晓鸥对他们还这么仁义……晓鸥玩笑说她多吃几年利息也不亏嘛！

陈小小在那边哭声更紧。这是个苦惯了的女人，从小被打上十几米高的天桥，被打出美轮美奂的空中舞姿，被打得无比珍惜不挨打的日子。她十七岁跟上当时做木雕的史奇澜，觉得没有父亲没有哥哥的自己在史奇澜身上找到了缺失的所有男性家族成员。现在老史最大的债主能给老史一条上岸的生路，她哭的是这个。

陈小小终于道了再见,向晓鸥保证放下电话就去找律师商量。晓鸥又告诫她一条,光靠律师还不够,法院也要找熟人;海南黄花梨的价值跟黄金一样,送一件小小的小品还是值当的。小小如同吸噬救命丹药一样,吞进晓鸥的每一句话,每句话之后她都使劲地"嗯"一声。

挂断电话她瞟一眼跑步机上的表,这一通电话打了整整半小时。她用毛巾擦了一把脸和脖子,感觉后脑勺的碎发滴下的汗珠流入衣领时的冰凉。陈小小真苦命,比她好不多少。她从跑步机上下来时,克服着跑步机传送带带来的头重脚轻,突然发现一个人背身坐在划桨机上悠然自得地旱地行船,四肢动作很逍遥,似乎在两岸好风景之间流连。她意识到刚才为陈小小支招的话都给此人旁听了。反正谁也不认识谁。刚走到门口,那人却开口了。

"梅小姐,不再锻炼一会儿?"

段凯文!

晓鸥把跟陈小小的对话飞速在心里回放一遍。不管怎么样刚才的话是不该被这个人听去的。她的职业操守也不允许她的客户甲知道客户乙的信息。万一客户甲看透了梅晓鸥是个软柿子,捏捏无妨,让人欠着一千多万还不先下手为强拉他几车黄花梨、金丝楠木抵债,反而帮欠债方打小九九、摇羽毛扇,他们可就有范本了。

段凯文微笑地看着晓鸥说:"梅小姐好厉害呀,什么门道都摸得那么清。"

梅晓鸥意识到她们的通话他是全程跟进,她所有的出谋划策、教唆鼓动,力挺陈小小丁损人而利己的事,等等等等,都被他听去了。在他心目中那个娇嗲温柔,无奈地在男人海洋里漂浮的梅小姐消失了,取而代之的是一个老谋深算,少说有一千个心眼子的女叠码仔。梅晓鸥知道男人都不喜欢第二种梅晓鸥。尽管他们在跟第一种梅晓鸥打交道时怀疑那层温柔和凄艳是伪装,但他们宁愿要那伪装。剥去伪装的梅晓鸥跟老猫、阿乐们一样,失去了她作为弱者的优势。弱者倚弱卖弱的时候,容易巧胜。

段凯文从地上爬起来,脸上一点汗都没有。这是个在乎健身的人。

晓鸥大大咧咧地补充几句史奇澜的趣闻,夸张她和陈小小的亲密度,然后马上转换话题。

"段总跟我一样,一天不健身就难受,是吧?"

"我是想天天健身,在北京老抽不出时间。不健身不行了,"他拍拍腹部,"你看,肚子都起来了。"

"还好啊!"

"这是饿着呢!"他嘿嘿地笑了。

他的诚实和坦荡让晓鸥由衷地笑了。她和他要不是眼下的关系就好了。她要是在别的场合里跟他结识就好了。可如果不是他染有恶习,她又到哪里去结识他?她结识的所有富翁都归功于他们的恶习。梅晓鸥深知自己是被恶习滋养的人。她的祖先梅大榕以他的恶习成全了梅吴娘,不然梅吴娘不会成为老家方圆百里的缫丝霸主。梅吴娘为梅家创下的祖业归功于梅大榕的恶习。

晚餐期间,梅晓鸥忽略了十来个电话。但她没有忽略去看那些来电的号码。她挨着段凯文坐在庭院里的西餐雅座。段总点菜很实事求是,前餐他只点了一份,供他、晓鸥和老刘分吃。汤每人都有,但他请服务员给自己来儿童分量的。主菜他为自己要了鱼排配青芦笋,晓鸥给自己点了一份牛排,大半切给老刘,自己只留一牙儿。妈阁似乎是欢迎人造孽的,糟蹋了大笔的钱之后,人们糟蹋起其他东西更是豪爽,美食美酒美女,都尽力糟蹋。晓鸥其他客户都是那样,而这位段总是例外的。老刘主动请缨去餐厅里挑选红酒,段总向他挥

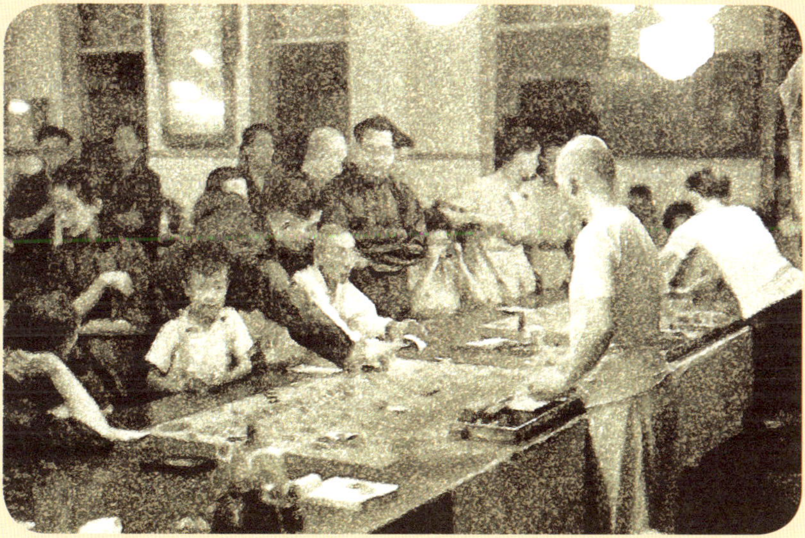

他早听说一个并不遥远的地方叫妈阁,摆着千百张赌桌,充满三更穷,五更富,清早开门进当铺的豪杰。可惜妈阁给另一族番邦占去好多年,反而不让他梅大榕这个本邦人随便进去。就在妈阁海关外面,梅大榕找到一个赌档。那一夜钱去得一泻千里。

手应允。晓鸥紧跟老刘进了门,小声叮嘱:"刘司长,适可而止,别挑太贵的!"

老刘答应着,扫视了一下酒架上的陈列,然后取下一瓶一九九九年的波尔多。他把酒交给一个混血侍应生。

"段总今天输了。要是他赢了,我就让他请我们喝拉菲!"老刘说。他自知很不主贵,投靠段总这类阔佬就是要消费凭他自己能力消费不起的东西,因此对别人的轻蔑他一点都不意外、不难受。他似乎专职就是替人拉场子,替人花钱,替人高兴和不高兴的。

侍应生倒了一点酒让段总先品一口,段总微笑着请老刘代劳。段总在吃喝上都是好说话的人。红酒是他这两年才喝懂一点的,十多年前喝一瓶矿泉水都要舍不得一阵呢。段总在半杯红酒下去之后又自我披露一句。晓鸥想,一杯酒全下去,他就该把傍晚那一肚子诅咒倒出来了:刘司长混蛋,我还以为你跟着飞机掉海里去了呢!那个时候到,冲了我的运势,一把该赢的牌输了!

但是一顿晚餐下来,段凯文一个字不提赌桌上的事。毕竟是有些风尚的人,有风尚的人明白一些事做得而说不得,比如性事,比如如厕,还比如赌钱。

第二杯红酒喝到一半,段总向晓鸥侧过脸。

"晓鸥你这名字真好听。"

梅晓鸥宽谅地笑笑,不揭露醉汉会重复他不久前说过的话。

"段总喜欢就好。"她大方地说。那么大方,似乎接下去就会说,"你喜欢就拿走。"

"嗯,喜欢。"他把名字在嘴里品了一番,如同品一口红酒,然后认真地承认自己真的喜欢。"结婚了吗?"

这似乎突兀了一点。晓鸥感到错愕,脸上一傻。

"离了。"她淡淡地笑一下,仿佛在说一双穿坏的袜子,"早就离了。"

阿专来了,小声跟晓鸥说了一句话。这句话使晓鸥神色发生的突变连段总和专心贪杯的刘司长都注意到了。晓鸥下一秒钟就复原了常态。她磊落地对大家说,来了个朋友,她去关照一下,马上回来。她请大家别为她突然的离席影响餐后甜点的胃口,这家餐馆的甜点绝对不该错过。

段总看着她。晓鸥遗憾地对他笑笑:没办法,你看我我也不能跟你说实话。

"马上回来哦!"段凯文带一点亲昵的威胁对她

说道。

晓鸥跟阿专开车往十月初五街行进，拐入鱼鳃巷，再进一个短短的小巷，这就来到了一家小馆子。馆子里发出上世纪剩菜的气味。妈阁很多这样的小餐馆，上世纪五十年代恐怕就是这副孤陋模样了。多少输净了钱的人，因为有这类小馆子而不至于饿死。从窄而陡的木头楼梯上去，就看见史奇澜坐在小窗口。小窗那么陈旧，把窗外夜色和窗内这个中年男人都弄旧了。

"史总！"阿专替晓鸥叫了他一声。

史老板转过身。那份虱子多了不咬的从容劲很足。

阿专先向前跨一步，肥头大耳地挡在史奇澜和晓鸥之间："你怎么在这里呢？"这句质问又是阿专替晓鸥发出的。刚才他已经和史老板见过，他当然已经代表他阿专自己问过史总为什么在妈阁现身了。

晓鸥上下看一眼这个史奇澜：上衣是中式的，高档棉布，白底细蓝条，存心模仿农家织布机织出的民间工艺感，下面一条深灰裤子，膝部被两个膝盖头顶出很大的凸包。这是在哪里抱膝而坐坐出的形状？是想不开还是试图想开而去抱膝而坐吗？面壁还是面对大海？梅家阿祖梅大榕纵身太平洋之前，一定也在甲板上面对大海坐了很久。

"晓鸥我想了想，还就只能来找你。"史奇澜说。他的手修长纤细，看它们拿画笔拿雕刻刀的时候，觉得它们非常优美，此刻这双手交握在上腹前，随时打躬作揖。

"你怎么说不见就不见了？把小小急死了！你知道小小现在还在你们工厂的办公室里吗？"

在跑步机上跟陈小小通电话的时候是十点左右。北京跟妈阁不一样，夜晚十点就是夜晚十点，郊区被占用之后的菜地深处只亮着一盏灯，那就是陈小小的办公室。那样的孤助无援，哭声在荒芜的菜地里连回音都没有。

"她跟你打电话了？"史奇澜皱起眉头。

"你在哪里藏了三四天？"晓鸥问。

"不藏不行，给他们吵得脑子不清楚，怎么想办法？"

晓鸥想象那些债主派的无赖带上简单卧具上门，进了史家的客厅就要安营扎寨，吃史家的伙食标准，史家实在开不出饭他们就从铺盖下掏出方便面，自己下厨。史家孩子耳朵里灌入的都是恶狠狠的悄悄话："你爸不还钱你的小命当心点儿，哪天上学就再别想放学回家……""敢跟你爸说，你明天就别想放学回家！"

史奇澜十二岁的儿子叫史无前，小名豆豆，十二岁的孩子终于自己做主搬到姑姑家去了。

"那你该跟小小打声招呼再躲起来啊！"

"那娘儿们是头一个吵我的，我头一个要躲她！"他说着还微笑一下。他输光了也不怕，小小对他的感情是输不掉的。这是他微笑的含意，穷光蛋都有以之摆阔的财宝，小小是他的财宝。他吃准小小没文化，除了空中舞蹈什么都不会，儿子给她扫盲都嫌富余，因此他讨饭她都对他死心塌地。

"你是怎么过来的？"晓鸥问。"过来"的意思是过境妈阁。史奇澜还不上钱，晓鸥在海关把他挂了号，只要他一入境，海关就会通知她。海关没有通知，证明他没通过正当途径进入妈阁。

老史又微笑一下，没有回答。晓鸥于是明白他是从珠海偷渡过来的。四五千块钱就有人干这个，什么样的垃圾、破烂都可以被运送过来、过去。老史如今一副做垃圾的坦然。五年前的史奇澜让晓鸥还做过梦，那是个容易让女人做梦的男人：仙风道骨，人间烟火味极淡；你怀疑他用一点点大麻，但很适量；还怀疑他年轻时作诗，当然年轻时人人都把自己写的半不拉叽的句子叫做诗。他带着四十岁男人极少有的素净的美，走进晓鸥的视野。晓鸥那时在妈阁刚做出点头绪，史奇澜是她当时接待的最大阔佬。他一直是中式裤褂，略长的头发，一个超龄公子哥，也像公子哥一样赌起来下手豪壮。最开始他还输五六局赢一局，后来就不对了，兵败如山倒地输，先输掉两个工厂，后来印尼和菲律宾的木场也从赌桌上走了。几亿家产，一表人才，可怜现在靠偷渡船当垃圾给运进妈阁。

  晓鸥想到老史刚才见面说的话。他想了想还就只剩她梅晓鸥一人可以投靠。他躲开人类也躲开陈小小和孩子，就想出这一着好棋来？他来找晓鸥的目的是求她在妈阁为他找个住处，他把几件海南黄花梨的雕刻押出去，做重整旗鼓的本钱。他假如身上有住店的钱，一定不会来找梅晓鸥，这点晓鸥明白。尽管老史输成一副空壳子了，差的酒店还不肯住，打起晓鸥的主意来，因为他知道晓鸥是赌厅老板的宠物，手里掌握两三间赌厅招待大赌客的免费房间。赌场拉人下水，甜头先要给足。老史就因为多年前那点甜头眼下吃苦头。老史补充说陈小小看他像看贼，能偷出来的就是那几件，太大的偷不出来，太贵重的也偷不出来，因为它们都被债主作了价抵债了。史老板现在所有的债务加起来比他财产、房产的总和还多出一倍，史老板要是跟梅家阿祖梅大榕去了，海水吞没的不过是一个比一文不名还穷的老史；比一文不名还要穷一亿多元。赤字一亿多元值多少条史奇澜的命？晓鸥想，与其这样，不如让他活着，不如让他住进豪华客房吧。她为史奇澜买了单：两个菜都是这老旧餐馆里最贵的，史公子毕竟是公子。

史老板推着一个沉重的大旅行箱，跟着晓鸥来到马路上，他从陈小小眼皮下偷出来的黄花梨物件都装在里面。妈阁地方毫不风雅，但愿有人识货，能让老史卖个好价，把他工厂半年的水电费先还了。不然水电公司先拦着他，不让他开工。晓鸥问老史，现在大陆的拍卖会名目繁多，何不在大陆把黄花梨雕刻出手。大陆盯他的人太多，卖出的钱会直接进债主账户。别人不盯，陈小小那小娘儿们也饶不了他，现在只要有一分钱进账，小小都会拿出一沓账单摔在他面前；物业费欠了两年多了，工厂的工人来讨工资把铁门都推倒了……

阿专见晓鸥和老史走过来，把烟头往黑夜里一扔就往停在十几米外的轿车走去。

"阿专，替史总拎行李！"晓鸥呵斥道。

史老板说他自己行，自己来。晓鸥又催阿专一句，阿专才蠢蠢欲动地走过来，拎起老史的箱子，放进车后备厢，落魄到底的史总连阿专都可以怠慢，阿专在妈阁这个大码头总算有人被他怠慢。

"你送史总去房间，我那边事情还没完呢。"晓鸥朝 MGM 那灯光塑成的轮廓摆摆下巴。她急于从史奇澜身边走开，一个输成负数的负生命坏她的心情。她不能不联想到他是通过她输的，当然，妈阁的叠码仔成百上千，其中任何一个都会成为他走向输的桥梁。

回到 MGM 西餐厅是十一点四十分，段凯文在喝餐后咖啡。老刘的额头抵在邻座的椅背上，醉相难看，像个倒了的酒瓶子。段凯文看见晓鸥马上看了一眼手表：你去了可不止一会儿。晓鸥抱歉地笑了笑，抚平裙子后摆在他身边坐下来。

"今晚就不玩了吧？"晓鸥说。

"听你的。"

"一会儿去蒸个桑拿，早点睡。明天精神会好点，再接着玩。"

"都听你的。"

段总还能看不出你梅小姐的心事？一定来了个大麻烦。刚才去了四十几分钟，把麻烦暂时平定一下，有口无心地吃几口溶化的冰淇淋，还要接着去发落麻烦。晓鸥确实是要去接着发落老史,叮嘱他不准近赌场一步。

段总陪她细嚼慢咽,突然说:"你放心,我已经让人汇钱了。"

这话晓鸥是懂的:我输的一千多万绝不会赖账;我不是你刚才去见的那个麻烦。

晓鸥谢了他,跟了一句"不急"。他们这行里哪有不急的?尽是急得失眠、脱发、胃溃疡的。段总不愧是段总,信息在他这里点滴都不会浪费,他把在健身房听到的和阿专咕哝的那一句通报马上连起来了。

"你不急我急。"他微笑着说,"你一个女人,不容易。"

"谢谢段总。"

晓鸥眼圈都潮了。老刘带来个如此善解人意、通情达理的段总,以后要待老刘好一点。她向老刘投了一瞥复杂的目光,老刘的回答是呼的一声鼻鼾。

段总喝了最后一口咖啡,用餐巾擦了擦嘴。就像头一回那样突兀地问她,一个人是怎么过的这些年。就么带着儿子过呗,她用小银叉剥下化得稀烂的冰淇淋上的奶油,没有比温热的冰淇淋更倒胃口的东西了。

"一个人带着孩子怎么做你这一行啊?"

"做也就做了。"

段总似乎要搞忆苦思甜,慢慢地谈到自己求学和奋发。他上大学二年级的那年夏天,在学校外面的小馆子捡过垃圾筐里的圆白菜梗子,回到宿舍用盐腌过就着白饭吃。大四那年他父母从山东来看他,给他扛来够吃一学期的煎饼,煎饼在五月初发了霉,他牵起晾衣绳,把所有煎饼搭上去晒太阳。大四的他已经敢把自己贫穷的家境晾出来晒太阳了。所以他从不跟别的企业家比成就,比财富;他只跟自己比。对比自己晒煎饼的时代(那天煎饼让太阳晒脆了,一揭就碎成渣掉在地上拾不起来令他心疼),他非常知足。知足是福啊。

段总想用自己的小秘密跟晓鸥交换。他似乎觉得晓鸥是团谜。一个楚楚可人的女子,干上这么血淋淋的一行,必定有大秘密。妈阁有几个女人敢从赌厅拿出上千万的筹码借给一个个在赌台上搏杀的男人呢?段总游历过不少赌场,而经历女叠码仔是头一回。

"你什么时候离的婚?"他问。

"我儿子两岁多的时候。"其实她压根儿没有结婚。那个男人另有一个家。她跟男人的老婆平行存在了四年,就像一条繁华大街和街面下的下水道。只要下水道不泛滥，往街面上涨它污黑的大潮，繁华大街一般意识不到下水道的存在，并且是极有功用极其活跃地存在着，因此也就默许它的存在。晓鸥的泛滥是发现怀孕之后。她兴风作浪差点把大街给淹了。她并不是受够了默默地在黑暗中流逝的滋味，她是受够了他的赌博。她怀着三个月的身孕，只要看他坐在赌台边搓捻纸牌，她就止不住地吐。她吐得脏腑流血，顺着毫无内容的胃冲出口腔。她在拉斯维加斯MGM的赌厅洗手间里对着马桶咆哮，看见一股股浅红色的液体涌出，她决定拿出行动来。她用那时还非常昂贵的手机给北京打了个电话。接电话的是她男人的老婆。她说了自己的名字，只告诉那位老婆一件事：你丈夫每次来美国不是开会而是赌钱。那位老婆只回答了她一个词：臭婊子！等她回到赌桌边，见她把自己的初恋供奉给予的男人正对着手机狂喊，说他在开会，一会打回去。然后就关了手机。她又是一阵剧烈的恶心。她觉得自己作为下水道比那位作为繁华大街的老婆还要幸运一点，下水道往往比明面上的世界早一点明白灾难的临近，它根据人们扔进下水道的垃圾、死猫死狗死耗子判断上面的世界给祸害成什么样了，给毁掉多少了。它还能根据顺流而来的断枝残叶流沙污泥预知山洪快来了，暴雨临近了。那位老婆住着华厦，但她丝毫不知道华厦已经被挖空了墙脚，随时会倾塌。你告诉她挖墙脚的内贼是谁，她回你一句"臭婊子"！

段总听着晓鸥叙述她美好而短暂的婚姻。这一番谎言对谁都无害，不妨就挂在嘴头上，如同一份打印出千万份的履历，谁要谁拿一份。

"哦，听起来你前夫也做得挺成功的。"

"啊。"

"他叫什么名字？北京那一批九十年代创业的人我大致都听说过。"

"跟您比他那也叫创业？业没创多大毛病养大了。"

"谁没点毛病？我毛病多了，跟我待久你就看出来了！"

但愿你能在赌桌边待久。"也可能我自己毛病太大吧。"晓鸥想早点结束这个话题，"我们合不来，就散了。"

"唉，你不容易。"

他哀怜地看着她。你不要哀怜我，偿还我钱就行。你跟我拖三，我也不是故意要赢你的。你已经叮嘱北京汇钱了，好，咱们下面三天看你兑现诺言。

段凯文要来账单，仔细阅读。据说真正的富翁都会认真审读餐馆账单的。一瓶矿泉水的钱都不可以错。

他们对账目的认真态度让他们发财;他们要让所有人对账目都认真起来,大家共同发财。因此段总严厉而慈爱地向那个鬈头发的混血侍应生指出一盘沙拉的账目:桌面上总共只上过一盘沙拉,怎么会勒索他两份费用?侍应生解释那沙拉上不上都收钱,是跟牛排搭配好的,他将两份沙拉拼在了一个盘子里,那就是为什么一盘沙拉显得巨大的原因。段总马上认了账。他的认真和繁琐都适可而止。再啰唆一句晓鸥会生厌的。

梅晓鸥给陈小小打了电话,通报史老板的平安。小小跟她一样,从来没有关手机的时间。都是劳碌的苦命女人。晓鸥没有出卖老史眼下的所在地,只说老史给自己打了电话,身心皆健康,不过想躲几天清静,好好反思一下,好东山再起。小小有点酸溜溜地问:老史为什么不向他老婆报平安,反而打国际长途呢?晓鸥的回答是现成的,很简单啊,谁让她梅晓鸥是第一大债权人呢,负债者首先要稳住最大债主,否则债主跟警方挂钩通缉他怎么办?

陈小小在挂电话前说,一定让老史打个电话给儿子,儿子无罪,白白受那么多惊吓和担忧。

晓鸥要她放心,自己一定促成这场父子通话。

可怜的女人最后一道杀手锏都相同,就是孩子。这道杀手锏晓鸥从她自己的儿子还没有面目,只是一团血肉的时候就开始用。她给卢晋桐的老婆打完自我曝光的电话之后，从洗手间回到赌桌边，就说："卢晋桐，我马上做手术把孩子打掉。"卢晋桐是她男人的名字。她曾经狠狠地爱过的男人，连他名字都一块儿狠狠地爱过。

卢晋桐怎么反应的？他嬉皮笑脸叫她别捣乱，看看他这不赢了吗？他深知这小女人不会干打胎那种损事。她不会早早失去杀手锏，不然以后还有什么好使的能挟制他？她和所有活在别人婚姻阴影中的女人们一样，有孩子才能有与婚姻共存的一个准家庭。再说白一点，孩子是她一生的银行账户，她可以细水长流地从那个账户里支取衣食住行。

当时赌桌上的局势确实大好，卢晋桐赢了三十多万美金。卢安抚了晓鸥两句，用逗小猫小狗的声腔，又回头去下注。那一注他下了十万。拿起的牌是八点，基本上赢了。他侧脸向晓鸥挤眼，发现晓鸥背身在两米之外蹦跳，拼命用头顶够一个心目中的高度，再尽量沉重地落到地板上。卢晋桐冲过来，可怎么也搂不住她：疯了？！想把孩子跳下来啊？回答是：没错，就是要把孩子跳下来，只要他赌，她就跳。他被这杀手锏制住了。接下去只要他往赌台上靠近，她就跳。不过也就三四回，这招数就渐渐失效。失效还有一个原因，就是任她怎样跳，孩子也不肯下来，连下来的征候都不见，她那刚显出微妙弧度的小腹紧绷绷的，箍住胎儿，成为最坚固柔韧的血肉襁褓。

晓鸥一边跳一边在心里做着一道算术题：卢晋桐刚才赢了三十多万呢，可是三十多万美金啊！够买一幢小小可爱的房子，带个小花园，一年后孩子可以在那里学步。三十多万刨出一个零头，够她下一年的学费。她在加州一个不见经传的大学学园林设计。总得学点什么，否则卢晋桐把她藏在美国这偌大的金屋，一天二十四小时怎么消磨！

等晓鸥跳不动，无趣地停下来，卢晋桐又赢了。她上去抓起所有筹码放进皮包，然后开始拖他。赢了还等什么？等她冲出去叫出租去医院妇产科吗？钟点是下午四点。从上午下了飞机进到赌厅他就没动过。卢晋桐疯了的眼神直直的，骂她贱货，已经搅了他的家又要搅他的好运气。她不管，只是拖他。接下去一件她到现在都没反应过来的事发生了：卢晋桐伸手打了她一个耳光，还嫌不痛快，又踢了她一脚。她已经把他拖到了门厅，但监视器还是把这个背着众人的暴力场面收入镜头。两个血统丰富的深色皮肤保安出现了，一边一个架住卢晋桐，使其成为坚果夹子里的一颗果仁，动一动就会碎成粉末。倒是这两个保安救了卢晋桐。晓鸥马上看清阵线，美国对中国，本土人对外国人，外来者对自家人。这种场合下，卢晋桐和她梅晓鸥，太是自家人了，不仅如此，简直就是亡命天涯的至爱情侣。

晓鸥向卢晋桐一跃，抱住了男人的脖子。那粗细适中的脖子给她抱得像一棵树的中段。她不能没有这棵树，眼下她死活都得吊在这棵树上。她问保安，他们要把自己的丈夫带到哪里去。她学园林设计的英文在这个场合用不上，好不容易凑成没有语法缺乏动词的句子。保安的回答她也不完全懂，意思是这个男人动武，坏的是赌场的规矩，现在是赌场和暴徒之间的公事，跟她这个牺牲品无关。她泼妇一般喊叫，要带她的男人，可以，不过踏着她的死尸过去吧！她的句子肯定很不正确，但态度把句子演活了，各国人都会懂。

于是，保安拖着卢晋桐，她撕扯着保安甲的手。要带也带上她，她宁可跟男人一块去坐监。他打的是他妻子，他妻子跟他说了一句什么该打的话他们谁听见了？她用错误的英文对保安说。卢晋桐这时叫她把筹码拿去兑现，同时叹了一句：该赢一百万的！

听这话她松开了手。假如监牢能拦着他，让他再也不进入这个罪恶的地方，她也算有盼头。她深情地看着他：那你就去坐监吧。

一个洗手间的女清洁工站在看热闹的人群里，此刻对保安说，这个姑娘怀孕了，一小时呕吐五六次。

保安都停止在一个动作上，所有人都看着脸色苍黄的中国姑娘。保安问晓鸥，她是否怀孕了。晓鸥点点头，委屈得直掉泪。保安怪她不早说。她这才明白全世界人民中数美国人民最爱儿童，哪怕是尚不成形的儿童。在美国人民这才是一道杀手锏。清洁工是个五十多岁的印第安女人，印第安人跟中国人在古老历史中有着神秘的纽带，所以她过来搂了搂晓鸥的肩膀，让两个保安饶了这个快要做父亲的男人吧。

保安愣愣的，再看看晓鸥，一个松了手，另一个看同伴松手感到大势已去，再不松手自己就成了反派，也慢慢松开手。

卢晋桐和晓鸥回到房间里，晓鸥把兑现的五十来万钞票放入保险箱，她改了密码，确保钞票在保险箱里待稳。卢晋桐为赢来的五十万绕着卧室打转，这么好的事让他难以消化，必须转几圈。他曾经输掉了若干五十万都在此刻从他记忆中被一笔勾销了。他抱住晓鸥说，他给肚子里的孩子赢了一个家回来，

那个家有前院有后院，后院种一百棵栀子花和两百棵玫瑰。晓鸥不是爱花吗？爱个够吧！对了，后院还有

游泳池,孩子学走路和学游泳可以同步进行。五十多万还想带游泳池呢?她甩开他。让他检讨那一巴掌和一脚。他再一次搂紧她,谁让她跟他老婆告状?那一顿揍和告状扯平了。她转过脸,发现他在亲昵地微笑。他脸上多了一层无耻。

她心里减少了一层爱意。

那天夜里,两人相安无事地睡着了;她搂着腹内的孩子,他搂着她和她腹内的孩子,睡得像一个美丽的电影画面。

第二天一早,她醒来时发现床是空的。卧室、浴室、客厅和小小的餐厅,统统没有卢晋桐的影子。晓鸥从餐厅往客厅走时,瞥见保险柜。保险柜紧闭,她释然地坐下来,坐在保险柜对面的沙发上,呆呆地温情地看着保险柜。保险柜里的钱安然无恙不说明什么。卢晋桐可以用赌场给他的信用额度,额度内的钱是够下几把大注的。但至少那个带前后花园的房子保住了。她庆幸自己聪明,使了点机关算计,把保险柜密码改了。

接下去的一小时,她洗漱打扮,好好吃了一顿早餐,然后来到赌厅里。昨天围坐在两张赌台上的几个中国赌棍居然还原样围坐,比前一天的脸色晦暗许多,头发看上去都稀疏了,那当然不是一夜间的凋零,只是因为没有及时把脑油洗下去而让头发黏结打绺,像几座被风刮跑了茅草的屋顶，露出秃秃的梁来。一夜时间能把人变得这么丑陋！假如卢晋桐是这些丑陋面目之一，晓鸥会一声不吱地走开。她会飞快地返回房间，从保险柜拿出那五十来万现钞，打理好自己的行李，乘最早一班飞机飞回加州。

五十来万美金对于当时的梅晓鸥是天大一份家产。她会心满意足一辈子，再不用找男人，而让男人找她。她可以消消停停地等在那里，让男人们一个个找上门来，再让她一个个筛选下去。怎么筛选？带到拉斯维加斯来，只要他在赌台边屁股发沉、发黏，筛选就完成了。她会把筛选的后果留在赌桌边只身离开。

晓鸥在赌台边没找到卢晋桐。也许冤枉他了。这个男人的好处、可爱处又一一回到她心里。他一定是去了游泳池或健身房。昨天做了大赢家，好事像坏事一样，要慢慢接受，他一定在跑步机上挥汗，把窝在心里的狂喜挥发出去。健身房有十多个跑步者，都不是卢晋桐。那么一定是在游泳。卢晋桐是个不错的泳手。同时他在游泳时可以观赏池边晒太阳的青春玉腿。拉斯维加斯涌集了美国绝大部分上乘玉腿和酥胸，夜里把它们展览在秀台上，凭它们售门票。对卢晋桐赏花一般观赏那些腿和胸，晓鸥从来不多言。那是无伤大雅的男性滋养。

晓鸥在游泳池边迷失了。她不知道自己下面一个目的地是哪里。仍然是上午，游泳池很空，一目了然地没有卢晋桐。

她再次回到赌厅，凑近那几个一夜没挪窝的中国男人，问他们谁看见她的丈夫了。她顾不得脸面了，昨天被打被踢又跟保安拉扯的图景在这些人脑子里还栩栩如生。其中一个男人说：好像看见他凌晨回来了，坐在那张桌。他什么时候走的？没注意。看见你来就走了！输了怕你急！……晓鸥听另一个同胞告发道。他口气是逗乐的，以为这事在晓鸥这里还有乐子可言。晓鸥眼前一阵黑暗，早餐飙上喉口。

她吐出了全部早餐之后，身体像倒空半截的口袋软软下坠。是什么引起这场呕吐？似乎不光是卢晋桐；似乎那几个男人的气味加剧了作呕。什么样的气味？不洗漱的口腔、溃烂得快坏死的牙周发出的气味。不管那几个男人生活习惯卫生标准有多大差异，此刻口腔里发出的是同样的坏疽恶臭，再加上他们胃肠里消化不良的食物渣子，加上恐惧和兴奋使他们热汗、冷汗迭出，不断发酵又不加以洗浴……一群活着的人，都快招苍蝇了。

也许就是那股活体发出的坏死气味让她吐得奄奄

一息。也许还有一个联想恶化了她的作呕：卢晋桐也是那个恶臭团伙的一分子。他见她来了，及时溜走了。他那份气味却已经滞留在稠黏的空气里，他也是那份招苍蝇的恶臭的贡献者之一。

晓鸥擦干嘴唇，擦去呕吐引出的眼泪和鼻涕，从马桶间里出来。四五个女人一动不动地瞪眼看着她。她想起那个爱护她的印第安清洁工，那个跟她有着古老神秘血缘纽带的大娘，昨天还为卢晋桐和她求情。一场枉费的善良。她走出女卫生间，直接奔电梯，从电梯里出来，直奔房间，连停下来压一压恶心的工夫都没有。

现在的梅晓鸥看着十年前的梅晓鸥，就像看电影中一个长镜头，从赌厅一直冲进房间的门。然后也像是个电影镜头，她在闭上的门后站了片刻，扫视一眼这个布置优雅的客厅。一般电影里用这个镜头来隐喻和象征：女主人公扫视的是自己的生活状态；在永别这种生活状态，那生活那状态好或坏，都是自己一段青春生命。这个终结性的扫视，是为了把这一截逝去的青春生命封存起来；留给未来去缅怀。留给二〇〇八年的梅晓鸥去缅怀。当时的梅晓鸥来不及怀想任何事物，只想到一件事：钱。

她跪在壁橱前，拉开橱门，露出放在倒数第二层的保险箱。她喘了一口气，发现自己按密码的手指在发抖，昨天吐出去前天的三餐，今天又吐出早晨的一餐，她没有饿得虚脱就是奇迹。虚脱也要等她拿着钞票离开这里再说。保险柜打开了，里面什么也没有。她伸手进去划拉一下，划拉出两本护照来。那个小小的一堆钞票像个美梦一样来了，又像个噩耗一样走了。她的如意算盘碎得七零八落。

卢晋桐怎么破了她的密码呢？他在美国读了几年计算机，也不足以让他破保险柜的密码呀！卢晋桐在记忆上是个超人。晓鸥昨天重设的六位数密码是一个重要日子，卢晋桐必须做一回晓鸥，把她认为的所有重要日子先确定下：她认识他的日子，她父亲去世的日子，她确诊怀孕的日子，她父母和她弟弟的生日，他给她发求爱的e-mail的日子……原来昨天晚上她睡着之后，他就坐在她现在的位置上，作为梅晓鸥细数家珍一般数着她可怜的经历中重要的六位数。不得不承认他是在乎她的，只要跟她有关的六位数他都记得。输入保险柜的秘密数码是她母亲的生日，她把母亲也拉进来，跟她一块看管三寸厚的铁门中那小小一堆财富。母女俩也没有敌过卢晋桐。

晓鸥扶着壁橱的门框，慢慢站起来。才多大一会儿，她都老了。壁橱上有镜子，她看见一张尖下颏的黄瘦脸，两只眼睛下两摊乌黑，是泪水溶化的睫毛膏，似乎眼睛下面还有两只眼，口红也移了位，似乎唇外还有唇。难怪女洗手间的四个人一动不动地瞪着她。她的样子既可怜又龌龊，一个不远万里从古老东方来的小东西，天生只有两件事可做，造孽于人和被人造孽。

她狠狠地洗脸，把自己的发式也改回认识卢晋桐之前的马尾，露出她圆圆的额。这还是个稚气可笑的额，不管那一层脑壳后飞转着多少恶毒的念头。她记得钱包里有他塞进去的两千块钱和一张信用卡以及一张健康保险卡。够了。那样的手术能费什么事？不会收费很高的。

在赌场大厅，她看见了卢晋桐，大厅噪音太大，她只看见他左手短促有力地比画手势，右手拿着手机，脖子因将就手机而向前探，饥急了就着碗边喝粥的贫贱模样。这个中级干部的儿子从父辈就脱贫了呀，而这体态从他饿死的祖辈通过精血秘密流到他身体里，在这一刻返祖，活灵活现。他对钱的激情，对横财的渴望不是他一个人的；几辈人、几十辈人都穷够了，积存起那么多渴望，在他身上大发作。他是在替那几十辈人搏，替几十辈人走火入魔，一举替他们脱贫。甚至替梅晓鸥的祖先梅大榕实现妄想。葬身鱼腹的梅大榕的故事是晓鸥漫不经意讲给卢晋桐听的，像讲个笑话，谁家不出几个败类？梅家的败类倒是有骨气，输成光腚把腚和脸面一块藏进太平洋，也不拿出来见家乡父老、妻子女儿。当笑话听的卢晋桐也许狠狠记住了笑话的惨处，顺便也替梅大榕搏一把，把跳海的仇报了。

晓鸥看见卢晋桐消失在一棵室内棕榈后面，那短促有力的手势却不断从树干后冒出来。她走过去，站在植物这一边。卢晋桐在和老婆通电话，晓鸥很快听出是因为她。卢晋桐一口一个："随你的便！"想象得出来，老婆发现下水道冲了繁华大街，正一哭二闹三上吊，而卢晋桐就是"随你的便！"他都输成瘪三了，还怕你上吊？

听他挂电话，晓鸥赶紧向门口走。就在她钻进出租车的刹那，他追出来了。还想拽呢，出租车在晓鸥的指令下全速驶出。驶出去一英里，司机和晓鸥开始问答。

"那个男的是不是要伤害你？"

静默。

"差一点他就抓住你了，幸亏我的车启动快！"

静默。有关拉斯维加斯的警匪片深入人心。

"你没事吧?"

静默。

"你懂英文吗?"

"懂。"

"那请你告诉我,你要去哪里。"

"医院。"

"什么医院?"

"……"园林设计的应用英文中没有妇产科这个词。

"哪家医院?"

"大医院。"

司机把车掉个头,驶上彻底裸露在沙漠骄阳下的宽阔马路。白天的拉斯维加斯傻呵呵的,全是晃眼的太阳,毫无阴影,花木修剪得如同塑料仿制品一样整齐鲜艳,似乎是诚心诚意提供给人们一个美好到虚假的生活环境。谁能想到它藏着那么多把戏,玩的就是人本性中的丑陋和脆弱;人本性中的脆弱和丑陋都是最贪玩的。看看那些带花园的住宅吧,也许房主大部分是赌场员工,若没有为了不良习性云集而来的人群,他们挣谁的钱?拿什么付房贷、水电和一日三餐?

车在县医院门口停下，晓鸥付了账，拎起行李下车。司机有些担忧地看着她。她明显不正常，明显地发生着一个悲剧故事。拉斯维加斯天天发生大故事，每个故事都有牺牲品，司机管不过来，跟她再见了。

晓鸥费了不少劲才让急诊室的护士明白她要干什么。护士告诉她人工流产不是急诊，要跟妇产科预约。晓鸥转过身，正要离开血腥味浓重的急诊室，却倒在地上。这两天她的胃入不敷出，没有可消化吸收的，只能消化她的内存。刚才拒绝她的护士跑过来，把她抱住。从非急诊到急诊其实蛮容易。她的血压降到垂危限度，她的心跳也很衰弱。

那个急救她的护士一句话没问完晓鸥已泪水滂沱。她那四十多岁的很厚很暖和的一双手，一触到晓鸥的身体就不是陌生的，护士抚摩着她的肩胛，才几天就瘦骨嶙峋的晓鸥成了真正的牺牲品。晓鸥眼泪怎么也止不住。护士叫她孩子：孩子你太不快乐了！曾经梅吴娘一定也这样不快乐过，不快乐得能去杀人。五代人之后，梅晓鸥一样杀死自己的孩子。世上还有比杀自己的孩子更绝望的女人吗？

预约的日期是第二天下午。这个贫民医院不愿意任何人占据床位太久。赶紧给这个来历可疑的中国女人流产，好让她把床位腾出来，多让她占一天床位医院就多蚀本近千元。

就在她躺在急诊室接受体液补给，等待血压慢慢往上爬的时候，一个男人来了，就在一层布帘那一面。她连卢晋桐的体温都能辨识出来。学了几年计算机，英文还不够他打听他女人的死活。

晓鸥在那一刹那发觉自己心里潜伏的期望：她是期望卢晋桐像此刻这样突然出现的。她在护士怀里痛哭是因为她自己断送了期望。原来她远不如梅吴娘有种；她要杀死自己腹内的孩子只是做个姿态，站在海边不往水里跳而咋呼"谁敢拦着"的姿态。她拿这个姿态不单给卢晋桐看，给世界看，也给自己看。养孩子是杀手锏，杀孩子也是杀手锏。卢晋桐跟他老婆没有儿子，他要儿子要疯了。自从晓鸥确定怀孕，他常常摸着她的小腹，幸福得弱智，对着那里"儿子、儿子"地语无伦次。

隔着一层帘子晓鸥听护士和大夫低声讨论：这中国小子一定是刚来的那个中国女孩的男人，中国女孩躲的就是这狗东西。护士决定绝不让他找到可怜的中国女孩，他跟她的关系一看就罪恶，已经把她牺牲得没了血压，只剩下喘气和流泪了，只剩一张皮一副骨架了，可怜的东西，让我们救救她！美国人的爱好之一就是救人，护士和大夫的专业和业余爱好都是救人。

卢晋桐被他们赶出了急诊室。晓鸥此刻又哭起来，她哭自己不识好歹，浪费护士的好心，躺在这里开始怨恨，怨美国式救援太强势，使她不好意思冲出帘子跟卢晋桐破镜重圆。卢晋桐斗不过美国人民，弱小地退出去了。美国人民简单的善良和热忱不允许藕断丝连、爱恨不清；这是个非黑即白的民族。护士此刻撩开布帘子，一个拯救者的使命完成得很好，使她这一天内容充实。她抱住晓鸥，千篇一律地说着此类场合中都会说的句子："一切都会好起来的！"

她大哭起来。挽救和被救怎么这么拧巴？拯救者怎么这么不想懂被救者？被救者怎么才能让拯救者懂得中国就是发明藕断丝连这个成语的地方？

原来卢晋桐没有离开。他就等在急诊室门口。晓鸥我不信你一生一世不出来。一听见晓鸥的哭声，他听见号角了，立刻向布帘子后面冲锋。进了帘子，他跟晓鸥比着哭。晓鸥你不能杀了我儿子啊！晓鸥你必须给我最后一次机会啊！……整个急诊室成了通俗剧舞台，连刚从枪战里被拖下来的嫌疑犯都自愧不如，还是人家中国人的戏好看。

护士和医生此刻像是忘了台词和动作，只好束手，让这对中国男女自己推进情节。

卢晋桐发誓再也不赌了。所有狠毒的咒词都用出来，老爹老娘一个都没得跑。梅晓鸥用哭肿的眼睛白了他一眼：姓卢的你的誓言狗屁都不如，狗屁还臭一阵。他只爱晓鸥和儿子，只要他们好好活着，他做狗也无妨。这话她不信，但她爱听，垂着泪让这句话补药一样进入她亏空的身体。跟我回去吧。我不。回去吧。不。真不回去？她听出这句话的阴森。他的目光也是阴森的。隔着一层白布帘子，他想杀人还是怎样？

"梅晓鸥，"他说，"我问你最后一次，你信不信我卢晋桐发的誓？"

她害怕了，觉得他体内在运行一个大动作。不过她还想嘴硬一下，说他的誓言她听腻了，耳朵生茧了。

卢晋桐从衬衣下抽出一把刀。她吓得连叫喊都忘了。其实他动作很快，她真叫喊也来不及，用俗透的形容就是"闪电般地"。刀落血出。他的脸从微微醉红到青黄、到灰白……

等晓鸥恢复意识时，她已经错过了通俗剧的高潮。那一根被剁下的中指已经被拿出去，被装入一个粪便检验的塑料盒。卢晋桐由于失去一根中指而得到护士和大夫一级拯救待遇,马上被送往一位专家诊所,那根被放进粪便检验盒的中指也马上被冰块速冻,和他同行,一块去往专门拼接残肢的手术室。

晓鸥赶到接肢手术室外,恰好手术圆满成功,卢晋桐给了晓鸥一个孱弱的微笑。儿子还在吧?晓鸥以泪作答。现在你相信我了?晓鸥一扭身,把脊梁朝着他。他说他是诚心诚意不要那根手指头的,可多管闲事的美国佬不让,非让他把手指再认领回来。他问晓鸥信不信,她不信他随时再剁断它。晓鸥说他再剁她就真走了,让他一辈子再也见不到她。

她说到做到。两年后他剁断那根费了专家半天工夫对接上的手指,她带着一岁多的儿子消失了。什么都不会让他改悔。什么都没能让梅大榕改悔,那一点梅大榕自己是清楚的,因此他不干这种断指的麻烦事,要断就把气断了。卢晋桐不如梅大榕那样深明大义,对他自己的本性残次看不清,以为断指能治那残次。而晓鸥明白他不过是演苦肉计,为晓鸥和家人演,也为他自己演。他还剩九根手指,还够他演九出苦肉计。而晓鸥看两出就看絮了。

他第二次把那根带着一道环形疤痕的中指放在桌沿上,举起刀……很多年后晓鸥都能在记忆里重演那一系列动作,重演的时候她还能看见当时的自己。背景声音是儿子的大哭。儿子当时被锁在育儿卧室里。她拦都没有拦卢晋桐。只是在那声闷响发生的时候,她垂下头、闭紧眼、咬住牙关。那截微微弯曲的中指落在地上,指尖指着苍天。卢晋桐在自己的壮举之后倒下来,连疼带怕,倒在自己的血里,顺着断指所指的方向看着天。天是典型的洛杉矶的天,一丝云也没有,她的后花园玫瑰疯狂开放。此后的一个礼拜,房子就会换主。他是预支了房子的首付款去逛赌城的。

梅晓鸥再听到卢晋桐的消息是三年之后。他到底还是把她找到了。有人把她的手机号码出卖给了他。她说她不会见他的,儿子也不知道自己有父亲。他真的不赌了。对不起,她不想知道他的事,赌也好不赌也好。他把中国找遍,美国也找遍,都没找到她。她怎么会让他找到?从他第一次自残她就开始铺自己的后路,偷窥一个藏身之处了。她预感他又是一个梅大榕,发誓是诚心的,毁誓也不是故意的。有种热病就是这样,到时它就复发,因此晓鸥在手机里告诉卢晋桐,她不怪他,只怪那绝症。然后她把手机挂了,往对面墙一砸。

十年后她也同样不怪史奇澜。

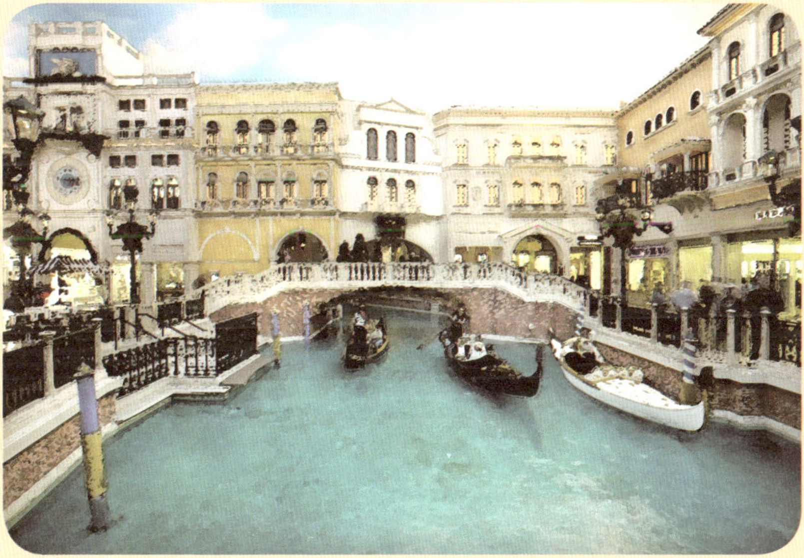

晓鸥昨天重设的六位数密码是一个重要日子，卢晋桐必须做一回晓鸥，把她认为的所有重要日子先确定下：她认识他的日子，她父亲去世的日子，她确诊怀孕的日子，她父母和她弟弟的生日，他给她发求爱的 e-mail 的日子……原来昨天晚上她睡着之后，他就坐在她现在的位置上，作为梅晓鸥细数家珍一般数着她可怜的经历中重要的六位数。

史奇澜不在房间里。阿专说他出去买盒烟的工夫人就不见了。两点钟了,他还能去哪里?晓鸥让阿专到赌场去找人。没有赌资老史怎么会去赌场?什么都能成老史的赌资,不信走着瞧。

她和阿专果然在赌场找到史奇澜。他手边一堆筹码,那种公子哥式的慵懒怠惰全不见了,此刻的他绿着两只眼,神气活现,让晓鸥怀疑他的濒临破产是个大骗局,为赖晓鸥的账而设的。老史那张台子围得里三层外三层,不然晓鸥和阿专不会那么容易找到他。晓鸥一眼就看出老史赢了十来万。周围的人不时出来几个加磅的,在老史押的注上跟上几千筹码。老史好运当头,大家跟着被普照。老史押了十万,人们跟着押七八万,眨眼间赢了,人群一声暴喊,狂喜得失去了人类语言。

晓鸥已经打听出来今天老史怎样白手起家。十二点多钟他在各个赌桌边遛弯,来到这张桌前,看出电子显示屏上的名堂来。显示器红红蓝蓝的符号让他看出一座暗藏的金矿。他在两位赌客之间坐下，先给左边邻居出主意，那位赌客自以为是，不听他出谋划策；他转向右边的一个女赌客，女赌客跟老史搭上了讪。老史跟她赌起来：信不信？往这里押准赢！要是输了呢？输了他老史赔，不过赢了她必须让老史抽一成。女人听从了老史，果真赢了三万，也果真守信用，给了老史三千，高高兴兴走了。老史的赌本就是那三千元。

晓鸥知道现在的史奇澜拉不得，也劝不动。把他拉下赌台他会要你的命。也不过是十几万的筹码，玩光了他还能怎么样？假如老史一夜输赢的流水上百万，她晓鸥也有几万码佣可得。让老史没出息地乐一会吧。让她自己从他的没出息中捞一票吧。她早该知道史奇澜偷渡过来不是为了卖木雕还水电公司欠账。

人群又是一声喝彩：老史又赢了。刚才才输了两小注，这一注赢得很大，五十万赢进来。老史扭过头，朝着蜡像一般没表情的梅晓鸥咧嘴笑笑，还伸出两只手，让中式褂子的袖口自己往下落一落，似乎他要雕刻一件小叶紫檀的精品，或者他要为一件完工的精品揭幕了。

"没办法，运气来了！"他指着桌面上的筹码对晓鸥说。那是他两个多小时的经营。

晓鸥给他的难看脸色他一点都看不见。等他转过身，荷倌换班了。晓鸥跟他说荷倌都换了还不走？他还是那样，支着俩手把袖子往下抖落，手指微微叉开，沾着满手蜜糖舍不得让它滴落似的。

晓鸥不忍再看下去，带着阿专离开了凌晨三点仍然灯火通明的大厅，走出由上火的牙床、阻塞的胃肠、欠缺清洗的头发等等气味合成的空气，走进十月初的妈阁城。大风吹斜了路边的树，气流的巨浪冲在晓鸥身上，让她一阵舒坦。把她浸泡透了的人欲气味，被风浴洗一净。阿专开车把她送到家时，正好三点半。

儿子睡得好熟，她把他手里的游戏机拿开时，他纹丝不动。用人带的孩子，跟游戏机做伴的时间比父母双全的孩子要多很多。她对儿子和用人凶过，但不生效，渐渐她责备得累了，麻木了，放弃了她在家里管理和教育的权威。做她的儿子多苦，她连母乳都没给过他。生下儿子不久，卢晋桐又回到赌台边，她心里跟着输跟着赢，跟着上上下下，跟着出生入死、绝处逢生，奶水全干涸了。

她每天早上的时间都是儿子的。四点睡觉，七点钟准时起床，伪装成一个正常的母亲，母子面对面吃早餐，互换体己话。随着儿子年龄增长，他的体己话越来越少。问他什么都回答 OK。

一向都是等用人带儿子上学之后，她才真正开始休眠。从早晨七点四十到中午，她的客户一般都不会进入行动。她送走儿子，拿起门口的报纸，打着哈欠回到床上。这一会读报和睡眠都鲜美无比。

手机响起来。她看一眼来电显示：阿专。史老板输光了。她以为是什么新闻。输光了好，他就老实了，可以回房间睡觉了。阿专的声音很急，说老史非要押他的表。一块什么表？伯爵。晓鸥叫阿专别拉着他，让他押。热病上来，病入膏肓了，别说一块伯爵手表，就是押上他的手指头，也不在话下，只要典当行收手指头。可怜老史和卢晋桐输到赤条条一身无牵挂时，真说不准会拿父母给的五脏四肢七窍去押，只要押得出钱来。

等到晓鸥中午上班，史奇澜已经输掉了手表，老老实实地回房间睡觉去了。

晓鸥在下午三点敲开他的门。他居然一点都不老实，摩拳擦掌，对自己很客观地来了一番分析：他最高成绩是九十八万，想想吧，从一个子没有到小一百万，他要收手离开就好了！可是当时那条"长庄路"不打下去不死心，就那一手，他押错了。怎么就没想到呢？"庄"已经赢了十五盘了，还不改押"闲"？一念之差，一差成千古恨！当时的老史押"庄"押"闲"心里是很矛盾的，矛盾半天，还是把五十万推到"庄"上，可是马上就预感命运的转折来了，果然急转直下，每押每输……简直鬼使神差，他的手就那么一抖，押错了。要是揣着小一百万就走，把筹码全部兑现，汇回北京，至少水电公司不继续停厂子的水电了。

晓鸥看着意犹未尽的老史，他不是沮丧，而是自豪；从零起点到零终点，但你别忘了他可是从一百万赢局里兜个大圈子回来的，一百万几乎到手了，不，已经到手了，如果没发生那瞬间的误差，那么谁又不发生瞬间的误差呢？再英明的人也战胜不了瞬间的误差，那本来是可以不发生的误差，因为他在误差发生前痛苦地犹豫过，在误差刚发生就预感到误差，因此他险些就避过了误差，遗憾那是完全可以避免的误差，他失去一百万失去得很险，他的败局是赢者的败局。

你看，事物可以被理解成这样。晓鸥只能指望陈小小成为另一个梅吴娘，被丈夫置之死地而后生。

晓鸥知道他手里还有赌资，就是他带来的黄花梨。把那两件雕刻没收他才安全。趁老史进洗手间的空当，她给阿专一个眼色。阿专自己没脑筋,但她的脑筋怎么动他都跟得上,立刻走向那个大旅行箱。好,拎起来不轻,她和阿专会意一笑。阿专和大箱子消失在门外,史奇澜从浴室出来,香喷喷的跟晓鸥说,走吧,咱吃饭去。香水味道不俗,很高档,一穷二白也是个高档穷光蛋。他的意思是要晓鸥请他吃饭。他连唯一的箱子眨眼间失窃都没注意。不过晓鸥给他开了张收条:今收到旅行箱及里面的雕品若干。作为债主,晓鸥有权这么做。所有债主在北京都进驻了史府,客厅书房卧室自行出入,看上哪件好家具、好木雕就照相,作价,上保险,从债务里平账。

但史奇澜一看那张收条就哈哈笑了,满脸难为情。牙缝里一片龙井茶叶,使他的难为情尤为生动。那箱子里没有黄花梨雕刻呀,我的梅小姐!里头装的是一包大米几卷挂面呀!可他昨天明明说箱子里藏了三件黄花梨雕品,难道花几千块偷渡费就为了把一包大米几卷挂面和一个不名一文的老史运过来?

下面一个举动是晓鸥做出之后才意识到的。她的巴掌打在史奇澜瘦削细腻的面颊上,麻到五个指尖。老史开始吃了一惊,但马上让这事过去了。吃晓鸥一个耳光比吃其他债主的要好过得多。晓鸥头一次见他时眼睛里泛出的两朵涟漪他看见了,他眼不瞎,心更不瞎。之后他在工作间雕刻的时候，晓鸥看过他几次，本来是去催债，看着他那双秀美的手握着雕刻刀化腐朽为神奇，她把飞去北京的目的都忘了。那时他又在她眼里看到了有关他的胡思乱想。尽管此刻她对他的梦全都碎了，她还是好怜惜他。她这一巴掌打出来，他什么都明白了。假如他一直以来怀疑她对他的怜爱，这一巴掌把怀疑全打出去了，他明明白白看到她对他那份另眼看待，那份淡淡的痴情。

她打得自己眼泪汪汪。她用沙哑的嗓音问他为什么欺骗她，有鼻子有眼地告诉她如何把两件黄花梨从陈小小眼皮下偷出来。他看着她再次举起的巴掌，叫她不要急，听他解释。这么不要脸的事，还有什么好解释？两人在酒店房间追打，打成了两口子。在此之前晓鸥打过谁，卢晋桐那么该揍她都没碰过他。在此之前她完全不知道自己会打人，会追着一个男人不依不饶地挥巴掌。

史奇澜跳上了床。这下子晓鸥不能追上去打了，真要打成两口子了。

"我真没撒谎！"他穿着拖鞋站在两个枕头之间。

"那你昨天说，箱子里装的是雕刻！"

"昨天是装着雕刻！"

晓鸥不动了。还用他再往下说吗？他上午和下午根本没在房间里睡觉，把两件雕刻三文不值二文出了手，换的钱又输出去了。

"你刚才没看到我怎么赢的！"

他还是只提赢，只记得赢，赢给他的好心情、豪迈感是输不掉的。他说他刚才一把就赢了四十几万。赢来的钱呢？汇回北京了。水电公司缺德透了，差两天都不行，非给你断水断电。没有水电，工人肯收工资白条，他们也没法工作呀！晓鸥一动不动，看他还有脸胡扯。他赢了四十多万肯回到房间里来？已经没什么可供他败的家，他还在败。

晓鸥恢复动作是气势汹汹地拿出手机，一个键子就按到陈小小的办公室。

"你别打给她！"

你看，他知道晓鸥要给谁打电话。沦为最无救的赌徒之前，他们先失去的是说实话的能力。

陈小小不在办公室。史奇澜马上坦白求饶，说自己赢的四十多万又被他很惊险地输掉了，同样是鬼使神差，手那么一抖，押错了，本该押"闲"，押成了"庄"。当时他心里就一格登，预感来了，但来不及纠错了。只要再多一万，不，五千，他都能扳过局面。说到此处他停住了，看着晓鸥。不见得还想从晓鸥口袋再搜刮出五千、一万吧？

现在老史彻底安全了。欠他自己两夜一天的觉，现在可以安安全全地去睡回来。不过晓鸥还是好奇，想到他何不到海边捡两块石头放进箱子，还麻烦他自己去超市买粮往里装，反正是做个调包的道具,石头和大米一样好使,效果有什么不同吗？

老史羞涩地笑笑。其实他是想找间房住下来,有大米可煮、挂面可下，就活得下去。妈阁的民间纯朴善良，可容他享受清净。大米挂面总会吃完的呀！那就给书画社打打工，伪造点假字画，或者鉴别假字画，大米挂面总吃得起。他还这么甘心清贫呢？在这里做个卖手艺的杨白劳，在赌台上反攻倒算，把失去的天下赢回来。晓鸥能想得出他不远的未来，单纯明朗的未来，挣一笔钱赌一笔钱，从书画社直奔赌场，大米挂面果腹，胸怀一份壮丽理想，赤手空拳赢回他曾经的繁华，印尼和菲律宾的工厂和木场，中国内地的几家工厂和商店、展示厅。那理想是，他史奇澜有一笔巨大的财富注定藏在千万张赌桌的几亿张纸牌里。那可是他史奇澜的财，可不能让别人赢去。

梅晓鸥这时才明白，史奇澜真的能干出那种事，潜伏下来，长期抗战；他抗战的对象是一切不让他赢的人，自然包括他老婆，也包括他的女债主梅晓鸥。这样一个输不服的赌棍。这样一个乐观的输者。晓鸥觉得自己很长了一番见识。什么赌徒的嘴脸她没见过？而眼前这位输光输净输得比穷光蛋还要穷一亿多元都还没输急眼，还这样两袖清风地接着去赌，不能不说他有个罕见的人格，不得不让梅晓鸥心生畏惧。

她目前要干的是拖住他，同时以最快的速度通知阿专。阿专是在社团的人，社团里有他的帮手，到紧急情况下会来帮阿专的忙。比如阿专忙不过来的逮人、捆人、押人，他们就会义不容辞地出现，帮着逮、捆、押。他们忙不过来，阿专也会做他们的帮手。阿专的帮手们还帮着监视赌台。比如段凯文玩得那么大，万一出了老千，亏就吃大了。她在手机短信中告诉阿专：立刻赶到史总房间，需羁押史。

所谓羁押并不是让史奇澜吃多大苦头。两居室是晓鸥十年前买的中档公寓，当时用来给母亲帮她带孩子的。当时的晓鸥男女约会还多，儿子在身边碍事。现在她的约会少了，一旦发生就在那两居室里发生，不会碍儿子的事。

她在吃午饭期间告诉老史,他不必去别处找房子，自己有现成的地方免费提供。老史推辞，那怎么好意思，成了娇屋藏金了！其实他已经把住地找好了，在赌场认识的人给他介绍的住地，老街旧楼，半间房，跟室友合用厨房和厕所。

菜还没上，阿专到达。晓鸥看见阿专带的一个帮手站在餐厅门口。晓鸥说史总何必客气，有免费的好房住，硬去那种蟑螂臭虫成窝的破屋，让她以后怎么跟陈小小交代。史奇澜要躲，头一个是躲她晓鸥，结果躲进她晓鸥的屋里，不是笑话？他嘴上推让，心里打好了主意，抽冷子就跑。只要他得空上趟厕所，她晓鸥就别想再看见他。老史说他要去厕所的时候，晓鸥对阿专说：陪史总去一趟吧。不用不用，厕所还不认识？这个餐厅他闭着眼走都撞不上墙。

阿专不理史总的俏皮话。他转过来跟晓鸥继续耍嘴皮，饿了一定找得着馆子，憋了一定找得着茅房，晓鸥你还怕我走丢吗？怕你存心走丢。什么意思这是？

冷场了两秒钟，老史看出自己逃跑的意图完全被洞识，脸变了，厕所也不去了。他指着晓鸥就骂起来：你当你是我的什么人？跟我犯贱！好在骂女人的名堂就那么几个，晓鸥在卢晋桐时期就听惯了，免疫了。

邻桌的客人都向他们张望。把老史看成坏脾气的丈夫或男朋友。

阿专端着普洱茶，不断抿一口。晓鸥不给指令，他只能抿茶吞气。老史的风雅面目此刻不知去了哪里。晓鸥对阿专说了一句，吃完饭再说。

菜还是丰盛的。梅晓鸥不至于苦着老史的肚子。老史见好菜上来，马上清出嘴里的脏话狠话，填入一块半透明的上等花胶。刚才翻腾出那么多恶毒语言的也是这条舌头。正如能雕出那么多天人之作的也是这双捻动纸牌的下作的手。

晓鸥等老史吃饱，站起身，走在头里。她认识餐厅的老板，到老板那里打个大折扣再结账。老板听说了老史骂庭，问晓鸥是不是又碰到个下品客户，晓鸥只笑笑。她认为自己笑得很酷。她不置可否的笑比她什么回答都达意。

老史被阿专和帮手押出了赌厅，押去晓鸥的公寓。晓鸥在赌厅门口跟老史正颜厉色：不要给脸不要脸。欠这么多钱，分分钟可以让警察接手案子的。

"你才不敢！"老史说。

"你试试。"

"我坐两年牢，欠你的债就一笔勾销了。"

"你还有十年吗？"

晓鸥恶毒他一句。老史四十九岁，糖尿病患者，他自己害怕或许拿不出十年给监狱了。再说光晓鸥这一份债就一千三百万，北京的债主还排着大队呢，债务加起来，老史也许要坐一百多年牢，怎么坐得起？

老史跟阿专和帮手走了之后，晓鸥一面往段凯文的赌厅赶，一面给陈小小的手机拨电话。她简单地说了一句，让小小订明天的机票来妈阁。陈小小说她要走明天也来不及，港澳通行证办不了那么快。为什么突然催她去妈阁？不会是老史又去赌了吧？晓鸥知道这份悬疑在陈小小心里一直悬着，越悬越重，从晓鸥昨天为老史报平安开始，小小就疑心老史在晓鸥这里。晓鸥当然否认。陈小小确定了老史又上赌台是会发疯的。疯起来的女人什么都干得出；比如把库存的好木料好家具马上抵押，押的钱全卷了走，带着他们的儿子消失。这两年这么干的人很多，赔光了公司或工厂关了门就走，消失掉，到某个遥远国度去安分守己，和老婆孩子细水长流地开销他们用各种圈套套来的钱，包括欠发的员工工资，抵押厂房或住房贷到的款项，或者从亲戚朋友那里求来的、骗来的林林总总数额。玩消失最近两年形成风尚，形成术语，叫"跑路"，或者叫"人间蒸发"。晓鸥十年前蒸发过，陈小小也可能做当年的梅晓鸥。假如小小带着儿子，带着工厂存货抵押款蒸发，把一个比穷光蛋还要穷一亿多元的史奇澜剩给晓鸥，她怎么办？她把老史交给警方，自己跟那一千三百万的亏空活下去？她当然要尽所有招数避免陈小小消失。陈小小在，就是老史心里那一点疼痛，这点疼痛没了，老史彻底成了打不烂磨不破的糙皮子，谁也别想再治他。

晓鸥把老史关起来是为这对冤家着想，也为她自己着想。老史把自己长期做赌徒的未来都告诉晓鸥了，她必须把他关起来。真像他打的如意算盘那样，在妈阁做个黑户口窝藏下来，上哪家书画社打一份工，自食其力地慢慢赌着，陈小小怎么对付在他们家客厅野营的债主喽啰，怎么跟法院交涉争取恢复生产，分期偿还债务？换了她晓鸥，也得"人间蒸发"。

晓鸥骗小小，妈阁发现了几块好木材，要价特低，她看不准，要小小自己来看。小小焦头烂额地答应她会尽快来。小小一到，晓鸥就放老史，让小小把老史领走。

台风从妈阁上空虚晃一下，过去了。它的毛发和动势擦着妈阁的海面、树梢、老楼，等它过去，海和树以及老楼都有些微妙的走样。每回大风走了，老妈阁就走一点样，这是最老的妈阁人看出来的。而新来的妈阁人，或临时来祸害自己和妈阁的人丝毫看不出来。他们从不去看。

台风过去，段凯文从赌台前站起。征战两天，输的数目被控制在一千二百万。他说站起就站起，能站起来的都是好赌徒。好汉。

这位好汉输得最惨烈的时候还去健身房。他做给氧运动是个必须。有了足够的新鲜氧气的大脑才是冷静的，时候一到，管他输赢，站起来就走。

离开妈阁之前的两个小时，段凯文是在海边度过的。梅晓鸥给他做伴，两人沿着短短的海岸溜达。他们前边低飞着一只灰乎乎的海鸥。晓鸥心里急煎煎地想赶它走。千万不要谈起我美丽的名字。海鸥在打他俩的主意；活着的人类总会产生垃圾，人类垃圾紧扣着海鸥的食物环链。这是一只有前瞻意识的海鸥，守望着它食物环链的出产源。

段凯文看见海边有个水果档。他上前买了一些进口樱桃，颗颗完美，细瓷摆设似的。比细瓷器还要昂贵。他让果贩把樱桃用矿泉水冲洗两遍，装在两个纸杯里。又拿了个空纸杯在手中。晓鸥直到吐出第一颗果核才明白，他拿的空纸杯是为了接她嘴里的樱桃核。晓鸥一手捧一个纸杯，用齿尖去吃樱桃，又让工艺品一般的果实直接碎裂在唇齿之间。凯文在付钱给小贩时就声明了，他不吃这种女孩子吃的东西，因此晓鸥也就毫不谦让。他伸过空纸杯，一粒在她嘴里焐热的果核落进去。海鸥干瞪着眼。

再往前走几步，出现了一个咖啡店，一半站在海水里。段凯文买了两杯咖啡。从这个咖啡店倒塌的遮阳棚能看出拐弯而去的台风掀起的海浪还是很高的，浪尖上带的海底小生物都被拍死在咖啡店的墙根上。跟他们同行一路的海鸥早已奔向那里。

下午一点多了，这里还是清晨。段凯文似乎已把晓鸥忘了，像一个晨起的人那样守着第一杯咖啡醒盹。

"不知刘司长起来没有。"晓鸥说。她怕段总搭飞机走了，把老刘剩在妈阁。

"老刘今天一早走了。他老婆和女儿中午回北京。"段总似乎醒了盹，回答晓鸥，"你是怎么认识老刘的？"

这话该这么听：老刘这样的人，你怎么会认识的？

"我都忘了！"晓鸥抿嘴笑笑。吃樱桃之后，可不能露齿笑。

段总懂晓鸥，他也笑了。为了相互的厚道。实在没什么优长的人，人们反而对他厚道，背后当面都不说损他的话。老刘是不能不存在的，老刘不存在谁给大家垫底：

我再不济还能差过老刘吗？老刘无懈可击之处，也就是他的甘心，甘心垫底：我比你们谁都不如，你们还能拿我怎样？老刘把多少呼风唤雨的人领到晓鸥面前？包括这位段总。那些人惊涛骇浪地来了，在赌台上惊涛骇浪一场，又退下去，留下的是这个老刘。就像留在咖啡馆墙上的小生物、碎紫菜、泡沫的浮头。

"你还没跟我讲你怎么干上这一行的。"

"怎么了，这一行不好啊？"

"第一次见到女人干这行。"

"那就是段总觉得这一行女人不该干。"

段凯文看着灰暗的海水。海是天的镜子，天上一块晴空都没有，浅灰的底板，深灰的云。天空看上去是老妈阁四百多年前的古老模样。

"是不该干。"段总说。

晓鸥觉得一臊，这职业的短给段总揭了一样。一个女人有更好的事干会来干这行吗？虽然赚钱多，赚得快，可赚钱有许多方式，方式分高下，尤其女人要讲究这高下。男人不贪色，一些女人就赚不到钱；晓鸥你赚钱是因为男人们贪财贪赌，比赚贪色的男人的钱又高多少？

"我不干这行，谁赚钱养我儿子啊？"晓鸥笑着，心里有点恼羞成怒。

"赚钱总是赚不完的。你就没有赚够的时候？"

晓鸥的收入有多高，这位段总了解得很清楚。这两天她在段总和赌厅之间扯皮条，至少赚了一两百万。也许还要多点。只要段果真兑现还钱的话，十月是晓鸥的金秋，一年中第三个金秋。第一个在春节，第二个在五月，然后是十月的国庆长假。这一行赚得是不错，如果能少碰到几个史奇澜，会更好。因此晓鸥刚才那点羞恼平息了。

"你有赚够钱的时候？"晓鸥反击道，给他一种厉害角色的笑容。你的拖三把我和两个同行拖富了一截。我们的账户都被你喂肥了。只要你兑现承诺：三天之后把欠赌厅的款还上。你不还我就必须代你还三份，桌面上赌厅一份，桌面下两个同行两份。

"我看你找点投资项目投点资，改行。"段总说，"你这行太……风险太大。"太血腥。晓鸥在心里替他说。

"我不会干别的行，怎么改？"

"那就再干两年，收手。干一年吧。干一年能挣不少啦。"

"光说我，段总能停下不干？"

"男人跟女人不一样。"他认真地看着晓鸥。

能自己挣大把钞票的女人，男人要给她减分的。晓鸥又替他说了这句潜语。晓鸥沉默下去，让他静静地专心地给她减分。

"来北京找我。"

作为谁去找你？他和她的角色关系是妈阁确定的，没有老妈阁提供的戏台，他俩压根儿没有台本，更别提唱念做打。更没有现在这段过门。海边的过门是他俩跳出角色即兴发挥的一段。虽然他的唱词不是她想听的，也是她被迫接下的对白，但还是有种无望的美好。美好而没有希望，是最干净的美好。晓鸥孤单到什么程度，只有她自己知道。妈阁可以有为你杀人的哥儿们，却没有朋友。朋友在晓鸥生命中缺席太久了。一滴友情落入她生活里，她都能听见心里龟裂的旱土嗞地冒起丝一般的青烟。

"嗯。我会的。"

"十月底之前北京都挺好，还不太冷。就十月底来。我知道你十一之后生意不太忙。我好跟你谈谈你怎么改行。"

段总的武断在这时表现成了酷。生活中没有个人称王称霸绝大部分事务推行不下去。他的武断在晓鸥知觉中是巨大的雨点，暴砸下来，带着那样的力量，旱土都感到微痛。要的就是这微痛。从躲避卢晋桐那时就失去朋友的晓鸥享受着段凯文疾雨般的友情。

友情来了,她才知道友情原来一直是缺失的。她有点不知所措,不好意思,自己怎么配一下子得到友情?

"好的,谢谢段总。"

他和她都没有把目光马上移开。男人和女人的友情一点点暧昧都不要是不可能的。

钱庄通知，一笔七百万的款项要汇过来。这是段总还的第一笔款，一天都没拖。第八天，所有款项都汇到。钱庄的效率比银行高。晓鸥没有错下段凯文的注，她赢到一个诚信的朋友。

而她等了八天也没把陈小小等来。工厂、公司、家里，瘦小的一个女人恨不得三头六臂地招架，妈阁的"好木料"根本不在她事务料理清单上。她向晓鸥一再保证她会乘下一天的飞机来。

八天里晓鸥去看了史奇澜三次。第一次他还破口大骂，第二次，第三次，他向晓鸥跪下，把头在柚木地板上磕得咚咚响。地板和额头都是好成色,可惜了。晓鸥怕那个装疯卖傻的老史，决定不去看他，每天从网上找两样菜谱，让用人照菜谱做出来，再让阿专给老史送去。这天阿专把菜又原样带回来。老史开始闹绝食了。

晓鸥想不通，多年前静若处子的老史如今怎么就成了一块溃烂，慢性的，消耗力还那么大。她收到阿专手机短信时正站在妈阁海关口接一个十五人的赌团。周五傍晚的海关一般都会有个通关小高峰。大陆往妈阁关口来的人难民一样动乱惶恐。他们的背后似乎追着战火或山洪，迅猛地朝他们逼近和蔓延，他们不冲出来，不冲到安全地带就是个死，早一点冲到妈阁，早一点冲入赌场，就能把紧追在身后的贫穷甩远一点。什么也挡不住他们，他们炽热的目光告诉你，他们随时可以成为暴民，把任何阻碍踏在脚下。巨大的体味聚集充满在大厅里，滚热的体味儿。对于财富的欲望发自某种生物激素，一种令猛兽进击的激素，有了这种激素，狮虎才成其为狮虎，强者才成其为强者。

这个数万人之众的人群以争当强者的激素发动，滚入夜色中妖冶起来的老妈阁。其中多少人会沦为史奇澜，像一块慢性溃烂一样活着？

晓鸥把十五个赌客带到赌场里，让他们自己去娱乐。他们都是些挣钱不太多的中级干部，信仰"小赌怡情"，不会玩成赌棍的。也许十五个人里会出个把好汉，将来成为梅晓鸥的常客，玩光家当。没有大家当的人都会小心翼翼地看守家当。因此，这是一群小心翼翼的赌客，何况三分之一是女人。

她必须去看看绝食的老史。来到公寓门口时,她看见一个女子晃悠在十五层和十六层之间的楼梯上,她的公寓在十五层。老史常来妈阁,下九流上三流人等都认识几个。这个年轻女人是酒店大堂里一件移动装潢,常跟她的女同行们站立或漫步在厅堂里,勾不上男人,累了,她们就找把空闲的椅子或沙发坐下,装作在手机上收发短信。她们的手机都像她们人一样精心打扮,挂件玲珑,如同环佩,假钻石装饰着手机壳,手机替她们先珠光宝气起来。判断她是操此业的女孩,晓鸥不是凭她的脸,是凭她的姿态,她姿态里全是孤独。她们这类女孩是世上最孤独的人,哪怕她身处熙熙攘攘的酒店赌场大厅,哪怕她身边就站着你,都于那孤独无碍。她让晓鸥想到,阴界相对阳界的万物存在,或许各自被不同的化学属性或物理密度所局限,只能知觉彼此而无法相互沟通。晓鸥能够想象,这类女孩即便被男人捡起,带回家或者酒店房间,她们的孤独也是不能被逾越的。她们从五湖四海聚到这里,没有家,孤独是她们的私密空间,她们不可能让你进入她们的孤独,那里面存放着她们最后的尊严。

晓鸥不知道这个女孩的出现和史奇澜有没有关

系。老史每年在妈阁花去三分之一时间,也许他在妈阁暗暗生了曲折黑暗的根。也许他向这女孩呼救了?室内没有电话,老史的手机被晓鸥缴了械。公寓楼上的居民视这种女孩为公害,她们的出现会降低房价。因此她不可能是长时间在楼里飘游,而偶然发现老史被囚在1508室里的。晓鸥掏出公寓大门钥匙,打开锁。这把锁要了晓鸥好价钱,因此开锁公司都打不开。关上门,她听见女孩的高跟鞋从门口踏过,下楼去了。

进了客厅,就看见老史腿盘双莲花,眼皮微闭,面带一丝永恒的微笑。这是干吗?要圆寂吗?晓鸥走到各屋去开窗,她不愿释放了固体的老史出去之后她房里还留着一个气体的老史。烟气、酒气,各顿饭菜和他绝食的气味形成一个扑鼻涨脑的老史。老史真的成了一块不愈合的溃烂,晓鸥都感到丝丝作痛。她来到老史面前。

"老史,我说你听着。关你不是要罚你,是要你好好地回到陈小小身边去。陈小小要是八天之前来,我八天之前就让你出去了。"

老史的双莲花盘得圆圆满满,难为他四十九岁的筋骨。他现在这么高深,无法接晓鸥的话。晓鸥抱着小臂等了一会。他微微动了动,好几节关节炸起小鞭。

"陈小小明天上午乘澳航的航班到。"

老史刚才是很静的，这话让他更静了。

"你老婆来之前，你看着办；吃呢，还是不吃；要不要洗洗，换换，随你便。"

什么陈小小被你老史害死了之类的话她不说了。她没有婆婆妈妈的资格和义务。她只有一句话，不说出来老史也听得见：回北京去恢复工厂，早点还我的钱。

晓鸥进了浴室。马桶边缘全是深黄色的点滴，你在人尿干涸后才发现它的稠厚度。有的直接变成了化肥。老史是个要体面的人，这种做法无非是作践晓鸥：当牲口关他，他就把此地当牲口圈。他这么做还有男人对女人的一层意识：那带有猥亵的意思，也是一种占有和蹂躏。雄性怎样圈他的领地呢？就这样圈。

一个人在变成赌徒前后真是不同。晓鸥用马桶刷使劲刷洗点点滴滴的深黄色。它们不仅冲鼻而且蜇眼，她的眼睛在不可视的催泪弹烟幕中眯起来。按一下冲水栓，她听着自己的屈辱轰然奔泻。或许老史在浴室外的厅里也听见那奔泻的激越，咳嗽了一声。

晓鸥回到他面前。他已经不是刚才那副圆寂的模样了：四肢和身体突然失去了柔韧度，脖子尤其僵硬，两只放在双盘莲座膝部的手似乎在强忍一个冲动……什么冲动？要去狠搔一片奇痒的冲动。他可当作观赏物的那双秀手应是掌心朝上，拇指和中指若虚若实地捏拢，跟其他手指组成欲放欲合的两朵兰花，可眼下这两只手令晓鸥不敢看，一看便疑惑它们刚做了什么勾当回来，很硬很累地摆着。

她又说了几句必须的话。窗子请一定关好。绝不要在屋里抽烟，要抽到阳台上抽。上厕所注意卫生。每句话的字里行间，她都听见一种类似稀粥开锅的响声，咕嘟得要潽出来了。老史的肠胃没出息但很诚实，饿了就叫饿。饿得胃液开锅，老史还在矫情，摆出这么有境界的绝食姿态。晓鸥对他的满腔恶心和愤怒都没了，要笑出来。故事和人物由悲惨转为荒诞。

阿专来短信了，说十五个赌客里出息了一个来，用三千赢了五万！他现在在代她款待这帮客人。她走进原先母亲的卧室，给阿专回电话。刚要拨出去，老猫打了进来，谢谢晓鸥送给他分吃的货。意思是他看见手机里银行账户收到了黑钱庄汇入的款项——段总的还款。段总是楷模赌徒，是还款先进分子，老猫、阿乐热烈欢迎段总多多来妈阁，多多益善。晓鸥一面接电话，一面把地板上的烟灰往外擦，渐渐擦到门口，瞥见史奇澜赤裸的右脚拇指微微动弹，偷听电话脚拇指当成天线了。

阿专接着又在手机短信上汇报了那个有前途的赌徒，说晓鸥必须去看看。万一是可以被发展提拔的对象呢！晓鸥知道，东方男人身上都流有赌性，但谁血管里的赌性能被发酵起来，扩展到全身，那是要有慧眼去识别的。梅晓鸥明白她有这份先知，能辨识一个藏在体面的人深处的赌棍。是她祖先梅大榕把这双眼给她的，深知自己血缘渊源存在过痼疾的人因为生怕痼疾重发而生出一种警觉，这是一种防止自己种族染病灭绝的直觉，是它给了晓鸥好眼光去辨认有发展前途的赌客。

晓鸥记得这个人，所以上去就投给他一个惊喜笑容，恭喜好运的笑容。这个人姓庞，四十二岁，一个省级城市的市计量局局长。他圆圆的眼睛，鼻头也是圆的，身体和头部像两个人，身体细瘦，头和脸圆胖，应该做不出太心狠手辣的事，但押注却很果决。

休息的时候，晓鸥帮他把赢来的码子兑了现。一共八万三。庞局长快乐得像个儿童。说明天给老婆买双好皮鞋。赌团里五个女成员都说要帮他参谋。晓鸥激将他,来妈阁一次才给老婆买双鞋呀?首饰呢?女人们都说,换了自己,也是要首饰不要鞋,鞋才几个钱一双?赢了八万三才买一双鞋?

那就听大伙的,买首饰,庞局长好脾气,笑呵呵的,天下除了贯彻上级政策,做好局里工作,什么事是大事?可八万三港币买不了多精彩的首饰,晓鸥说。就它吧!局长说,瞧中国国民富裕的,不仅有商品房住还戴首饰!其实他老婆再三嘱托是要买双好皮鞋,牌子都写给他了。再玩两把,首饰和鞋兼得!同伴哄他。不玩了!不玩喽!……

走过晓鸥身边,晓鸥递给他一张名片。就在那一递一接之间,秘密内容滋生了:以后再来。当着这么多同机关的下级是不方便玩的。一定抽空再来,这不就认识了梅小姐吗?一回生二回熟。名片是放出去的长线。有那赌徒种的自然在将来循着长线回来。庞局长在不远处把晓鸥的名片仔细看着,其实刚出海关她就给了每人名片,而此刻名片上的名字才被他真正看进眼睛,被他的记忆登记下来。他被刚才的赢局激活了赌性,此刻梅晓鸥三个字个个都活了。

这是个轻松的夜晚,向十五个尽了玩兴的人道了晚安之后,她自己驾车回家。阿专也很累了,她叮嘱他一定要乘的士回家。阿专说他的外套丢在晓鸥的公寓，该取回去让女朋友洗。晓鸥要他别为她省钱，一定要乘的士。

回到家儿子居然没睡。这个时分母子团聚十分难得，她就不说"游戏机玩太多"的话来扫儿子和自己的兴了。她觉得饿，在厨房拿了一包速食面泡到碗里。儿子闻到那股假惺惺的鲜味马上要求母亲分他半碗。十一岁的孩子是这类速食的牺牲品，工业配方的滋味把他的味觉养得简单而粗暴，拒绝接受自然和微妙的味道，一切东西不达到人工的鲜度和浓度都是没有滋味。

她和儿子热乎乎地分食一包六块八毛钱的面条。儿子对于跟母亲一块犯规——迟上床、吃速食面——而受宠若惊。这就值了，假如吃工业化滋味的速食面能深化母子感情，那就好好地吃吧。儿子十一岁的脸蛋由白而红，卢晋桐的鼻子长在梅晓鸥的两只眼睛下，再往下是卢晋桐姐姐的嘴，略薄的嘴唇显得敏感而苦相,往里扒拉那些弯弯曲曲的速食面条时苦相显著了。

晓鸥和儿子在他的床边道别。一年中跟儿子道晚安的夜晚数得出来。手机上出现了老猫的短信息，问她这会有没有空，他请她消夜。老猫把她当作一条鲜鱼惦记，对她一直是馋的。一个女人在妈阁这样的地方混，没几只老猫也不行。她知道做一条鱼她不犯腥是不可能的，但腥得抽象一点，让老猫远淡地馋着她，像人类馋着某种美丽空虚的情感，馋着她的同时警戒其他猫向她伸爪子，这才高明。因此她变得机智顽强，对付老猫的办法是转过来让老猫对付她。老猫请她消夜，她就说马桶往上泛味，你先来帮我修一修嘛！假如他说，操他的，你这女人怎么这么多事？！她会说：帮我修了马桶我就跟你有事。她的泼皮、不雅，或稚不可耐都超出老猫这种男人的心理准备，每次都成功地把男女之间恰好对上的"劲儿"给错过去了。老猫始终不明白他跟晓鸥是熟识过头了，还是基本处在对峙状态。

老猫就属于那种可以为晓鸥杀人但做不了她朋友的男人。

手机的另一条线有人打电话进来。借口来了，晓鸥不容分说地跟老猫告别：拜拜，早点睡，不许出去杀人抢劫啊！晓鸥自家妹妹似的玩笑会让不甘心的老猫舒服，她的专横口气让老猫感到她和他原来很亲。

电话是阿专打来的，又急又怕，晓鸥几乎听不清他叫唤什么。他是在室外人群中，这是没错的，背景还有电喇叭的叫喊。

"……史总从楼上跳下来……"

晓鸥听清了，心脏蓦地胀大，把她整个腔膛堵满。

"史总从阳台翻出来……"

电喇叭的声音盖过了阿专。晓鸥抓起衣服就往睡裙上套。手机忘了挂,一个飞快扩大的人群都在里面吵闹。

晓鸥拿着手机跑出家门,跑进车库。史奇澜瞬间成全了自己做了梅大榕。晚上见他时她居然没看出那份志向。她脑子里清清楚楚是打坐的老史,当时她以为那是他演出的滑稽戏。她握在方向盘上的双手到一半路程还没知觉。

此刻往老史身边奔是愚蠢的。警察张开罗网在打捞逼老史跳楼的人。而掉头逃开也是愚蠢的:没罪过你逃什么?他家门口排着一个逼债的长队,他都那么经逼,不耽误吃不耽误睡不耽误到妈阁来,用给人参谋指点挣来的小钱险些搏下一百万,怎么突然就不经事了,非到她梅晓鸥的地盘上来死?死得要她梅晓鸥好看?!

车刚拐过路口,就看见大人孩子往小区门里奔。晓鸥在小区大门外停泊了车,目标可以小一点。给阿专拨通电话,阿专不接。小区里电喇叭的声音开始对她产生意义。那个妈阁警察经过太多乐极生悲、悲极生乐的人间故事,喊话很像工地上指挥吊车、搬运材料。

"……再往右半米……再高一点……"

只能是指挥搬运尸体。晓鸥站在自己公寓的小区门口。凌晨的风很柔。

"好，好，抓住……"电喇叭说。

突然出来一个锐利的旋律。一共用了三个乐句才让晓鸥相认自己手机的铃声。阿专急起来嗓音很尖，他尖着嗓音在手机里抱歉没有听到手机铃声，现场太吵了！她一句话没说，听阿专企图压倒一切吵闹把事情始末告诉她：老史从楼上掉下来不是求死是贪生；他想顺着每个阳台侧面的晾衣架爬下楼，失足坠落，幸好被八楼那家的花架子挡住。

"老史还活着？"

"现在还挂在八楼的架子上！"

晓鸥拿着手机的手垂下来，呜呜地哭了。她要改行。听段总的，改行。

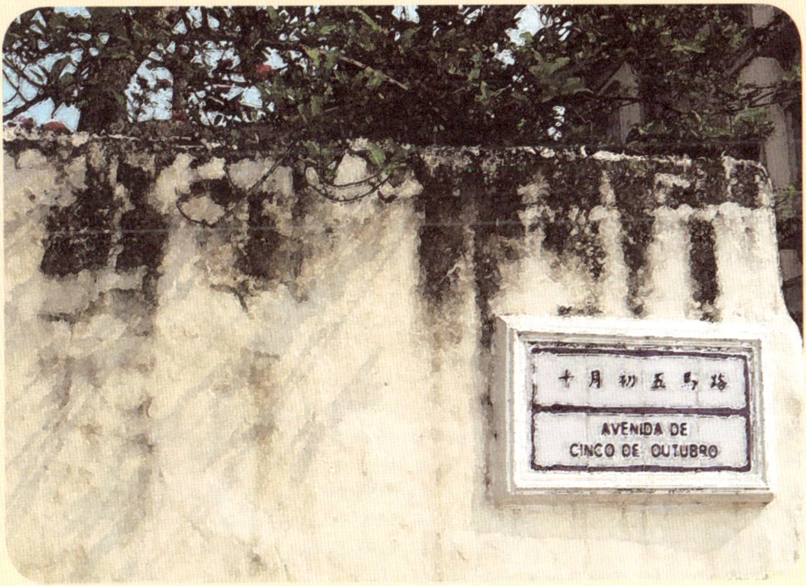
十月初五馬路
AVENIDA DE
CINCO DE OUTUBRO

晓鸥跟阿专开车往十月初五街行进，拐入鱼鳃巷，再进一个短短的小巷，这就来到了一家小馆子。馆子里发出上世纪剩菜的气味。妈阁很多这样的小餐馆，上世纪五十年代恐怕就是这副孤陋模样了。多少输净了钱的人，因为有这类小馆子而不至于饿死。从窄而陡的木头楼梯上去，就看见史奇澜坐在小窗口。小窗那么陈旧，把窗外夜色和窗内这个中年男人都弄旧了。

陈小小的手指抠进掌心，为一个耳光蕴集更大能量。耳光要打得漂亮，她的个头是不理想的。本来要把晓鸥当情敌打，把丈夫和他的女债主当狗男女打，那是另一种打法，打出一个受害人的悲壮凄美；现在阵线变了，她要打出丈夫的卫士风范。她的丈夫自从欠债以来一直被这个瘦小的母鸡护在翅翼下。

巴掌带起一股风，使不大的空间里气流乱了一下。晓鸥以为她先发制人地把史奇澜到妈阁这些天的劣迹陈述一遍，小小会感念她，至少会谅解她。看来老史不必背后诉苦，陈小小都会把经过看成另一回事：女债主把老史勾到妈阁，瞒着一切亲朋好友，包括死心塌地跟了他二十年的妻子，再把他囚禁到高楼上，就为了一件事：逼债。结论就是老史忍受够了非人的逼迫，从这十五层楼上一跳了之。

梅晓鸥没有去抚摩挨了一击的左腮，似乎不去碰它就把那个耳光否定了。女人打架是最低级的把戏，要把她梅晓鸥卷进去，跟她陈小小做搭档？休想。晓鸥只是在陈小小又一个巴掌上来时才抓起桌上剪花的剪刀。她张开剪刀锋利的嘴，朝着陈小小。她的动作很小，很低调，跟马戏团女演员的打架风格形成文野之分。

老史咂了一下嘴巴，对老婆的保护欲感到难为情却也不无得意。

"陈小小你可以了啊！"老史说。

晓鸥感觉小小辛辣的目光仍然在自己脸上、身上，寻思怎样躲过剪刀继续抽巴掌。马戏团的人和兽都是在热身之后才进入真正竞技状态，陈小小那一巴掌刚让她热身。

老史看出晓鸥态度上的优越，从夜来香旁边站起，大腿和屁股上被铁网扎出的洞眼最多，一站起来疼痛复苏了，他真的像刑讯后的志士，踉跄几步，从后面揪住老婆的衣领。

"我操，你这娘们，杂技团待了十年，一辈子都是爬杆儿顶罐儿的！什么习气？！"

他把小小的衣领当缰绳，勒住一匹小牲口似的勒住她。小小现在发现他走路和动作都出现了疑点，顺着他衣领能看见他胸口贴的两块绷带，步子也是残疾的……这些疑点让她从晓鸥身上走了神，转向老史。她掀起老史的衬衫下摆,何止两处挂彩?一眼看去,老史的肚皮上补丁摞补丁……陈小小完全忘掉了梅晓鸥,转而跟老史厮扭起来。老史除了对付各种硬木有力气,对付其他任何东西包括老婆孩子都没力气,加上他此刻形而上形而下都是遍体鳞伤,更扭不过小小,终于被小小解开裤带,褪下裤腿。小小被一团哽咽堵住气管,一动不动地跪在大大小小的绷带前。丈夫的两条腿何止补丁摞补丁?简直就是她东北老家的女人们用破布裱糊的鞋袼褙。

　　晓鸥进到母亲曾经的卧室里,关上门。被暴露的残破的老史非常不堪。只扫了一眼,晓鸥就马上躲开了。什么是人渣?把光着下肢的老史用来做注释就精妙之极。晓鸥扫了那一眼,刹那间人渣的符号便蚀进了她的记忆。从来没见过那么孱弱的腿,还满是补缀。她不知是恶心还是心痛。她突然意识到,她一直是略带恶心地在疼爱老史。也许她很不了解自己,以为把卢晋桐从自己生命中切除了,其实没有,她是用老史来补偿她对卢晋桐的无情,老史无形中在延续卢晋桐。她还突然悟到,自己挣起赌场和赌徒的钱,依赖卢晋桐们史奇澜们段凯文们的灾难来发财是在报复,是在以毒攻毒。

　　她没有从实向段凯文交代自己的发家史。她不会向任何人交代。其实没什么不光彩,没什么难以启齿。

她在赌场里陪卢晋桐度过那么多时日,她自己对赌场和赌博的熟识到了仇极反亲的地步。在躲避卢晋桐的几年里,偶然遇到的熟人也都是卢晋桐的赌友。其中有那么一个赌友,就是晓鸥来妈阁的桥。那个人认识她很早,早在她跟卢晋桐热恋的时候。那时有钱男人对自己婚姻外热恋的女孩都采取一个时兴做法,把她们送到国外。说起来是要她们进修深造,实际上是让她们和他们的妻儿各归各,同时让举目无亲的寂寞女孩们更依赖他们。没有他们的越洋供给,没有他们三五个月间隔的出现,圣诞老人一样慷慨地应允礼物和钞票,她们是无处找生计的。其实美丽和青春就是她们的生计,她们吃自己的美丽和青春;消费自己的美丽和青春;让她们守着美丽和青春再去像正常学生一样求学,像正常人类一样挣生计,那是浪费,那是不公。梅晓鸥就在卢晋桐把她送到美国的第二年认识了那个人。他姓尚,也许姓商,现在她已经没法确定了。他和卢晋桐同坐一张赌台时见到了小鸟依人的梅晓鸥。卢晋桐回国之后,他给晓鸥打过几次电话,最后一次要请她去拉斯维加斯玩。他说他也请了卢晋桐,一切费用都由他买单。对,那是个上海人,细高个,水蛇腰,三十年代天马电影制片公司的影片里走出来的小开。晓鸥和他一块去了拉斯维加斯。卢晋桐呢,今天不到明天一定到,姓尚的承诺晓鸥。她被带到一个顶层套房,叫总统套房,他告诉她时那么漫不经心。套房本身是个楼,楼下客厅、餐厅、起居室,花木形成自己的小热带丛林,中间一汪瓦蓝池水。她缺见识地傻笑起来:套房里有游泳池!上了楼梯,左、右、中各一间阔绰的卧室。中间那个卧室踞泳池之上,姓尚的把晓鸥安排在那里。晓鸥声都不敢吭,被王者的卧室压迫得更卑微了。

"爱游泳吗?"上海男人问晓鸥。

"爱。就是没带游泳衣。事先不知道住这样的房啊!"

"那就不要穿游泳衣。"上海男人漫不经心地说,"水很干净的,没人游,也没人看。"

晓鸥觉得不对了,他请她裸泳。他请她到这里来,开这样一套天堂般的房间总不会什么都不图。晓鸥的年纪可以做上海男人的女儿。因此她倚小卖小,做了个孩子被惊着了的鬼脸。

"哟,那不是游泳,那是洗澡!这么漂亮的游泳池不是变成大澡缸了?"

晓鸥现在想,她的孩子气表演得非常逼真。可能就是嘎头嘎脑的孩子气进一步把上海男人的胃口吊起来了。第一夜他没有动她,一早起来,晓鸥在门口发现了一个

101

淡蓝色的 Tiffani 礼盒，白缎带，卡片上写着她的名字。叫了两声哈啰，没有人答应，她便拆开缎带。里面是一条不太起眼的项链，蒂芙尼的招牌样式。但这只是个引子，正文在盒子下面。晓鸥的手触上去，好厚的一摞：十万元现钞。上海男人在留言中带有歉意：昨天夜里趁她睡着他出去赌钱了，她是他的运星、他的缪斯，让他赢了一大笔，他只拿出小小一部分送她，请她千万笑纳，并在下面的见面中不准提起。因为他知道她多么憎恨赌博的男人。

晓鸥依照他说的做了。她对自己有了个新发现：她不再像头一天晚上那样把自己的身体当宝库看守。他跟她在中午一块看了画展，吃了午餐。两人都不提 Tiffani 礼盒中的礼物，提了就有些彼此揭短的意思：一个是用不是好来路的钱往不是好去处的方面花销；一个是知道什么来路的钱也知道想用来买什么，可还是收受了。两人东拉西扯，话题不断地跳跃。尚先生原来是懂些画的，午餐间给她上了堂近代西方绘画史的课。她于是把他往好处看，从他身上搜优点，他写字漂亮，谈吐也漂亮，晓鸥自己文化白丁一个，但对于男人不经意露出的文化还是看高的。再说尚是个大财团的董事长，也知赌钱的可耻……等晓鸥警醒过来，她发现自己已经合计起很远的事来。

卢晋桐像是有某种预感似的及时出现。姓尚的玩了个时间差，告诉卢晋桐到达拉斯维加斯的时间比他带梅晓鸥来的时间晚三天。三天够他得到一个半推半就的梅晓鸥，他是这样算的。至少够他看晓鸥裸泳。走出裸泳这一步，他跟梅晓鸥就为未来埋下了伏笔。没想到卢晋桐订了早一天的飞机票。

上海男人隔着卢晋桐向晓鸥投来受伤的一眼。晓鸥被卢晋桐拥抱在怀里，从他肩头露出两只眼，看到尚心碎地微笑，他把他自己当成卢晋桐的秘密情人的秘密情人。然后他爽气起来，用大巴掌拍着卢晋桐的后背，把他往电梯间引领，嗓门也是宽宏大量的："带你们去看看你们的房间！"

晓鸥蓦然间从他的话里听到攻守同盟的邀约。"带你们去看看你们的房间"，上海男人约晓鸥跟他一块瞒住真相：他俩已提前一天进驻了总统套房；虽然一夜相安无事，但不安分已经开始，彼此都心照不宣。还有礼物和现钞的赠予和收受，那么不言而喻。电梯飞快地平滑上升，地心引力使人在不适和快感之间微微眩晕。

出了电梯又进入另一个电梯。这电梯的装潢使卢晋桐瞠目。这是必须用钥匙操纵的电梯。晓鸥实在无法表演她初次踏进它的惊喜。

只用了十分钟,卢晋桐就洞察到什么。他先是在主卧室看到晓鸥的洗漱包,还有一个他送她的香奈尔粉盒。浴盆边,华美的大理石上,放着晓鸥换下的内裤,一条小女生的雪白棉质内裤,但卢晋桐狠狠看了它一眼。

"你什么时候到的?"他问。

"昨天下午。"晓鸥答道。

卢晋桐脸黑了一下。她从来没觉得自己那么下作过。但卢晋桐什么都没问。她那一刻盼他问,只要他把话挑明,把他想象的丑事拿出来责问她,她就不再会心虚,不再会自我嫌恶。只要他审她,她就会赢回自己的清白无辜。她不是要为卢晋桐赢回她的清白,而是为自己。没有什么比自爱更重要。自己信赖自己的清白无辜,才会爱自己。因此她瞪着卢晋桐,几乎在挑起口角,快审问吧,想审什么审什么。她会哭闹一场,让卢晋桐为她沉冤。这可是个反守为攻的好机会,她会反过去声讨诛伐卢晋桐,有什么脸指控她晓鸥?他的承诺呢?不是保证一年之后离开老婆明媒正娶她梅晓鸥吗?!可是卢晋桐一句话都没问,跟个默默承受伤害的丈夫一样痛楚哀婉,连着抽了三根烟。因此晓鸥觉得包括她在内的三个人乌糟透了,狗男女透了。

矛盾爆发在下一天。卢晋桐赌场得意,赢了二十万美金。晓鸥逼他还给尚,因为姓尚的最开始给了他五万筹码。

"凭什么还他?他请我来的!说好赢了归我,输了算他的!"

晓鸥被他臊得眼泪也汪起来:"人家不要你还你就不还?人家迖花销那么多钱请我们住总统套房,顿顿不是龙虾就是鱼翅……"

卢晋桐咬牙切齿,解恨地说:"活该,他愿意!"

晓鸥很想说,自己也接受了一笔不三不四的礼金和礼物。但她没说出来。如果在见到卢晋桐的半小时里没说出来,她已经失去了时机,永远失去了坦白的机会。卢晋桐刚到达酒店,她和他在大堂会合时就该把实话说出来,说的方式多的是,可以是没心没肺的:"晋桐,尚哥还给了我赌资呢!……"也可以是胆怯的,私房的:"晋桐,有件事我必须告诉你,姓尚的给了我一笔钱,我不知道他什么意思,怪吓人的,你看要不要悄悄还给他?……"哪一种坦白都显得天真蒙昧,哪一种坦白都像二十岁一样年轻。但她把机会错过了。她隐瞒的是一件根本没有发生的丑事,而隐瞒本身却成了丑事。

此刻她力图让卢晋桐争口气，把赢到手的钱拿出十万还给姓尚的，卢晋桐如此没商量地拒绝，只能证明那件根本没发生的丑事在三个人心里被阴暗地默认了。她解释和辩白都毫无由头。辩解只能是这样——

"你们什么也没干，他平白无故给你钱？！"

"那你以为我们干了什么？"

"干了什么你自己知道！"

"我不知道！"

"你不知道还干？！"

"我们什么也没干！"

"行了行了，你干没干我不追问！"

"你追问啊！"

"追问有用吗？干这种事还能被追问出来？"

"哪种事啊？！"

"你们干的，我哪儿知道？！"

"跟你说了，我再说一遍，我们什么也没干！"

"好好好，没干、没干，什么也没干，行了吧？"

"是什么也没干啊！"到这时她一定会有个热望：撞死在华美的大理石墙上。

"我知道你们什么也没干。那我能问一声,一男一女关在这样的套房里整整三十六个小时都没干点什么吗?"

假如辩解进行到这里,她只有撞墙,死给他看。

所以她不辩解。所以卢晋桐理直气壮地把赢来的钱全部兑换成现金,汇到自己户头,她一声不吭,任凭三个人的关系在暗地沤着,越沤越污糟。

当天的晚餐上海男人又挥金如土,晓鸥用眼睛哀求卢晋桐,哪怕做做样子,跟他争抢一下账单也好啊!后来结酒店的账单时,姓尚的还是那么漫不经心,谈自己的收藏、绘画、红酒、名车。他一面漫谈一面审阅账单,晓鸥和卢晋桐退后几步,等在他的侧后方。晓鸥对卢的耳朵说,他俩至少该承担一半房费。卢一句话不说,跟没听见一样。晓鸥又说尚总花得太多了,他俩应该把他们那间卧室的钱付了。

"闭嘴。"卢晋桐说。

"咱们凭什么让人家给咱花那么多钱?!你又不是没钱!"她屈辱得要哭了。

卢晋桐不做声。尚在跟柜台里的人讨论什么。

"以后我带你住那个套房。"卢晋桐低沉地庄严地说。

住那个套房不光要花得起房钱，还要挣到超级贵客的身份，这靠赌的频率、赌的流水累计；赌注之大，令人生畏。这意味着他卢晋桐还要更奋发地赌，更频繁、长久地出现在赌桌边。姓尚的似乎跟酒店经理争吵起来了。酒店经理熟识他，叫得出他的名字，一脸孝敬的笑容。卢晋桐叫晓鸥听听他们在吵什么。晓鸥的英文最多是幼儿园中班的。

"好像经理要尚总付什么费用，尚总不愿意……"

又听了一会儿，晓鸥听清了，是要尚付浴袍的钱。尚此刻转过身，问卢晋桐是否拿了主卧室的浴袍。卢晋桐傲慢地笑笑。

"不让拿吗？我以为你花那么多钱请我俩客，带一件纪念品走总是可以的。"

大约有两秒钟，姓尚的和卢晋桐眼锋对着茬。

晓鸥额头的发际线一麻，冷汗出来了。

结完了账，三人又像什么也没发生一样，一块去吃了顿简餐。餐间尚说，那个经理太操蛋，要他付两千块买那件浴袍。他漫不经意地问卢晋桐有没有看见浴袍的商标是"爱玛仕"，卢晋桐哈哈直乐，说他偷的就是"爱玛仕"，不然值当吗？

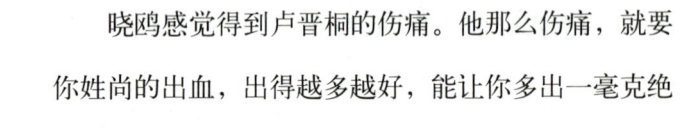

晓鸥感觉得到卢晋桐的伤痛。他那么伤痛，就要你姓尚的出血，出得越多越好，能让你多出一毫克绝

不替你省着。姓尚的也只能咽下吃进的亏。漫不经心地谈起总统套房的设计师某某某，是他的老朋友，还有某某酒店、某某博物馆是那人设计的。卢晋桐问他，在赌场赌多大的盘才有资格住总统套房。上海男人轻描淡写地说：一盘一千万。卢的喉结嗯嗵一下沉下去，生吞下八位数字，又慢慢地稳健地浮上来。晓鸥看见他此刻目光放得极远，十多年来这一国人不知该信仰什么，但卢晋桐此刻受到了启迪，看见了信仰幽灵般地飘过。住进总统套房，是他从此刻以后的信仰。

"晓鸥，我一定会带你去住那个套房。"他对晓鸥宣誓，拉着她的手。

上海男人一扭脸，怕自己按不住的冷笑给卢看见。

"谁要你带我去住？有什么意思？"晓鸥拔出手来。

"真没意思？"他话中有话了。

梅晓鸥满嘴的说不清，满心的懊糟。

"那什么有意思？"他又去捕捉晓鸥的手。捉到后搓揉着。这是他卢晋桐当众干得起而你干不起的，尚总。

梅晓鸥在那一刻想起阿祖梅大榕来。据说梅大榕定亲定了梅吴娘想震住她，或者说想取悦她，比如他能把头埋在水里一个钟头不出来，还能一口气吞三口盐，还能逗母鸡打鸣。他一身把戏都是为了让梅吴娘关注一下。梅吴娘一直没有给过他关注,该笑的地方不笑,该怕的时候也不怕,唯有他赌博梅吴娘才怕他。他赌赢赌输都让梅吴娘重视他,或者轻视他,反正不能全然无视他。

二〇〇八年十月的梅晓鸥想,赌徒中竟然有梅大榕、卢晋桐那样多情的。自古男人在疆场厮杀,胜者为王,为英雄为壮士,为赢家,赢得女人的倾倒、委身,男人们杀了几千年,都想杀成赢家,宁可死,也要赢。现在没了疆场,瞬间的成败、死活、王寇就在铺着绿毡子的赌台上决出。他们相信女人的青春和美丽都属于赢家。他们不知道,女人中有那么极小一部分是爱输者的。比如梅晓鸥。她对昨晚演了一场闹剧此刻体无完肤的史奇澜怜爱得不近情理。她怎么有这一份病态的怜爱?她在老史的结局里看见了卢晋桐、姓尚的、段凯文的下场。她听见陈小小在厨房里忙什么。菜刀碰到案板的声响,碗和勺子相碰的声响,小小又恢复成了一个贤惠小女人。

晓鸥在逃避卢晋桐的几年中还是平静安详的。一天天长大的儿子那时候跟她非常亲。得亏了尚总的十万元礼金,十年前的十万块美元真禁花,她精打细算用它过了两年多。一天，她碰到了姓尚的。上海男人说他一直爱她。她听懂的是：那十万块钱呢？是交账的时候了。她在那几年中已经打听了，姓尚的远不像他表现的那么阔绰，加上他好赌，公司只是个巨大的空架子。她跟他没有太多的周旋就把他惦记了好几年的自己给他了。大概在半年之后，他把她送到了妈阁。他的家室在美国，把晓鸥和他婚姻远隔，只能把她送回东方。

一到妈阁，她就为自己和儿子买下一套公寓，就是用来羁押老史这套。然后她开始建立自己的小王国，搜罗老史这样意志薄弱嗜赌如命的成功人士，把赌厅的大笔款项输送给他们，支援他们尽兴地玩，协助他们一个个筑起债台。卢晋桐为赌一个总统套房的气，赌掉了手指头，赌掉了产业，最后赌掉了她梅晓鸥和他们的儿子。她用史奇澜这样的人报复卢晋桐，也报复自己：一个为十万块钱就委身的自己。她看着史奇澜们一个个昼夜厮杀、弹尽粮绝，感到了报复的快感。之后，再轮到梅晓鸥发妇人之仁，来怜爱他们。她的怜爱藏在愤恨、鄙夷和内疚中，连她自己都辨认不出哪是哪。只有老史是例外的。他是她害的，她总是避不开这个病态念头。老猫听到她偶然发出的自谴会哈哈大笑：他们输是活该呀！有水牛在前面拉他们把他们拉到赌场来吗？输光的时候你不借钱给他们，他们就像守着有奶的娘偏偏饿着他们一样，给他们一把枪他们敢用枪口逼你借钱！当叠码仔容易吗？凭公平买卖挣钱！凭辛苦，凭人缘，凭风险挣钱！

老史被陈小小带回北京时，两人都是一副跟晓鸥绝交的样子。晓鸥在儿子的学校门口偶然看一眼表。那正是老史和小小的飞机起飞的时间。妈阁到北京的最后一班飞机。万顷晴空，应该不会误点。晓鸥仰起头。然后她听见一个人在轻声说话：

"妈，你怎么哭了？"

五月初又是妈阁闹人灾的季节。珠海到妈阁的海关从清晨到子夜挤着人。什么都吓不退人们，三小时、四小时的排队，污浊的空气，妈阁海关官员的怠慢和挑剔，你急他不急，反正到时他有换班的。旅行团戴着可笑的帽子，腹部挂着可笑的包，所有的胳膊守护着包里的内容，每一个挤过去挤过来的人都让他们的心紧了又松：包中的赌资又一次幸免于劫。

妈阁这边所有的人渣都泛起来，帮人排队的黄牛、推销"秀"票的黄牛，帮人扛包的真假脚夫，推荐按摩院、旅馆和散发餐馆折扣券的掮客……

晓鸥的衣服被挤皱了，头发也东一绺西一绺被汗贴在脸上、脖子上。五个广东的客户都是新客户，她总是亲自迎接尚未染指赌博的新客户。

等她终于把五个新客户带出海关，带到酒店，已经是夜里十一点半。还有半小时这五个人就白排队了，海关十二点关闭。她让客人们先到各自房间修整一下,客人们不明白他们欠缺的是哪方面修整,带着海关人群相互熏染的复杂气味进了赌厅。他们可没时间浪费在什么修整上。

她的手机上来了一条短信:"你好精神啊!"

发送人的名字是"段"。她四顾一圈,没有发现发送者。"虽然你失约,我还是来了。"又是一条短信。她知道自己的笑很傻,捉迷藏玩不过对家那种迷惑而窘迫的笑。她知道对家在暗地正把她的一举一动收入眼底,因此她不得不笑。"往你正前方看。"短信给她指路。正前方的赌台周围站着十来个观局的人,赌台上只有两个赌客,其中一个是段凯文。原来他离她只有三米,这是她目光错过他的原因。还有个原因是她以为他从来不入大厅做散客。段总跟她微笑一下,抬抬右手,就回到赌局里去了。他指的失约是他们相约的"北京见",并在见面时共谋她的弃暗投明,从叠码仔生涯退役。晓鸥凑到段那张台看着段的小半个侧面:这种相约能认真吗?她梅晓鸥若认真了段总准笑她"二"。

段凯文玩得很小,跟劳苦大众一样,玩三百元的最小限额。

段眼睛看着荷倌发牌,屁股微妙地挪一挪,身体跟着向一边让让,这是他朝晓鸥发出的邀请,要她挨着他坐下。揭开牌，他输了。晓鸥同情地笑笑。他的赌伴正踞赢势，每下一注都引起周围观众热议。

赌台被围成了个完整的圈，段总和赌徒像是被荷倌逗弄的两只蛐蛐，而观众比角斗的蛐蛐还要好战。晓鸥发现段凯文做小赌徒跟做大赌徒毫无区别，一样潜心沉静，输赢不惊。他那种僧侣般的沉静态度真好，让这项依赖人类卑劣德行存在的游戏显得高贵了。

突如其来地，他站起身。这一局收场很干净。他向晓鸥笑笑，又是一抬手，请晓鸥先走。桌面上剩了五个筹码，一千多块钱，他抓起来，让它们在他掌心轻轻击打。晓鸥于是猜到段总年轻的时候是曲艺爱好者，唱过快板书。

段总告诉晓鸥，这次一块来的还有另外两个朋友，还没吃晚饭。她看见老刘从电梯间走出来，洗得焕然一新。午夜时分，妈阁的好时光来了。曾有搭救史奇澜嫌疑的女孩萦绕在酒店的植物丛边，妆容是新鲜的。她这类女孩在夜晚十二点左右是最新鲜的。也许不是同一个女孩，但她们的模样大同小异，假睫毛都是同一个商家出品。老刘在午夜和子夜交叠的时分也显得年轻了。

段总邀晓鸥和老刘到吧台坐一会，喝一杯。她跟段接触不多，但不操心他酗酒。此人除了赌之外，别的事不上瘾，喝一杯只为了状态更好。武松三杯打死一只虎，但武二郎倘若只喝一杯，死的就是三只虎。段凯文喝着马提尼说笑话。趁段总转身跟女调酒师攀谈她的葡国祖先时，老刘悄悄通知晓鸥，段总今晚还要玩大的，"拖四"。也就是台面跟场厅赌一份输赢；台面下，四份。一百万在台面上输了，四百万在台面下就会进入黑赌场庄主的腰包。或进入晓鸥的腰包，假如她独吃的话。

鉴于上次跟段的第一个回合交手，段输给赌场及晓鸥之流一千二百万，假如晓鸥勇敢一些，亡命一些，蛮可以一人足捞那九百万，而不必让老猫、阿乐瓜分。

"算了吧，劝段总别那么打，输了他跟我还做朋友吗？"晓鸥跟老刘说。她感觉自己那一层甜美的笑容后，就是加速蠕动的大脑。

"我劝了，劝不住。"老刘用他混着意大利风干肠的气息对她悄语，接着喷出大蒜面包的干笑。

段凯文仍然在用他侉头侉脑的英文跟女调酒师练口语。他明白老刘需要长一点时间说服梅晓鸥。

"段总一年挣好几个亿，玩这点钱，不算什么！"

老刘的嘴巴更近了，用一小时前进入胃囊的传统意大利餐招待晓鸥的嗅觉。他有些小瞧这个女叠码仔，没见过段总这种真正的阔佬吧？段总糟蹋掉的，比你一生挣的还多。段总挣那么多钱花不完，他老刘都帮着着急。因此只要某总带他来，他一定是尽责地帮他们花钱。

晓鸥这一刻心思好重，脑子不够用了。段总在台面上跟赌厅小赌，在台面下跟她这女叠码仔大赌，一夜分晓，不论台下是晓鸥还是段总赢，明天他俩这对朋友就做到了头。她不想答应下来，因为她觉得段凯文是能够处成朋友的男人。

一杯红酒还剩五分之一的时候，晓鸥撇下老刘，绕到段凯文那一边。刚才他一直把右胳膊肘搁在吧台上，以使自己的小半个脊梁和后脑勺朝着老刘和晓鸥，那样就给他俩形成了个隔断，让他俩好好商量他今夜的博彩大业。现在晓鸥绕到他左边，一条腿支着地，半个臀搁在吧凳上，轻轻晃动残酒。她想说，段总行行好，别拖那么多，谁输谁赢都不合适，我们好好做朋友吧。退一步做捐客和赌客也不错，可你非要跟我做敌人。但她嘴上说的却不是这些。

"段总，上次我没来得及回答你的问题，你还记得不？"当然不记得了。因此晓鸥在卖关子的停顿之后又说，"你问我怎么干上这一行的。"

段凯文有点惊讶：这个女人怎么文不对题呢？酒劲正到好处，是最好谈价的时候。

"你还想让我讲吗？"

"当然想。"

她看出段凯文当然不想。他不想让她拖一个马上要出征赌台的段凯文的后腿。他原以为她得体，分寸恰当，什么时候该说什么做什么准确得很，难道现在她不明白他这一刻不在休闲，浑身肌肉像拉满的弓？她不会蠢到这程度，认为他千里迢迢听她掏心窝子来了？

晓鸥全明白这一刻的他。算了，本来想拉住一个朋友，为自己，也为他。她把最后一口酒喝下去，给阿专打了个电话。

"你马上过来一下。"她明白阿专就伺候在附近。

阿专三十秒钟之后冒了出来，跟段总作了个揖。没这些输钱的大佬，阿专吃海风吗？

"你陪着刘先生去大厅玩，我跟段总上楼去。"

上楼在阿专听来是进贵宾厅。阿专祝段总玩得快乐，吉星高照。老刘也说了几句相仿的废话，便送段总出征了。

段凯文在电梯里看了晓鸥一眼，打听她这半年多生意身体儿子好不好。其实他在打听晓鸥眼下的心情。

她哪点变了，跟今夜刚见面不同了。不同安全藏匿在相同中，不还是个柔声细语、甜甜美美的女叠码仔吗？注意到段总摘眼镜，同时浑身摸口袋，她便从手袋里拿出纸巾，供他擦眼镜，周到如旧，但他还是觉得她不同了。

"我看出你今晚不想让我赌。"

"我？不会吧？你这样的大客户来妈阁一趟，多不易啊？大项目那么多，搁下来抽空上妈阁玩几把，怎么会不让你玩呢？再说了，不让你们玩，我们挣谁的钱去？"晓鸥这个老江湖滴水不漏地说。老江湖了，绝不会把失望、担忧、疑惑露给你看的。

进了贵宾厅是十一点四十五分。这时刻等于证券交易所的上午九、十点，正是好时候，每一颗心脏都在放二踢脚。晓鸥带着段凯文来到换筹码的柜台，替他拿了一百万筹码。一张赌台上的客人站起身，朝他们这边招手。晓鸥确信自己从没见过他。那只能是段凯文的熟人。

段凯文坐在内厅的桌上。内厅只有一张桌，比外厅安静，气氛是庄严的，一个个赌客都更拿赌钱当正事。他们排除了人间一切杂念的脸只对着纸牌，告诉你赌钱也是一条人间正道，赌来的钱一样诚实干净。段凯文入了座，把晓鸥侍奉他的茶盘重新摆置一番，茶壶嘴对着肩膀后面，晓鸥看不明白其中的讲究，但讲究一定是有的。

刚才打招呼的人过来了，跟段说了句话。

"你可比俩月前见老！"

段总没理他，晓鸥看着这五十多岁的"二"货，真会说"客气话"。

"可能是瘦了。减肥呐？"

段总点点头，老不理不是个事，他是那种独白也能聊下去的人。

"瘦了好。不过俩月就瘦这么多，也对自个儿太狠了吧？是俩月前在葡京见你的吧？那时还小小发着福呢。"

"哎，我这儿开始了。"段凯文终于逐客了。

那人说了句："你忙！"便回外厅去了，途中留神了晓鸥一下。他把段总和他的生分想成了另一回事。

晓鸥也想到了另一回事：段凯文在两个月前来过妈阁！却没作为她的客户来。那么他来做什么？跟某个女人做野鸳鸯？做野鸳鸯可不必来妈阁，大陆境内有的是比妈阁合适的去处。那么到妈阁只能是为了一个目标：赌。既来赌，又瞒着晓鸥，

为什么？

晓鸥马上给了阿专一则短信，要他侧面问老刘，

段总是否在三月来过妈阁，没有。二月中旬？也没有。算了，别问老刘了，老刘同样被蒙在鼓里。听到段总什么事了？事倒是还没有。

在段总打头三局牌的时候，有关他的短信飞去飞来飞了好几遭了。晓鸥最后一句是："事倒是还没有。"句子在她心里却没有结束，还有个"不过我感觉有事"。

段总赢了第三把、第四把。输赢扯平。台面下他跟晓鸥的白刃战暂时歇息。

晓鸥走到墙角的扶手椅上坐下来，突然发现段凯文面前的茶壶嘴对着的是什么。是他背后墙上的巨幅水墨画，一匹瀑布挂在陡峭的山崖上。他段凯文乘驾着瀑布，又不能让大水冲了，这是茶壶嘴反冲大水的作用。

几乎认作朋友的人用一切手段，甚至下三滥的法术让她梅晓鸥输；以四倍的代价输！晓鸥木鸡一般呆住。赌桌上出现一阵骚动：段总又赢一注大的，现在输赢不再持平，段一举赢了一百五十万。

就是说，梅晓鸥输给他的是一百五十万的四倍：六百万。假如段这时站起身，走开，定局就有了。不到一壶茶工夫，晓鸥失去了六百万！

晓鸥此刻再拉老猫、阿乐之类入伙已经太晚。你输出六百万的大洞来让老猫他们填，他们又不疯。这种时刻，尤其讲男女平等。要让他们和她共担风险、同赢同输只能在事先，谁让她事先贪心，想把台面下段总输的每一个子儿都独吞？现在人家段总赢了，你想到我老猫了？放明白点儿，老猫虽然不断跟你晓鸥起腻，但从来都是把你晓鸥当作此行当中你死我活的对手。这行当是个狼群，肉足够的时候同伴是同伴，肉不够呢，同伴就是肉。

段又赢了一注。现在台面下的黑庄家梅晓鸥输给段一千二百万。

她狠狠地盯着段凯文的背影。目光的力度和它所含的咒语可以炼成两只大钉子，把段的四方肩膀钉在描金仿古的缎面椅背上。只要段不站起来，晓鸥就有指望。她从来没有像此刻这样：满心都是恶毒祈愿，愿段凯文眨眼间输个流水落花。

她刚才的短信让阿专觉出不妙来，从老刘身边告了假，一脸呆相地来到晓鸥面前。阿专缺几种表情：焦急、凶狠、专注，面孔需要以上表情时，呈现的只是一片呆板。而晓鸥此刻觉得他的呆板比任何表情都准确。她回答他的呆板就是轻轻一摆下巴，朝着赌台方向。

现在六个赌伴全部沾段凯文的光，跟随他下注，跟着他赢。

台面下的黑庄家晓鸥眼下输给段凯文二千四百万。她的房子正在一片墙一片墙地被拆走。她的花园正在一平方米一平方米地收缩。她的未来原本是一片不大的海，正被迅速充填，泥沙石块尘土飞扬地填进来，大堆的垃圾粪土也混进填充物被倾倒进来，填去那片不大的蔚蓝，虽不大却祥和无浪。那片蔚蓝的港湾消失得好快，连同映在里面的阳光、海鸥……连同映在上面的一个女人和一个男孩……晓鸥和儿子是这片翻卷而来的大陆最后填平的……

晓鸥唯一的指望是段凯文今天走火入魔，一直玩下去，兴许到早晨就有救了。卢晋桐打三天三夜的牌是常事，打到人发臭。只要不站起来兑换筹码，最后十有八九是赢得少输得多，不赌的何鸿燊才能成赌王，没人能赢不赌的人，只要段别站起来，赌下去，臭在椅子上，最后赢的就是晓鸥。

果然段凯文输了两注。晓鸥的恶毒祈愿生效了。

又押一注大的，再输。

晓鸥活了一般，从扶手椅上站起，来到外厅门外的走廊上踱步。不踱步不足以平息她幸灾乐祸的心跳。反正阿专在为她看守现场。阿专的短信不断砸入她的手机，每一则短信都是晓鸥的捷报。

台面下的赌局远比台面上残酷。不到两个小时,晓鸥从倾家荡产的边缘回到午夜时分的身家,回到段强迫与她为敌的时分,段让人给他添两壶新茶,侍应生要撤下旧茶,他推开了侍应生的手。三把对着瀑布的茶壶嘴也救不了他顺流而下、每况愈下的态势。

两个四十多岁的男人操着酒后大陆中国人的嗓门从电梯出来。他们议论段总的话段总在内厅都应该听得见,倘若他不是输得满脑子发炸。晓鸥因而知道这两人是段总的生意伙伴。段凯文见晓鸥时说,他是跟两个朋友来的。这两个就是段所指的朋友。老刘没让段总包括到朋友中去。老刘在段总心目中只配做马仔,拿好酒好菜喂养就够了。因此段到妈阁来,可以选择带着老刘或忽略老刘。二月到三月间那次造访,段总做了个决定,把老刘忽略掉。

段凯文瞒老刘只可能是一个原因。因为老刘跟梅晓鸥认识的时间远比跟他段总要长。一旦老刘知道了段总秘密的妈阁之行一定会向晓鸥坦白的。

那么段总二、三月间来妈阁的秘密是什么?

捷报叮咚一声落入手机,一颗金弹子落入玉盆的声响：段总又输了。

晓鸥对赌台的局势就像盲棋手对于棋盘，看不看无所谓，每一次变动她都清清楚楚。现在段总在台面下输了她六百万。行了，她该出场了。

进了内厅，让她吃惊的是段凯文酷劲如故，仍然一副僧侣的远淡，七情六欲别想沾他。他的专注也是僧人的，把自己封锁在里面，子弹都打不进去。

"段总，咱还玩吗？"晓鸥像叫醒孩子的保姆，生怕吓着孩子，同时也提防孩子强迫醒来后必发的下床气。

"……嗯？"段凯文没被叫醒。

晓鸥退一步，等下一个机会再叫。

接下去段凯文小赢一把。电子显示器上的红点和蓝点打作一团，肉搏正酣。这是该收场的时候。段却盯着荧光屏，专注地翻译天书呢。这时不应该再叫醒他一次。不然晓鸥一定是"下床气"的受气包。终于等来机会；段打手势让荷倌飞牌。晓鸥把嘴唇凑近他先前刮得溜光却一夜间冒出一片铁青的脸颊。

"段总，咱不玩了吧？天快亮了。"就差抱抱他、拍拍他了。

"还早。"段看了一眼腕上的素面欧米茄（这是晓鸥头一次见他给他打高分的原因之一，占有巨大财富

125

但不炫富），"要不你去休息，有阿专陪我就可以了。"

晓鸥觉得再劝就出格了。她的心到了；她是力阻他输的，但拦不住他非要让她晓鸥赢钱啊。

现在已经没有回家的必要了。儿子在一个多钟头之后就会起床，那时她一定刚入睡。母子共进的早餐肯定会取消。所以她决定在酒店开一间房。就在去房间的途中，她识破了段凯文二、三月间来妈阁的秘密。她困意全消，寒流如一条冰冷的蚯蚓从后脖颈一直拱向腰间。段凯文瞒了她天大的事。

她马上给阿专发短信。说是短信其实有上百个字。字字都催促阿专动用他所有的社团哥们，查遍妈阁各个赌场，大小不论，统统梳理一遍，看二、三月间是否有个叫段凯文的赌客立账户。阿专吃惊地打电话问她，难道要他现在查？当然现在！可是时间太晚了！已经晚了，不查就更晚了！不会让弟兄们白帮忙的！

阿专无条件接受了命令。他的女老板说了：不会让弟兄们白帮忙。女老板从来没让他的弟兄们白忙过，这点信用她是建立了。因此他的弟兄跟他便越来越弟兄。弟兄们很愿意直接做他女老板的弟兄，只是她不屑于罢了。

早晨六点，阿专的短信息到了。段凯文不仅在她厅里开了户头，也在另外两个厅开了户头。二月二十六号他不仅来妈阁豪赌，并且暴输。阿专的一个弟兄还打听出情节：一次他几乎赢了，眼看要站起收手，但又坐了下去。原因是他只差四十万就赢到两千万了。这个情节跟另一个弟兄打听的情节拼接起来，茬口对茬口，正好拼成一幅完整画面：段在头一家赌场输了两千万，打算到第二家来赢出输掉的数目，在赢到只差四十万的时候，想把运气再抻一抻，但他不知道运气本来已经抻到了极限，这最后四十万的一抻，抻断了。转折的那一注，他押的不大，本来也就想凑个整数还债，输掉之后他开始押大的，这样就上了恶性循环轨道，越输越想赢，赢了又怕输，不敢押大。这样输的全是大注，赢的全是小注，越往下赢得越少。最后又填进去三百万，一个子不剩地站起来。

眼下段凯文跟梅晓鸥玩一举四得，加上台面一份，一举五得，是为了偿还他在另外两家赌场欠的债。吃斋念佛的平静之下，原来是如此凶险的野心。凌晨他险些赢了两千万，要不是他的野心奔着一个更大的具体数目，晓鸥就要考虑卖房子了。一个人运气究竟多厚实，无法知道，于是便贪得无厌地抻呀抻，已被抻得很细了，就要断了，可知足的有几个？继续用力抻。人的欲望总比运气大那么一点儿，如人渴望获得的比能够获得的总多那么一点儿。她的阿祖梅大榕要是能穿越五代得到他曾孙女的明智，也就不必用自己的身体去填海了。段凯文、卢晋桐、史奇澜之类要是愿意汲取梅晓鸥的明智，也不至于断指的断指，破产的破产。

她又接到阿专短信，让她尽快上楼。

贵宾厅只剩四个人。日出时分等于赌场的深夜，夜班的荷倌们早回去睡觉了，换班的荷倌们还没睡醒，眼神手势都迟慢一些。这一刻还耗在赌台边的多半是要跟赌场拼命的，他们不信拼到底什么也捞不回来。因此晓鸥此刻看见的，就是在拼死的段凯文。他与之拼死的不止是赌场，他还跟晓鸥拼。从段的背影看他仍然是沉静的，但这沉静是杀手的沉静。一个陷入重围的杀手。浑身血染，拼不拼都是完结，不如就拼。他向一边砍一刀，向另一边砍四刀，晓鸥感觉得到他在垂死地向她砍杀，砍着砍不着，力量是大的，意图是狠的。

阿专递给她一个眼色，要她看台子上。台子上还剩七万块的筹码。不够押一注的了。她马上演算出这一夜她的所得，连赢带码佣两千多万。

"段总，该歇歇了。"她把脸偏侧一点，哄慰地一笑。你想跟我拼死？我来救死扶伤啦。

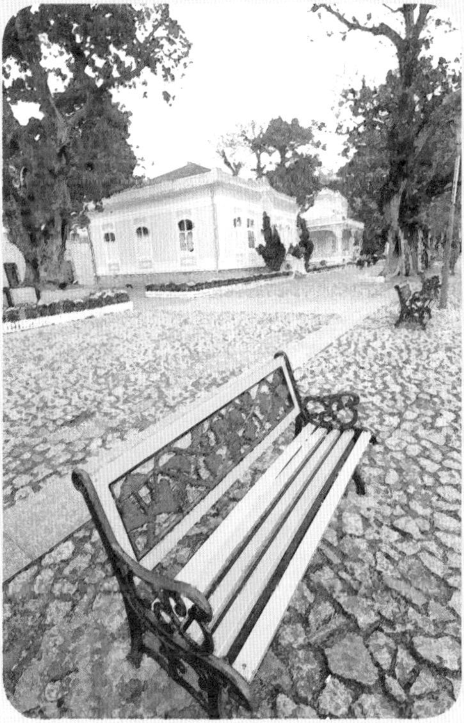

台风从妈阁上空虚晃一下，过去了。它的毛发和动势擦着妈阁的海面、树梢、老楼，等它过去，海和树以及老楼都有些微妙的走样。每回大风走了，老妈阁就走一点样，这是最老的妈阁人看出来的。而新来的妈阁人，或临时来祸害自己和妈阁的人丝毫看不出来。他们从不去看。

段凯文慢慢地站起来。坐了七八个小时（大概连上厕所都免了），他几乎把坐姿塑到自己躯干上了。他忘了东南西北似的扫一眼左右，右边的窗外是妈阁五月的早晨。很多人拥有早晨，少数人是没有早晨的。段总拥有很多东西，钱财、房产，但他不拥有早晨。渔夫们、菜农们、小公务员们几乎一无所有，他们却拥有一天中最新鲜最尤邪的一部分——早晨。段总在此刻发愣：拥有早晨的人也许更快乐。早晨的海，深蓝的冷调和霞光的暖调交叠，填海的大型机械还没来……

晓鸥想到这个早晨发生的一件大事：儿子一个人吃早饭，这一天母亲的缺席多么完整。

"晓鸥能再给我拿些筹码吗？"

晓鸥一刹那的神色包含的潜语段凯文是读懂了：段总你这是无理要求。因为他紧跟着又来一句："我一点儿都不困，再玩几把。"他都笑不动了，可还撑出一个笑来。

"段总，要玩可以，就玩桌面上的。"

晓鸥小心翼翼地劝他。她都赢怕了，他还没输怕。晓鸥其实还有一层怕，就是怕他还不出钱。现在她在段和赌厅之间做贷款掮客：赌厅通过她把钱借给段去玩，去输，十天之内他还不上钱，晓鸥就从掮客变成了人质。要想长

129

远做赌厅的生意,晓鸥这样的叠码仔就必须拿自己的钱去替赖账的赌徒还账,赌徒们可以失信用,她和赌厅之间,一分钟的信用都不能受损。任何惨输的赌徒都可能赖账。梅晓鸥从十年前就开始认识一批勇于突破道德最下限的成功人士。她把他们的道德最下限当作处事起点,替他们想到最下三滥的做法,替他们想出最邪恶的对付她的招数,然后自己就会明白怎样去接招、拆招。为了段凯文将来少赖一点账,她现在就要挡在赌厅和段之间,让赌厅少借他一点赌资。假如当年她不是高估了老史的道德最下限,没能预想到老史能够一再突破最下限而彻底获得无道德的自由,老史不会输得身家倒挂,比赤贫还要贫穷一个多亿。

而段总没商量地告诉她,玩就玩大的,三百万还算大吗?

怪不得他那个赌友说他见老,输老了。这几个月把几年的份额都输了。晓鸥看出他鼻翼到嘴角的八字纹深邃许多,把五官的走向改变了,一致向下。尽管隔着眼镜的镜片,晓鸥还是能看见那微红的眼皮下,眼白也是浅红的。

"那就两百万吧。"段果断地说。他给自己的开发公司旗下某个项目拨款,一定不如他此刻果断。

"段总,这样吧,我们先要点东西吃,吃的时候再商量一下，你说呢？"

晓鸥露出一点厉害角色的风貌来。她想让段凯文明白，将要谈的不是什么好事，她手里握着他的短。段凯文是什么眼力？这还看不懂？他已经看见对面这个不到一百斤的女人从女掮客变成了女债主。

"你先把二百万给我。赢了输了就这二百万。"依然是个没商量的段凯文。

晓鸥的舌头上排列好了句子：你段总在新葡京可输得不少，再从我手里借，我们这种小家小业小饭碗，万一……我是说万一啊；万一你周转不过来，还不上赌厅的钱，可怜我们的小饭碗就砸了。

"那好吧，不过咱们可说好了，就二百万！"

梅晓鸥排列尚好的揭露语句不知给什么偷换了。也许是她的妇人之仁，也许是他的没商量，也许二者兼有。等他拿到二百万筹码又回到赌台上，她想明白了。一些男人生来是当丈夫的，在所有女人面前都是丈夫。在大部分男人面前也是丈夫。你成了女债主，他还是大丈夫。梅晓鸥怀恨也罢，窝囊也罢，情不自禁就让当惯丈夫的段凯文主了事。历史上不乏大丈夫，都明白他们是大混蛋也不敢不让他们主大事，大事中包括一国一党的兴亡，也包括你一个草民的存殁。

即使段凯文是大混蛋，她晓鸥也不敢不让他混蛋下去。

老刘一觉睡醒，在泳池边上看了会儿报纸，到赌厅找段总来了，找饭辙来了。他这次很乖，不敢接近赌台，怕段总再用目光杀他一次。那回他挨了段总那一眼，自尊倒毙到现在还没还阳。他用短信把晓鸥叫到赌厅外，缩着脖，探着头，问段总一夜是输是赢。

晓鸥只是简单地告诉他，段总没赢。因为她这一夜赢得太难以启齿了，太心惊肉跳了，赢的那个数目让她惊悚。她为了老刘好，别跟着她惊悚。

没想到老刘在中午就知道了实情。晓鸥回到房里匆匆睡了两个小时起来，看到老刘的短信："段告诉我他输了三千多万！"晓鸥一看表，这会是中午十二点五分。

她累得一动也动不了，又闭上眼睛。刚才她睡死了，连短信进来都丝毫没打搅她。浑身酸痛，太阳穴突突地跳，段凯文输得这么惨，她赢得也这么惨。

她发现在老刘的短信之前，还有几则短信。一则竟然是史奇澜发的。"事情都搞明白了，所以谢谢你。正在请法院出面跟各方债权人调停。"

老史的信让晓鸥活过来了。这就是老史的魔力,身家成了大负数,还是牵着晓鸥的柔肠。自问晓鸥喜欢他吗?"喜欢"太单调、太明快、太年轻幼稚了。不到三十六岁的梅晓鸥已是沧海桑田的一段历史,给出去的情愫都是打包的,乱七八糟一大包,不能只要好的不要坏的,只要正能量撤去负能量,她打包的情愫中你不能单单拣出"喜欢",要把囊括着的怜悯、嫌恶、救助、心疼……这样自相矛盾和瓜葛纠纷的一大包都兜过去。

她撑着身子起床,为了给老史回信息。

这一夜被段凯文抓了壮丁,去当他的敌人,招架他的拼搏,虽然胜出,但她自身像受了重创,丝毫没有打胜仗的欣喜。

拿起手机,老猫来了一则短信。

老猫说:"来大贵客了吧?难怪一点都想不到猫哥了。"

这条信息没有得到晓鸥的回复,老猫又追了一条:"这货肥吧?所以不跟别人分吃了。"

妈阁地方小得可怜,什么事都瞒不住。老猫酸溜溜的,吃着双份的醋:一份是作为男人的,晓鸥傍上了段凯文这种亿万大佬;另一份醋更酸,小小一个女人家,你梅晓鸥一夜就阔了两千多万。到这种时候,老猫对晓鸥是窄路上的冤家,你死我活。别把我老猫当宠物,老猫眨眼间就可以是个大流氓。

晓鸥能想象出老猫给她发短信时的模样，脸上的肉都横了。她默想几秒钟，决定让老猫酸去，不理他。这行当内哥们变成对头，对头变成哥们往往一瞬间。她急着给史奇澜回信。她想了又想，苦于没读过什么书，想不出既说得明白又不用直说的话来鼓励和安慰老史。结果她飞快地在手机键盘上打出"浪子回头金不换"七个字。浪子老史只要不往老妈阁回头，就真有救了。

晓鸥到了酒店大堂，老刘马上呼唤着迎上来，晓鸥想到幼儿园放学了，只剩他一个没有家长来接的老孩子。他饿了，等家长带他去吃午饭呢。

"段总呢？"晓鸥问。

"睡觉去了。"老刘回答。

"那两百万也打完了？"比"输完了"好听。

"没全打完。他说他太累了。"

老刘细瞅了一下晓鸥的脸。脸可不怎么晴朗。

"梅小姐累了吧？"

"还好。"

晓鸥急忙把老刘往餐厅领。老刘和她认识很多年了，但从不改口直呼她姓名。似乎"梅小姐"是个什么官衔或职务,机关里混了大半辈子的老刘不叫人的职务觉得对人不敬。

"梅小姐是不是为段总担心啊?"老刘的心一点不粗,刚在餐厅落座他就直指晓鸥的心事。

"没有啊!"她当然担心,担心段总拖账、赖账,担心他重演二、三月间的把戏,到别的赌场去赌,妄想用赌赢的钱还晓鸥,结果债越还越多。段凯文到晓鸥这里来赌,很可能为了还二、三月间欠的赌债。赌徒拆东墙补西墙的多得很,梅晓鸥既不愿做东墙让人拆,也不愿做西墙去给人补。

"梅小姐要是为段总担心,那是大可不必!段总邀请你去北京,你没去;去了你就看见了,赌桌上玩这几个小钱算什么?段总在北京拿下多少地皮?哪一块不值十多个亿?他还不了你钱他的地皮能还呀!"

这位副司长老刘真不简单,读人的心思读得这么好!晓鸥皱眉笑笑,还是否认自己在为段总还不还债的事忧愁。她真的是累极了,筋疲力尽,看人输赢也很消耗,心脏不过硬的都看不了。跟老刘闲扯的同时,她发出一条短信给阿专:"第一次段来后,是否真上飞机回京了?查澳航。"

老刘还在为段凯文做吹鼓手:"二〇〇〇年,段

135

总就上了财富杂志的富人榜！你想啊，一个人赚那么多钱，多大压力？什么嗜好都得戒了才能干出么大事业来！段总就好这一口！赌博没别的好处，但刺激，一刺激必然减压！"

晓鸥把一个灌汤鱼翅包舀起，咬了一口。老刘的演讲把她这唯一的听众征服了，鱼翅吃在嘴里毫无味道，像一团半溶化的塑料线。她奇怪怎么会认识老刘这么个人，并且始终保持着忠实的联系？有了老刘，才有了一系列的人物故事，包括史奇澜悲壮的兴衰史。她想起来了，老刘是姓尚的上海男人带来的。姓尚的当时急于将晓鸥脱手,他把所有男性朋友和熟人——只要向往色情玩得起婚外恋有可能接手晓鸥的男人他都搜罗起来，带到晓鸥身边。晓鸥向姓尚的表示，自己不收破烂，连姓尚的这堆破烂她都在犯难，怎么处理掉。之后不久她就收到卢晋桐的电话。就在十年后他听老刘演讲的这一刻，她突然彻悟，她的电话号码是姓尚的出卖给卢的。赌博是个伟大前提，男人们在这个前提下求同存异，不共戴天的情敌都能把各自的小罪恶纳入共同的伟大罪恶中，姓尚的和姓卢的就这样化敌为友，患难与共。

"段总一次慈善捐款就捐了一千万！汶川地震他捐了五百多万的建材！梅小姐你千万放心，我可以用人格担保……"老刘对自己的人格很是大手大脚，常拿出来担保他好赌的阔朋友。

阿专的短信来了。晓鸥朝放在餐桌上的手机瞟去，马上读完调查结果。阿专调查了航空公司那天登机的旅客名单，段凯文果然不在其中。他在登机的召唤广播声中走向闸口，渐渐慢了步子，忽然转身，向出口走去，在诧异的航空公司检票员眼中渐行渐远，最终消失。他不是编故事骗晓鸥的；他诚心诚意地要乘飞机回北京，只是一念之间想到：何不杀回去，把刚欠下那个女叠码仔的钱从别家赢回来？于是，在机场回荡着广播员呼唤"段凯文先生"的时刻，他迈入了一辆停靠在出租车位上的出租车，向老妈阁杀将回去。

自从他萌生再回妈阁的念头，那念头便成了抛进水里的葫芦，捺下去又浮起来。坐在出租车后座上的他一颗心蹿上蹿下，带动他整个人浮浮的，也像个落水葫芦。他无法再通过他认识的三个叠码仔借钱；他欠晓鸥他们的数目太大。东墙、西墙全拆了，南墙仍然补不起来。只能动赌场外的脑筋。他的集团有一笔外汇储备，不过动用它要经过董事会。只动一点，三十万？不，六十万，这一点港币出来又进去，只要过后给个好说辞,痕迹都不会有。那么什么说辞呢?……现在不去想,以后有的是时间去想。

他用手机向财务总管发了一条短信要他和出纳一起,各汇三十万到他的香港账户。财务回信问他没有签名怎么办?三天后回到北京再补。财务电话打过来了。生怕有人窃取了段总手机,冒充段总下指令。

"我在香港看上一套房,要交押金。"他告诉财务。

说辞不知什么时候上膛的,张口便发射。

现在三面墙都补不上,又来拆北墙。

他在等待财务汇款的时候大睡一觉。八小时之后,老妈阁灯光璀璨的黄金时段到了,他走进赌场大厅。谁也看不出他四面墙三面已拆成断壁,只剩一堵墙既当门脸又做靠山。

他混迹于上百成千的赌客,找到一份大隐隐于市的清静孤寂。他觉得状态从来没那么好过。

晓鸥想象得出,段凯文赢到第一个一百万时的心情,几乎像他掘到第一桶金,那种微带辛酸的喜悦,直到死他都不会忘怀。他一百万一百万地往回赢,艰辛而细致地搏了一天一夜。

上了八百万,又跌下;还有一次上了九百五十万,他已经两天不吃不睡,新陈代谢接近停滞,但他心里写好的那个数目不可更改。垒到近一千万的数目再次崩塌下来，他像个不屈的孩子，把一堆积木搭起来，看它们摇摇欲坠地越垒越高，大小方圆都不规则，每一块都放得不是地方，都被强迫着去承上启下，而顽强任性的孩子仍然让这岌岌可危的高度不断增高，让偶然最大化，挑战必然……段凯文当时一定像个搭积木的男孩，抖动着眼睫毛，看着大厦将倾而不倾，每增添一块新积木，同时给他创立新高和催化崩溃的快感，人对自毁从来有一种暗暗的神往，人的飞速进化本身就包含隐隐的自我灭绝。因此段凯文在摇摇欲坠的数字顶端又增添一块奇形怪状的数字积木时，心底暗存着一毁而快的冲动。姓段的这个男孩固执地拿起最后一块积木，假如这块搭上去而大厦不倒……

小心翼翼地，他押下一注，翻开……赢了。他离开赌桌，把将坠而终究没坠的无形的大厦留在身后，带一丝失落的怅惘，兑现金去了。是坠楼人一坠而快却在最后一瞬被拦住的怅惘。

晓鸥没费多大劲就打听到那次段凯文如何赢下了一千七百万。这就是赌的魅力，不知它怎么就暗中青睐了你。晓鸥断定阿祖梅大榕一定也受过如此青睐，那可以为之一死的青睐。最后梅大榕确实为之而死，把梅晓鸥的曾祖父变成了遗腹子。

段凯文用赢来的钱偿还了晓鸥以及前面的叠码仔,用北墙补上了那三面墙。一连好几个月段凯文都暗自咂摸赢的滋味,滋味真是浓厚醇美,要若干次输才能冲淡。

此刻梅晓鸥喝着普洱茶,她对面是老刘渐渐油润起来的脸,那张紫灰的嘴忙碌着,豉油凤爪整只指爪进去,再成为零碎的小骨节出来,同时还出来关于段凯文在全国各地筑起楼群的简讯。一顿饭时间梅晓鸥已经用手机短信把段凯文在妈阁的总输赢大体弄清了。

背着三千多万赌债的段凯文居然睡了长达十小时。他在晚上十点起床,换了一身干净挺括的衣服,梳洗得很仔细,只是左下颏留了一条血口子。刮得淡蓝的脸颊上一道紫红刀伤,让晓鸥感到雄性的刚劲和无奈:他们的每一天都在刀锋下开始。晓鸥心里抽动一下,她雌性的那部分想为他舔舔那小小的伤口。

"段总休息得好吗?"

"好!睡下去就没醒过!"

段大概看到作为一个单纯雌性的梅晓鸥在女叠码仔身体里挣扎,要出来跟他稍许温存,但被女叠码仔无情地按住了。

"饿吗？我请段总吃葡餐吧！"

"怎么让你请？我都不记得最后一次吃女人请客的饭在哪一年。"他做了个手势，让晓鸥先走一步，然后他再跟上，变成男女并肩的情形。三十年前山东小伙子段凯文直眉瞪眼地走进大北京的大清华，到今天这个准绅士大赌徒是怎样的长征？

晚餐吃的是广东菜。他们没有通知老刘。老刘给晓鸥和段总发了八条短信，都是打听吃晚餐的地点和时间。两人都没有回复。他俩的共同沉默说明什么？老刘会去瞎想，段总要是拿梅晓鸥造绯闻，那可是一石二鸟：嫖、赌合二为一。一个为了催债一个为了缓债，上了床都好商量。他们只能任随老刘去猜。餐桌上段凯文拿出一张纸，上面清楚地记录着他这次来妈阁的每一笔输赢。一流的记忆，特等的认真，他是全靠回想记录的。不仅这次记，他每次都记。赌博十来年，他记了十来年。一本分厘不差的赌账，比他爹在山东老家当生产队记分员记得更认真仔细。他指出，这单赌账最下面的八位数，便是他欠梅晓鸥的钱。

"哪儿是欠我的钱？是欠赌厅的欠厅主的钱！"晓鸥纠正他。可得把她自己择出来，万一他这次耍赖，债还不上，晓鸥可以当局外人出面催逼：赌厅让我来催问段总,什么时候能还上您输给赌厅的钱?再不还她可以再催逼:段总您可不能害我,您不还钱我怎么跟赌厅再借钱给我其他客户啊?轻则砸了我在赌厅的饭碗,重则让赌厅后面哪个黑社团做掉。听说过社团为几十万、几万就做掉一个人的吗?

"那请你告诉厅主,一周转过来,我马上就把钱汇过来。"他的气势比早先弱了那么一点。

"段总需要多长时间周转?"

"限期不是十天吗?"

他目光在镜片后凶她一下,随后就是轻微的厌烦。她晓鸥似乎是那把刮脸刀,一不留神让它小小破了一点相。他对着沾血的刀锋凶了一眼,但马上觉得是不值得他动气的。他笑笑,轻轻捺着晓鸥的手背。

"不会让你为难的,啊?"

女人往往用女色办成不少难办的事,男人也用男色。晓鸥近年来不少碰到段这样的男人,他们动用男色还像是施舍你,仿佛你巴不得捧出自己让他们吃豆腐,仿佛你给他们吃豆腐是你的福分,因为他们的财富、产业、不可一世的未来。段希望激起晓鸥的痴心妄想,把自己想成他未来的一小部分。

只要她现在配合一下,别逼他太甚。

退回到去年十月初,她被他这样捺着手,她会贱飕飕地默认,做出备受抬举的回应,可现在是七个多月之后,她撒出的信息网收拢了,有关段的信息可不少,也都不妙。她缩回手,端起冰冷的苏打水,看着左侧方的那盘脆爆螺片。她梅晓鸥可不欠这种没名堂的抚弄。

"段总,咱可说好了,十天之内你一定得把钱汇到老季那里。"

老季开黑钱庄,哪国的钞票他都能跟人民币兑接流通。

"误不了你的,梅小姐。"

晓鸥散漫地举起苏打水,最后的气泡细小地炸了。段凯文也端起面前的杯子。再给两人的情谊一次机会吧。晓鸥把苏打水喝下去,站起来。段总慢用,她还有儿子要照料。最后一个菜刚上来,其他珍肴基本没有动。

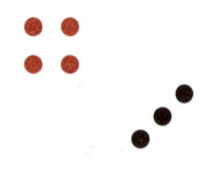

梅吴娘把梅大榕的遗腹子生下来，跟接生婆要水喝，接生婆走出睡房，来到灶间，揭开沉重的木头锅盖，舀了一瓢滚水。她知道梅吴娘把她支开要做什么。一句谎话很金贵，值二十块大洋。梅吴娘让她撒了三次谎，只要生男就告诉梅家人是死胎。接生婆用谎言买了二十棵桑树，盖了一爿蚕房。就在她舀起一瓢滚水的时候，梅家公公、婆婆进来，推了接生婆一把。接生婆的头在滚水里漂洗一遭，爬起来连头发带头皮都熟了，一拉撕下一大把。梅家公公婆婆抢下被掐哑了的梅家孙子。

从此梅家多了个用小旦假嗓说话背书的梅亚农。梅亚农的声带给梅吴娘掐扁了。

一天梅亚农用假嗓子细声细气地念叨，下一个从门口出来的是仔是囡，假如是仔，他就赢了。梅吴娘从楼上小窗望下去，看见儿子跟四五个同学坐在廊檐下，盯着对门杂货店。此刻从杂货店出来个买灯油的后生，同学们哄了一声，恭喜梅亚农赢了。

又一天梅吴娘听见儿子的假嗓说，大家剥开十个茧赌雌赌雄，雌蛹比雄蛹多，赌雌的人就赢，反过来，就是赌雄的人赢。赢家得什么？得十个熟蛹吃。

那年梅亚农十二岁。梅吴娘卖了缫丝坊，带着儿女们到了上海虹口，投奔在那里做南货生意的娘家表兄。梅吴娘以为广东沿海地方刮赌风，到上海便避过风头了。到了上海她发现什么都能赌，赌马，赌狗，赌蟋蟀，孩子们用一把棒糖棍子，一沓洋画，一摞纸烟盒就在弄堂里赌。梅亚农赢了邻居男孩所有烟盒，假嗓子从弄堂一路响到家门口，戏台上小旦从后台一溜儿圆场唱到前台似的。梅吴娘已经等在门后，手里拿一根捅煤炉的通条。儿子脸蛋红亮气喘不匀地向母亲报喜，褂子前襟兜装满赢来的烟盒。全是赢的？全是！以后还去赢？当然！梅吴娘把炉子通条往自己手心一搁，一股青烟连同一股肉香蹿起。

梅亚农红脸蛋绿了，用假嗓子"老母！老母！"地喊。

梅吴娘的右手仍然抓住炉子通条告诉儿子，怪只怪她这只手不好，不够快不够有力气，没在那个小赌鬼出娘胎时掐死他，只掐出个不男不女的嗓门来，代他跳海做水鬼的父亲来跟她梅吴娘讨债。

梅亚农的嗓子突然变了,变成低沉嘶哑的野兽嗓子。他用这条嗓子继续"老母!老母!"地喊,央求老母再去烧一烧炉子通条,往他手上来,是他的手的罪过;他的手不是他自己的,是他跳海的父亲的。

梅吴娘在突然变嗓的儿子面前慢慢松开炉子通条。几个月后,她养蚕缫丝的手便有了一张坚硬如核桃壳的手掌。皮肉变成了痂,直接结在骨头上。

以后梅亚农成了学校的楷模学生,门门功课前三名。

再以后梅亚农考上了北京的京师大学堂。

辛亥革命成功了,梅亚农在北方做了几任官,这个总统上来,那个总统下去,他在革职复职之间跌宕,终于弃官经商,官和生意从未做大,三代人算是衣食无忧,但有一条让梅吴娘最中意这个不得意的儿子,就是他从不沾赌。

梅晓鸥知道祖父母在北京东城的两间房还是曾祖父置下的。梅家一代代人都凡俗平庸,只把这个做过京官的祖先当传世光荣。

第二次看着卢晋桐断指的梅晓鸥心那么冷那么硬,就是梅吴娘附体。梅吴娘似乎明白男人在此刻要唱的苦肉计,干脆她替他们唱,把她自己的手掌制成一块核桃壳,这一唱就唱绝了。晓鸥冷眼旁观卢晋桐第二次对着自己的手指头举起刀,可她一动不动。她怕自己动;她一动就会夺过刀朝卢的脑壳剁:要剁就剁它。祸从它起,跟手指无关,那里面装着疯了的脑筋,输钱输疯了,想钱想疯了,祖祖辈辈把穷疯了的苦楚和屈辱通过祖祖辈辈的父精母血灌输下来,灌输在那脑壳里,渐渐形成一句暗语:发财要快啊!

晓鸥总是纳闷,中国男人们以别的方式发财之后,为什么还要到赌桌上来发财。赌桌上一翻手可以是一笔横财,难道是这横空出世般的快给他们其他发财形式所无法给予的满足?纸牌一模一样的背面掩藏的未知和无常太奥秘了,从那奥秘到输或赢的谜底揭示,也许只要半秒钟,假如翻开的是一笔财,那么这笔财发得就太快了。从古至今,改朝换代在中国是眨眼间的事,因此发财要更快,慢了就来不及了,兵荒马乱又该过来了。上一次兵荒马乱和下一次兵荒马乱之间,给人留下发财敛富的间隙是多么短促,过去得多么快!因此华夏苍生一代比一代焦虑,钱财落袋越快越好,正如庄稼入仓越快越好,慢了就赶上下一场兵燹之火、天灾人祸了。

于是从北美大陆的东西南北向拉斯维加斯进发的"发财团"大客车上,满载万千华夏子孙。发财要快呀!

梅晓鸥乘坐着万千发财团大巴中的一辆,怀着三四个月的身孕,依偎在她以为有望改邪归正的卢晋桐身边,卢那根断了又被嫁接回去的手指搁在胸前,包着的绷带白得晃眼。那时她是个幸福的小女人,本来她觉得,只有卢晋桐离开他老婆整个属于她晓鸥才是幸福,而那一会幸福变简单了:他的不赌就是她的幸福。她宁可要不赌的半个丈夫,也不要一个赌棍做她完整的丈夫。原先没有多少美德的男人,由于戒掉一个巨大恶癖而在她眼里成了完人。而这个完人是她造就的,或说一大半是她造就的。那个二十出头的傻女孩没有料到自己造就的完人半年后就又回到赌桌旁。

卢晋桐在她生命里永不消逝的,她几乎每天会在儿子身上发现一点卢晋桐:那方方的脚丫,微翘的大脚趾,那一刷牙就一手叉腰的姿势,那剃了头便浮出后脑勺的浅浅的可爱肉槽,还有两颗上门齿之间细细的缝隙……当然还有手。手少见的大,手指是少见的长,儿童时就是少年的手,少年时已是青年卢晋桐的手。她居住的别墅区里户户钢琴声,一个女邻居上门说愿意让晓鸥的儿子跟自己女儿搭伙请一个钢琴老师,琴都不用晓鸥买,因为她看到男孩长了那么又大又长的手,老天给的钢琴家的手!晓鸥甜美地谢绝了女邻居。儿子一双长绝了的手不是老天给的,是儿子的赌棍父亲给的。这样的手不必奏钢琴,只要不搓纸牌就美到了极致。

卢晋桐第一次的断指之痛或许连通到当时还在胎里的儿子,虽然他当时还是一尾半透明的、浅红色的、雌雄暧昧的人鱼。晓鸥多年后一直记得刀刃和指骨相撞的闷响发生时,她腹内的奇特感应。巨大的恐惧和震惊在刹那间传导给子宫中的人鱼,它猛地打了个挺。那一尾细小的人鱼感到温暖昏暗的小空间天翻地覆了,它无比安全的温床几乎倾覆,它的打挺给了晓鸥一记钝痛,从腹部漫延到下肢,漫延向后背。这是她的神志断片之前感受到的。

每次她和儿子面对面坐在厨房小餐桌边,她看着儿子用大得几乎不太灵活的手剥开蛋壳或涂抹果酱时,她不时会看见卢晋桐永远失去的中指复活在男孩手上。儿子可以一无所成,只要这双手不去捻弄纸牌,就是一生大成。儿子抬起脸,阳光从母亲右侧的窗口进来,他看见母亲眼中有个噩梦正在淡去。他注视了两秒钟,又低下头。他从小就知道母亲有些不可告人的故事,而他从未见过面的父亲则是那些不可告人的故事的重要部分。

"昨晚回来到你房间去看你,又是没关游戏机啊!"母亲说。

"昨晚几点钟?"

"十二点多。"

儿子不做声了。让母亲去意识"十二点多"还能不能算"昨晚"。五月假期能把不赌的人变成赌徒,晓鸥伺候款待一批批赌客,昨夜十二点多算是最早一次归家。把儿子送上学,她洗了个澡,打电话叫来她的按摩师。在推油的一小时中,她睡着了。女按摩师把账单放在茶几上,又往她身上搭了条薄被,悄悄地走了。

这是无梦的睡眠,像两小时的死亡。手机在十一点半响铃。阿专告诉她,段总正要上轮渡去香港,给晓鸥买了一包肉脯,一盒杏仁饼。晓鸥让阿专替她把肉脯和饼吃了,替她谢谢段总,也替她祝段总一路顺风。

阿专明白他的女老板对段总已失去了崇拜和敬仰,于是来一句:"肉脯才多少钱一斤?我刚才差点替你扔给他,告诉他我老板从来不吃肉脯和杏仁饼。"

晓鸥把手机的麦克打开,放在洗脸池台子上,开始往脸上贴面膜。晓鸥对每个客户的态度就是阿专的风，风向一变，他马上奋力使舵。只不过晓鸥的风刮一级，阿专的舵会转九十或一百八十度；晓鸥略微的失望、失敬，在于阿专，就是横眉冷对。女老板的任何态度趋势都被他若干倍放大，并去除里面的微妙和复杂，落实成底层人痛快的非爱即恨。每一个奴才在执行主子意图时都会把意图夸大得走样，同时夸大自己的奋勇和忠心。

"何必得罪他？维系一个客户不容易！"晓鸥的嘴唇被面膜制约了，吐出的字眼都有些变形。

"什么烂仔客户，到处打地洞！把几个赌场下面都打通，你的钱搬到他家，他的钱再搬到下一家！怪不得托老刘找到了你，因为他在那两家欠太多钱，借不出钱了！老刘也是个老烂仔！丢！"

她跟阿专冉见之后，关了手机。

晓鸥走进卧室，打开电视。假如她增长一点时事知识，那全得归功面膜。面膜给面孔灌溉施肥的时间是二十分钟，晓鸥每天便多了二十分钟有关经济在美国复苏，伊拉克撤军在即，中国沿海台商逃跑，浙江小商品厂主潜逃之类的知识。这是个富人躲债的时代。

二十分钟的时事讲堂关闭，晓鸥摸了摸面膜。干了的面膜像面孔穿小了的衣服,绷在皮肤上。她走到落地窗旁的梳妆台前坐下来。阳光还算年轻,不到三十岁的阳光。梳妆台是前卫式样,三面镜子都很大,可以折叠,同时照着她的各个角度。照着这个戴白色哑剧面具的女人。这是一个怪诞的瞬间,发式、浴袍、面具掩藏了作为梅晓鸥的一切证据,或说一切都不能说明面具后的人是梅晓鸥。于是一个更怪诞的想法产生了,她用指尖一点点撕开的面膜下,该是个陌生面孔,是个新鲜面孔:没有卢晋桐断指时留在她眼里的永恒恐惧,没有史奇澜欠债的灾难蚀进她眉间的浅浅笔画,也没有她慰问惨输的客户而推到双颧上的难堪笑容。这对颧骨被她越来越缺诚意的笑浇铸出来,高高地耸在脸上,强迫她向那个广东祖先梅大榕返祖。因而她总是坐在梳妆镜前磨蹭,让脸贪婪地吸食面膜最后一点养分,让脸容多一点自新的机会……这是厂主们、公司总裁们、银行行长们大逃亡的时代,异国他乡的彻底陌生就是他们的哑剧面具,一抹煞白上固定着傻笑,哑剧大师的喜剧都是悲剧。假如可能,段凯文们,史奇澜们,卢晋桐们都会像梅晓鸥此刻一样,躲藏到一抹煞白的面具后面,去赌,去劫,去造孽,甚至去爱。也像她此刻一样怀有一线无望的希望:揭开的面具下会露出个更好的脸庞,更好的自己。

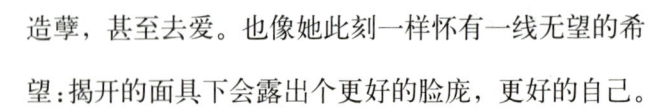

152

十天后段凯文果然逃亡到无形的面具后面去了。每次电话都是忙音，偶然接通说是正在开重要会议，半小时之后打回来。发过去的一条条短信都似乎在天上飞，从来不着陆。最近晓鸥得到的反应就是关机。她揪住老刘，要他去段总公司看看，公司是否关张了，如果开张，段总是否还活着，还坐在他大办公室的交椅上。老刘流露出轻微的愤慨，梅晓鸥你被老妈阁弄坏了，对段总这样的实业家都不往好处想。好处用着想吗？赌场里的人只看到人的坏处。老刘最后答应去帮晓鸥催问一下段总，什么日子可以把三千万还上。并要代晓鸥提醒段总，她梅晓鸥是替赌厅讨钱，段总不开恩把这钱还给赌厅厅主，就把她梅晓鸥搁中间了，把梅晓鸥推到欠债人位置受窘受辱。受窘受辱还好受，不好受的是她跟赌厅生意做不下去了：她所有的客户都甭想再跟赌厅拿一毛钱筹码。

第二天老刘用一条很长的短信向她报告走访段总的经过。段的公司当然没有关张，辉煌项目的沙盘一个又一个，段总要把青海和新疆都建筑成北京。段总不仅活着，并且一个人活十个人的时间，只有半分钟跟老刘说话。老刘便把这半分钟的谈话转告晓鸥：下星期一下午四点准时汇钱，请梅晓鸥收到款用短信告知。

星期一下午，晓鸥等着老季钱庄收到段的汇款信息。五点整老季来的信息："没钱到账。"

晓鸥给段发的短信还是客气的："段总，钱没有按预先说好的时间到账啊。是不是汇路出故障了？"同时发了个懵懂表情符号。

段凯文这次倒是理会了一下她，回短信说，财务忙别的事去了，没忙完，延迟一两天再汇款。

晓鸥等了三天，星期五给等来了，请她等一两天。她给的可是等三天的面子。所有电话线路照常地拥堵，晓鸥把电话打到段凯文公司前台，前台问她姓名。姓李，工商行的。半分钟之后，前台客气地替段总向"工商行的李女士"抱歉，段总正在接待客人，半小时之后请再打过来。

半小时到了，晓鸥再次拨通那个前台小姐，小姐问她难道没有段总办公室的直拨号码？有的，不过一般都打不通，不是忙音就是空响。那就打他的手机呀！手机更不接。前台小姐闲着也是闲着，答应替晓鸥再试一次。

段总沉稳的丈夫腔调出来了。

"知道是你。"他没有理会晓鸥强装出的淘气笑声，"一般我是不接电话的。真接不过来！"他声音很昂扬。

晓鸥赶紧恭维,这么忙的如今都是大人物,听说段总要把青海和新疆都建成北京了。

"不是存心不承诺啊,是财务换了人,前面那个病倒了。新的这一个什么头绪都抓不到,所以钱也就没给你汇过去。"段凯文截断晓鸥绕的圈子,直接把她想责问的告诉她。"下星期一下午下班前,钱一定汇出去。一分钱不会少你。"

晓鸥谢了又谢,才挂上手机。段凯文的话听上去字字实在,日子、时间都实在,下星期一下班前,那就是四点五十九分之前,钱一定汇到。微热的手机在手心里凉下去,她觉得被段凯文的大气比得太小。催债催得太无情,太猴急,太不上流。她在十分钟之前把段想成什么人段清清楚楚。他连恭维寒暄都不要听,抓紧时间把你梅晓鸥要听的告诉你。你想听的就是日子、时间、钱数。她已经把段排列到老史和卢晋桐的队伍里了,现在为了段在她内心背的几周坏名声过意不去。拥有巨大资本的段凯文被小本经营的梅晓鸥当成个无赖催逼,多么地缺涵养,多么地怀疑成性,多么彻底地暴露她梅晓鸥一般只跟下三滥相处因此你不做下三滥就无法与她相处。

她打了个电话给老刘。把段总错怪了,老刘也许能从侧面替她讨到一点谅解。老刘很为她高兴,因为她这次的错误怀疑被驱散了，真正认识了一个汉子段凯文，应该是大好的事。老刘再次打是疼、骂是爱地责备她，怎么能怀疑一个年效益好几亿的段总呢？

她不能不怀疑。她怀疑每个人欺诈、夸张财力、撒谎成性，怀疑每个人都会耍赖，背着债务逃亡。她靠怀疑保卫自己和儿子，保卫赌厅。她的怀疑早于对一个人的认识，早于一件事务的开始，她坚持怀疑直到疑云被"终究不出所料"的结局驱散，或被"没想到这人还挺守信用"的结局驱散。她不喜欢怀疑，明白人的快乐就是"不怀疑"，因此她明白，她是不快乐的。正如十多年前拉斯维加斯贫民医院急诊室那个护士一语道破："哦，孩子，你多么不快乐！"

从她应该幸福的第一次爱情，她就开始怀疑：怀疑卢晋桐实际上是离不开老婆的，怀疑他不在自己身边的时候其实都在他老婆怀里。那时她不到二十岁，她的怀疑开始得多么早。其实开始得更早，六七岁就开始了。六七岁的她怀疑父母相互之间毫不相爱，怀疑她夜里听到的呜呜声是母亲在哭：被父亲打了之后在哭。后来她的怀疑跟着她的岁数成长、成熟和老到。她怀疑离异的母亲变得好看起来的那天是淡淡抹了口红，轻轻擦了粉。她怀疑母亲是为了一个无耻的目的好看的。母亲常常搂着她说，她只有两条命根子，就是晓鸥和弟弟晓鹰。但她怀疑母亲一定在外面做下了什么亏心事才这样紧搂她；母亲恰恰是有了另一条命根子才这样喋喋不休地称她和弟弟命根子。

她的怀疑往往被最不堪的结局驱散。母亲改嫁给一个比她小八岁的教授，长相比她父亲还要老十岁。教授是教中文的，从他娶了晓鸥母亲家里就没人在用正确的中文说话，因为他时时提醒你造句的语病、你读别音的字词。于是她又开始怀疑，怀疑雌性功能健全的母亲不是用他做男人，是用他做师爷。

那是个十四岁的梅晓鸥，门门功课本来平平，可有了这个免费家庭教授却变得一无是处，他让她把自己看得一无是处。她怀疑这个处处提高她、改进她的优秀中文教授会让她丧失对中文的最后一点胃口。正因为他升任大学的教务主任，大学对于她便成了一个可怖的去处。她考不上大学，是为了教训他；从此她想把中文说成什么样就说成什么样。从此她的中文和她都活过来了。

这时是二十世纪九十年代，混北京的男孩女孩多的是。其中有个混北京的北京女孩，就是十八岁的梅晓鸥。她和所有混北京的年轻人一样，工作朝不保夕，饭食饥一顿饱一顿，不断跳槽，不断换室友、搬家。她怀疑所有的室友都编造背景、杜撰简历，怀疑所有室友都偷一点别人的东西，怀疑所有女室友都在外挣一份不太干净的钱。

一次她回到母亲家，看出母亲的眼睛有些异样。她怀疑母亲刚跟继父吵过架，又是一场哭闹。她的怀疑很快被逐散，只问了一句"你哭了？"母亲就不再撑出她"老妇少夫"的幸福矜持笑容了。比她年少八岁的老夫子克扣她就罢了，克扣他自己更凶残，做得好好的饭不吃，从邻居家捡回鱼杂碎来爆炒！邻居眼里她这个大媳妇是个什么夜叉，饿得小女婿拾人家扔在垃圾箱里的鱼下水吃？！就说他从小受苦吃惯鱼下水，又是江南水边长大，但这么跌份的事他怎么干得出？虽说那是八斤重一条鱼的肥下水……

十八岁的晓鸥又一大怀疑被驱散，继父只是个口头夫子，口头高贵考究，行动却是个叫花子。因而她怀疑母亲和继父也不相爱，他们走到一起是由于一个丑陋的根源。她顺着怀疑摸索下去，这怀疑一直伸向她的童年，父亲和母亲让她不得安宁的那些深夜……六七岁的晓鸥见过一个二十岁的男子，瘦弱得佝偻，永远一身发白的蓝衣服，肘部膝部打着新蓝补丁。她看见母亲的针线簸箩里放着一模一样的簇新蓝布，两个椭圆窟窿可与那肘部两个补丁拼七巧板，天衣无缝。

幼年时的朦胧怀疑到青年时清晰了：十多年里母亲就像供养她的儿女一样，含辛茹苦供养晓鸥将来的继父。继父在暗地分食她和弟弟本来不多的伙食，完成了他最后的发育，从痨病里重生，读下一个又一个学位。怀疑被一种可怕的想象驱散：母亲自己养大的小牲口最后自己杀了吃。她不想再见到跟继父在一起的母亲，这是她跟上卢晋桐的最重要原因。

她在混北京的第一年就碰上了卢晋桐。卢是父亲朋友的儿子，在跟上卢的初期，晓鸥是快乐的，因为她在那个阶段停止了怀疑。卢的出处那么可靠，父亲好朋友的儿子，所以她就犯懒了，懒得怀疑。到十八岁，她怀疑了十二三年，怀疑累了。刚认识一个年轻的电子企业老板，她想歇一歇再怀疑。年轻的卢老板要让她一辈子都歇下来呢，什么也别做，就踏踏实实做他的爱人。

她跟疏远的父亲恢复热线联络是鱼下水事件之后。过年过节，她是父亲家的一个远亲、一个客人，受着继母一视同仁的招待，只是在出门时手心里被父亲偷偷塞入一沓钱。父亲塞给她的钱不论多少，都是一个年节到下一个年节的全部父爱。偶尔父亲送她去汽车站,路上问起她和母亲的日子。她提到母亲和继父有关鱼下水的口角,父亲的眼睛亮了,眉毛飞扬起来。从此她怀疑,凡是有关母亲和继父的坏消息,都能改善父亲的心情。母亲和继父为电费吵了,为母亲参加音乐猜谜缴的费用吵了,母亲为了继父吃发霉的花生米大哭了……所有坏消息都让父亲振奋,憋都憋不住看笑话的阴暗快乐。因此晓鸥又开始大胆展开新的怀疑:父亲其实是爱母亲的,爱得像生大病。在和继父十多年的情场角力中,他对母亲的爱用妒忌做肥料,滋养得深奥曲折,在他内心盘根错节,离异只是截断表层的躯干,根须却从未停止向灵魂方向伸延。早知他前妻把知识人物当神敬,再把敬意当雌激素催化她发情,他从云南建设兵团回北京就会拼死考大学,而不贪图现成的工资到旅游局当导游。旅游局的外语人才太匮乏了,父亲在云南自学的两册"许国璋"通过熟人关系,就成了中国史无前例的"文化大革命"后的第一批外语国宝。

成了父亲家一位常客的晓鸥发现父亲开始主动打听"教授夫人和教授"的近况。晓鸥这种时候会逗父亲开心一番,讲到教授继父和母亲的一些荒诞事件,比如一次母亲下班回来找不到自己的球鞋,后来发现它们被穿在继父脚

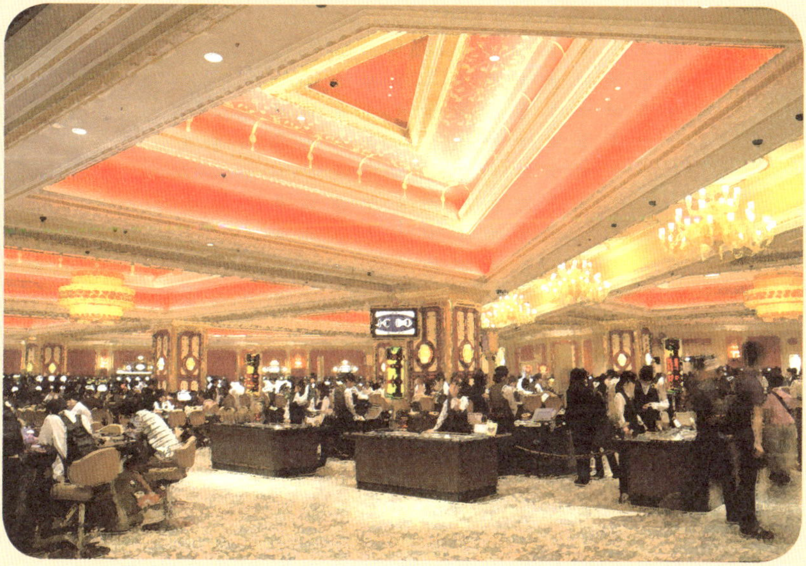

晓鸥知道，东方男人身上都流有赌性，但谁血管里的赌性能被发酵起来，扩展到全身，那是要有慧眼去识别的。梅晓鸥明白她有这份先知，能辨识一个藏在体面的人深处的赌棍。是她祖先梅大榕把这双眼给她的，深知自己血缘渊源存在过痼疾的人因为生怕痼疾重发而生出一种警觉，这是一种防止自己种族染病灭绝的直觉，是它给了晓鸥好眼光去辨认有发展前途的赌客。

上。母亲惊讶她三十六号的鞋怎么能穿在一双男人的脚上。继父说他童年少年都穿小鞋，因为他节俭的长辈总让他跟弟弟搭伙穿鞋，如果两双鞋坏了一对，另外两只同样尺码的鞋有可能凑成完好的一双，因此他的脚在十五六岁就停止生长，并且穿小两号的鞋毫不受罪。晓鸥看着父亲仰脸大笑，从此她找到让父亲开怀的方式。很快她怀疑父亲这样仰脸大笑并不是开怀的表示。看起来他笑那位教授的失败，失败地保持住一个女人的心火，因为女人的心对一个男人上火时是看不见那些怪诞细节的。其实他是笑自己的失败：他与之角力十多年的，原来是这么个病夫怪胎。父亲败给了这个怪胎，因此这场多角关系中，他是所有失败者手下的失败者。他曾以自己的失败做牺牲，让自己心爱的女人赢，让女人所爱的男人赢，但他发现到头来他白白牺牲了，他的牺牲让所有人都失败。晓鸥怀疑父亲是为此仰脸大笑。

一个星期过了一半，晓鸥的怀疑又回来了。段凯文讲定是下星期一：不容置疑的日子、时间、钱数，那他二月三月间的妈阁密行是怎么回事呢？他在其他赌场的账户怎么解释呢？明明是无法偿还其他债主的债务，才结识她梅晓鸥的，换个露骨说法就是梅晓鸥成了他的东墙，被他拆了去补西墙或南墙的。在他眼里多姿多情的梅晓鸥无非是潜在的一堆残砖碎瓦！怀疑使晓鸥站到段的角度和立场，回顾她梅晓鸥的所有言行：这堵正被拆毁的砖瓦还在无望地扮俏装媚，无望地拿色相诱引他践诺。

怀疑了三十年的梅晓鸥决定不再做被动的怀疑者。她马上订机票，打算乘下午四点的飞机飞北京。这天是星期四，如果星期五老季的钱庄还收不到段凯文的电汇，梅晓鸥会在他的豪华办公室突然现身。

到达北京已是晚间九点多。妈阁飞回国内的飞机照常误点。她先拨了个电话给史奇澜。电话关机。当然关机。继续堕落还是挽救工厂和他自己，老史都必须依靠关闭的手机屏蔽掉外部世界。老史的外部世界现在没什么好山水了，满是讨债人的嘴脸：杀气腾腾的、愤慨的、绝情的、惨兮兮的……

第二个电话是给老刘打的。她说妈阁最近生意清淡了一些，正好偷闲在家抓抓儿子的功课。老刘说他们部里派人去西非几个国家考察，要在那里开大型电厂和农作物加工厂，教非洲人务农。晓鸥了解老刘，他在手机上风马牛的答话证明他老婆正和他紧密厮守。他们可以尽管各说各的。

162

她有什么要跟老刘说？无非是段凯文。段总的项目上了北京日报和晚报，标题叫"让边疆人民住上北京的人"，老刘热烈推荐晓鸥读一读。可她人在妈阁，怎么读呢？上网读啊！老刘说自己五十多一把岁数却已经上网读报读惯了，何况年纪轻轻的梅小姐！老刘不笨，知道晓鸥想听什么，题外话其实很点题：段总正在大展宏图，亮相率这么高，会是区区的赖账小人吗？他若赖账连藏身之地都没有。

晓鸥跟老刘道了"拜拜"。然后她打开笔记本电脑，北京日报的网站登出三张照片：段凯文和段太太站在沙盘前微笑（段太太一副世俗笑脸，腰围富态，油光光的妆容），沙盘上林立着大群的迷你高层住宅楼。另外一张是戴安全盔的段总，挨着设计师们，向远方伸出指点江山的领袖手臂。最后一张是和一群建筑民工合影的。看上去民工们和段笑得都有些傻，像哑剧面具，但愿段没有欠发民工的工资。

她进入自己的邮箱。第一封邮件是个匿名者来的，她的防火墙提醒她，可以拒绝这位陌生访者。

晓鸥却让陌生访者进来了。原来访者不陌生，是改头换面的史奇澜。老史躲在关闭的手机、停业的工厂、密封的门窗后面运作了个新网站，出售硬木家具和雕刻。

一件件作品配上解说词和音乐，未语先声，异国风情的乐器奏出单纯的海洋岛国土著的旋律，接着一片南国土地淡入，解说员告诉你，小叶紫檀的故乡南洋群岛在七十年前的模样，画面渐出现泥沼中的树林，画面淡出又淡入，树林稀疏了。解说员又告诉你，这是五十年前的紫檀树们，多少年才能长一毫米，画面淡出再淡入，树林不见了，只剩一些瘌痢枝干，似乎沼泽地原先种下的是一片林子，而收获的却是一片拐棍。解说员于是告诉你，小叶紫檀被伐得差不多了，这些还没长成树的幼苗其实已是老寿星，岁数在一百到一百五十岁之间。因而这是世界上数一数二的昂贵木材。画面再次淡出淡入，那片"拐杖"被收藏之后，正被一双手打磨，木质在这双手下渐渐闪动灵光，镜头再一切，木料已经圆熟润泽，看上去微带体温，如同活物的肌肤，画面展开，那双手上拿着的是一个笔筒的半成品。

晓鸥太认识这双把弄珍贵木料的手了。右手的食指和中指之间微微发黄，因为老史抽烟一般都抽到过滤嘴快着起来，出于俭省或是专注。一双化腐朽为神奇的手，同样也能化神奇为腐朽。在赌台的绿毡子上随便动一动，成百上千件神奇作品都粪土一般不值一文地被整车拉走。

但晓鸥还是爱这双手。爱得想把自己横陈到这双手下面，让它们打磨抛光，抛掉所有其他男人的指纹。这双手是怎么长的？每根手指都是流线体，就像没长关节。那一颗颗指甲都是完好饱满的椭圆，更合适一个闲散无聊的女人去拥有。

夜深了，晓鸥敢于放肆地想一想自己对老史的感情。不纯粹是感情，还有情欲。老史的浪荡、老史的消极、老史的才情，合成一种老史才有的风流。晓鸥暗暗地相信，这是她一个人认识的老史，而所有人认识的都是很不同的老史。她甚至觉得，老史只在她面前做真正的老史，而在所有人面前做人们共识的老史。晓鸥这样认为，是因为她只在老史面前做那个敏感、多忧，却又成熟得像老史的小母亲的梅晓鸥。她憎恶老史的沦落，可她自己早已是个沦落的人，沦落是老史和她所独有的境界，形成了她和他独有的情调。而她和他独有的境界是没有陈小小份的。

她用MSN给老史回了几句话。

"看到新网站了。很美。这些天常想到你。"

老史的邮件在十分钟之后过来，是一张他信手划拉的速写，寥寥数笔，勾勒出他忧愁的苦笑。题字为"断肠人在天涯"。五十岁的一个男人，这种时候总玩得很年轻。

晓鸥又回了几个字："传神！你是个宝！"

165

老史沉默了。晓鸥觉得自己抛了个球过去，没被抛回来，这一夜就要寂寞地结束了。再说，她抛过去的球有点像绣球。于是她又写了一句话。

"法院的事进展如何？"

"有点进展。"

"什么样的进展？"

"找到了一个熟人，跟法官沟通了两回。不过对手们也都在法院有熟人。这年头同一个熟人吃双方是常见的。还有吃三方、四方的呢。"

"法官应该比你的债主们英明啊，应该劝阻债主们把你往死里逼，因为逼到死你充其量就是一条命和一库房存货，不逼你的话，他们就等于在你厂里存了一笔整存零取的巨款，几年后结算连本带息，就远不止他们存进的数目了！"

老史那边沉默了。沉默长达五分钟。

晓鸥发了一个"？"过去。又是三分钟哑谜。

然后老史发过来一张漫画：一只母鸡蹲在草窝里，旁边放着三四只蛋，从各方向伸过来抓蛋的手起码有几十只，一只手直接伸进母鸡屁股，去抠那个即将临盆的蛋，血顺着那手流出来。母鸡头上长着史奇澜式的半长中分头。

晓鸥明白那意思：怎么做也来不及，产一个蛋有十只手等着来收，没产出的蛋已经被拥有，这是他老史目前的悲惨现状，未来也许更悲惨，那些伸入母鸡产道抠蛋的手最终会掏空它，掏尽它最后一滴血。

老史或许是没错的，他就算能下金蛋也抗不过太多的收蛋的手。他穷尽一生产蛋量也许还远远不顶那些手的需求量。他毕竟是个比赤贫线还要贫穷一亿几千万的穷光蛋，需要产多少金蛋才能从负数值的身家回到正数值？五十岁的老史很可能看不见自己东山再起的一天了。

晓鸥看着"产蛋图"，凄然得很。她也是那众多抢蛋的手之一。老史这只高产蛋量的母鸡产下的蛋有十分之一会由她收走。那只伸进母鸡产道，抠出血淋淋的早产蛋的，或许正是她梅晓鸥的手。

她站起身，在房间里踱步。刹那间她抓住自己一个可怕的念头：告诉老史，只要他再不上赌台，她就勾销他欠她的债务。但她立刻冷笑了：一千三百万，她孤儿寡母，这世上有谁会白给她一千三百万？如果她欠人一千三百万有谁会饶她一个子儿吗？十多年前，那个姓尚的给了她十万美金，说是说礼金，是赠她的赌资，几年后找到她家门口，一点亏都没有吃,按零售价嫖的话,他的花销早就超出了十万。因此他预付的是超值批发价,批发了整整一年的梅晓鸥的青春。二十二岁到二十三岁的晓鸥,吹弹得破的晓鸥。那时候,谁会白给她一毛钱?

好险!她在窗前顿住。好险!差点事情就成了另一个性质:史奇澜当然清楚他和晓鸥一直以来心底的情感暗流,他会明白梅晓鸥用一千三百万交换什么,一千三百万,她梅晓鸥也给自己批发了一个情夫,只不过相当昂贵。太昂贵了。

她像从悬崖边回头一样,离开窗口,走回写字台。老史没有再发邮件给她。她关闭了"产蛋图",回到先前的视频:老史那流线型的手指爱抚着温润的紫檀,紫檀那深色肌肤舒适得微颤……这是她所见到的最富感知的手,即使抚摸木头,木头都舒适,何况人非草木。她爱屋及乌地从那手爱上那人,尽管是一种缺乏灵魂和诗意的爱,很生物的一种爱。

她洗澡出来,给保姆打了个电话,询问儿子放学之后的琐琐碎碎,作业写完了?饭吃的是什么?几点睡觉的?从保姆的报喜不报忧的回答中,她打些折扣,得出大致正确的答案,比如保姆说:"九点钟睡觉的,睡前玩了一会游戏。"那就是说:"九点开始洗漱,十点上床,十一点多入睡。"

然后她发现两条短信。是她洗澡时阿专发来的。史奇澜在妈阁出现了！第二条短信是阿专请示晓鸥，要不要跟老史接触。

刚才的"产蛋图"竟是从妈阁发过来的！视频也是一路北上，穿越三千公里送达晓鸥的！

晓鸥看了一眼手表：夜里十一点五十五分。她按下阿专的电话号码。老史那多情风流的手把一块乌黑的紫檀木料都摸活了，摸出体温了，险些摸得她梅晓鸥醉过去，一笔勾销掉那一千三百万！

阿专在《献给艾丽丝》急急忙忙的第四个乐句之后接起手机。

"你在哪里看见他的？"

"就在这里。"阿专知道女老板所指的"他"是谁。"我现在正看着他。他一进××，就让我一个小兄弟看见了。小兄弟第一次是从电视新闻上看到他的，就是他跳楼那次。"

"他看见你没有？"

"没有。我藏起来监视他的。"

"他在赌吗？"

"他在看人家赌。"

晓鸥奇怪刚才那一会自己怎么可能爱老史这么个混账。对这么个浪荡破落户,她明明只感觉一腔恶心。

不仅恶心老史,也恶心爱老史的那个梅晓鸥。怒气上头,冲得她眼睛发黑、耳鸣一片。这一刻她怒得能杀人。她不仅能杀了死不改悔的老史,也会杀了死不改悔地怜爱老史的梅晓鸥。

"你现在走到他跟前,跟他打个招呼。"晓鸥远程导演阿专。

阿专照办了,一手仍擎着手机,带着手机里的晓鸥穿过黑压压的赌客,赌客的哄闹声浪冲出晓鸥手机的听筒。这种小赌场的气味尤其莘厚,从手机穿过来,直达晓鸥的嗅觉。晓鸥总是惊异众人在聚赌时散发的气息为什么那么浓。不仅仅是赌客们消化不良和不洗不漱的气味,而是某种荷尔蒙的气味。猪、牛、羊在看见屠刀时身体内会飞速分泌一种荷尔蒙,这种生命在极度绝望和恐怖时分泌的荷尔蒙等于毒素,假如有嗅觉探测器,一定能探测出这种毒素的不佳气味。牲畜和人在死到临头的一瞬会突然发出难闻的气味,或许这就是为什么赌徒们聚在一块发臭一样。他们每人都在临危一搏。

阿专把手机上的麦克打开,于是晓鸥隔着三千公里旁听以下对话——

"史总!"

"哟,阿专啊!你老板呢?"

"……她没来。"

"陪别的客人，还是在家呢？"

阿专没声音，或许他回应了一声支吾，但隔着三千公里和赌客们的吵闹晓鸥没听见。

"我在香港办一个展销会，顺便过来看看晓鸥和你。"

你是不是办展销会很快可以核查出来。晓鸥的手脚顿时凉透了，捉奸捉双捉弄到自己的男人也不会比这更让她心凉。她觉得自己体验到某种思维休克。她不知道这阵休克持续了多久，意识回来时，她听见阿专在呼叫她。是阿专把她叫醒的，真的在叫一个休克的人似的那样惶恐。她缓过一口气，发出苏醒的第一声呻吟。阿专的急救却还不松懈，口吃地问她怎么了，没事吧？……

"他人呢？"孱弱的晓鸥问道。跟这混账真成难分难解的一对儿了，醒了不顾自己死活的，先担心他。

阿专跟她是默契的，马上安慰她，要她别急、别气。混账还坐在那里看人玩，自己没动静。阿专已经离开了史奇澜，在史的侧后方找了个更佳的观察位置。

十分钟过去了，晓鸥坐在床沿上一动不动。这一夜的睡眠被老史糟践了。她在三千公里之外监视这个混账。手机响起来，段凯文的号码。十二点多钟他想和她漫谈。

可是她已经睡了。睡这么早？淡季嘛，抓紧时间补觉。抱歉吵醒了她。给段总吵醒是造化！这个时分谁有福分让伟大的段总想起来做漫谈的谈手啊？

她的调情很放肆，太放肆了，因此就不是调情了。段被她打发掉了。临近子夜，离段还款大限不到十六个小时，这十六个小时她可不能让他把两人关系弄乱，她要把他锁定在欠债人的位置上。

她给阿专拨号。《献给艾丽丝》惶惶不可终日地奏了一遍又一遍。贝多芬暗恋过的明恋过的调过情的女人无数，偏偏这个莫名其妙的某艾丽丝通过二十一世纪上亿人的手机彩铃得以永垂不朽。农民工们、小保姆们、小区保安们，成千上万迁移中惊魂未定、居无定所的人们听着《献给艾丽丝》寻找老乡、熟人、住处、工作。贝多芬做梦都不敢想，自己在三个世纪后拥有成千上万蒙昧而赤诚的中国粉丝。那首随兴而作的小品在三个世纪后如此被中国大众推广，成了他们音乐教育的启蒙，他那几句神来之笔的乐句原来可以如此被庸俗化、廉价化，并潜藏着催促感，"米来米来米西来多拉，米拉西，米拉西多……"

把中国人的生活节奏催得风驰电闪，听上去像扭紧两腿夹着一泡尿找厕所。当手机听筒里奏出毛焦火辣的

"米来米来米西来多拉……"的时候,你看看人们那一双双魂飞魄散的眼睛!

晓鸥听着阿专手机奏出的《献给艾丽丝》,感觉到这些音符在跟她贫嘴,像只饶舌鹦鹉。如果阿专再不接电话,她就会把手机里这只贫嘴鹦鹉掼到对面墙上,掼死它。

"喂?"音符的饶舌终于停止。阿专在晓鸥第三次给他拨号时接听了。

"怎么不接电话?!"

"没……没听见!"

"马上换一种手机铃!"晓鸥太阳穴乱蹦。她明白自己很不讲道理,"听见那铃声就讨厌!"

你是讨厌贝多芬还是讨厌艾丽丝?你有权利讨厌他们吗?永垂不朽的贝多芬和艾丽丝在这支旋律中有着至高无上的音乐审美权威,早就把你梅晓鸥的"讨厌"否了。哪怕你喜欢也无济于事,喜恶的权利都在三百多年前被免去了,或说被强迫无条件弃权了。

现在你梅晓鸥对它的喜恶更得弃权,它被听得烂熟于心,它是人们在一片陌生中可抓得到的一点熟悉,它是人们从一个点走向下一个点的连线,最后把所有陌生的点连成一盘棋。所以你梅晓鸥不能把贝多芬和艾丽丝从亿万粉丝心里拔出去，至于你喜欢还是讨厌，完全彻底无所谓。这大概也是阿专刹那间想说却不敢说的，或说阿专直觉到的却想不到的。

"为什么？……"女老板的火气确实让阿专觉得她没有道理。

"反正你换一种铃声就是了！"

"……好的。换哪一种？"

"老老实实的电话铃怎么不好呢？你就不能让我舒服一点吗？每天给你打几十通电话，要我听几十遍那个鬼音乐吗？！"

阿专碰到过晓鸥不讲道理的时候，但很少这么不讲道理。

"你要再让我听一次那个鬼音乐，你就给我结账，走人！"

"好的！马上换！"

阿专是很难被谁气走的。他的忍受极限弹力很大。此刻他一声不吭，晓鸥几乎能看见他在三千公里之外俯首帖耳。一分钟就这么过去了。静默让晓鸥都不好意思起来。她叹了一口气。老史的罪过，让她失控到这种程度。若是把忠心耿耿的阿专气跑，老史该全权负责。叹息之后，她让阿专把他的手机递给老史。

174

"哟！你大小姐给惊动了？！"老史逗她玩的口气，"阿专！我叫你不要惊动梅大小姐的大驾呀！"

"还用阿专惊动？史老板现在是妈阁的名人，看了那次史老板落网记电视新闻的人都记住您的尊容了。"晓鸥阴阳怪气地回答。

"我是去香港参加一个展销会，顺便来看看你。"老史不在乎晓鸥的揶揄。

"什么展销会啊？"

"是一个贵重木材艺术品和家具展销会。"

"在哪里啊？"

"在中国领事馆旁边的文化艺术中心。"

说假话比说真话流利自信的人不少，可像老史这样流利自信的，大概不多。

"陈小小和你一块来的吗？"

"没有。厂里、法院里的事那么多，她哪儿走得开？孩子也需要照顾。"

"你住在哪家酒店？"

"凑合住，住在离泗蝨钢不远，离大大龙凤茶楼很近，叫什么来着……对了，富都！"

175

"你答应过小小和我,不会再进赌场了。"

"我没玩,看看还不行?!"老史的嗓音扬上去,骂街的嗓门。

晓鸥看着手机,她似乎看见了一个恼羞成怒的赖子。会羞会恼就还不是地道赖子。给他台阶下吧。有阿专的瞭望哨,老史不会出大动作。等北京这头的事务结束,确保段凯文的还款到位,她再去招架老史。

她躺回床上。这一夜已所剩不多。

后来她听说老史给各个赌徒当了一夜免费参谋。一张赌台轰走他,他会在赌厅盘旋一阵,盯好一张台的路数,再朝那张台俯冲。一夜之间,老史不辞辛苦,使一些人赢了、一些人输了,他也间接输输赢赢。那些赢了的人,老史参谋或不参谋都注定会赢,因为他们的赢是一次次的输铺垫起来的。那些输了的人也是注定要输,但是有个自充参谋的老史,他们的责怪便有了去处:他们的运气是由于误导而转向的。老史从而被联合起来的赢者和输者一同憎恶,一同驱赶。不过他在最初没有引起公愤之前,还是从几个赢者手里搜刮到几笔"抽头"。无非一千多块钱。

第二天早上六点,阿专跟着老史向金沙走去。小赌厅的低端客人多，气度也就小，心也就黑，赢的概率也就低些。这是老史听人说的。他要玩就跟金沙这个级别的庄家玩。往金沙的路上，老史被阿专贴得难受，叫他离远点。阿专稍远一点，可还是一块上乘狗皮膏，甩不下去他。老史发了大脾气，自己给晓鸥打了个电话。

晓鸥就是这个时刻被吵醒的。北京灰白的早晨刚上窗台。老史的嗓音和调门都不像老史，像某个年代悠久的电影中的人物：由于当年录制条件和声音审美观以及片子和磁带被闲置太久而生发出特有音色，速度有些偏差，因而声音失真而接近卡通。他大致是骂阿专死不识趣，狗一条，真是条狗也该被打走了。

"你慢点说。"晓鸥厌烦地打断他。

他慢不了，在赌场一夜不寐的人都有种病态的速度。此刻的老史比《献给艾丽丝》还饶舌烦人，从骂阿专转过来骂晓鸥了。一串一串的丑话持续加速，意思是梅晓鸥拿她自己当谁呀？！上次是关，这次是看，他史奇澜的老婆也不敢这么过分吧？！

"嚷嚷什么？！再嚷嚷我让赌场保安直接把你推出妈阁海关。"晓鸥的牙关使着一股力，咬出的字眼气大音小。

史奇澜没听过梅晓鸥如此险恶的腔调，被吓住了，继而因为自己被一个女人吓住而窘住了。

"办什么展销？我还不知道你？满嘴谎话！一查就查清楚了，哪儿来的什么贵重木制品展销？！"

"你跟小小联系了？"史奇澜把一切希望建筑在小小和晓鸥翻脸的现实上。自上次的"跳楼"事件，陈小小跟梅晓鸥就断绝了关系，老史钻的就是这个空子。

"我不用跟她联系。一个展销会还不好打听？网络是干什么的？"晓鸥无情揭露，"一个展销会不需要做广告？除了是一帮白痴，不想让人买他们的东西！"

史奇澜又不说话了。其实梅晓鸥什么都没打听，并且广告做不到位的展销会也多的是。她就凭一点稳准狠地识破这位老史，那就是：他声称的事物反面一定是真相，他撒谎倒过来听就是实话。他声称去香港办展销，这句谎言的反面便是根本不存在什么展销会，他也没因此去香港。

"那展销会是十二月份开，我先去打探路子……"

老史现在的谎是为面子撒的。谎现在是他的衣裳，你知道是假的也不能把人剥得赤裸裸的。而晓鸥就是要剥得他赤裸裸的。赤裸裸一个垃圾男人，看你梅晓鸥还为不为他心痒痒。

"那我问你，"她压低声，几乎压成了女低音，一种危险的声音，天边滚动的雷一样，"你老实回答我，你从香港怎么过来的？妈阁海关怎么会让你过来？上次你可已干过一回了。"

老史早已在海关挂了号。倘若老妈阁有一百个海关官员，晓鸥起码跟二十个做了半熟人，跟五个做了朋友。否则她梅晓鸥应已被史奇澜们害死或逼疯十次了。

老史之所以能发挥才华就因为他对某些事物的大意。他的人聪明是他无数细小愚蠢的反面。没有诸如忘记护照之类的小愚蠢，他就不会有雕刻传世之作的大智慧。他的大智慧和小蠢笨是他人格、气质的拼镶，紧紧茬在一起，天作之合。他把晓鸥手里捏着的这桩致命把柄忘了！

无地自容的老史挂了手机。

晓鸥也挂了手机，随手把它往枕头上一扔。似乎老史通过它跟她说话，跟她撒谎狡辩把它都弄脏了似的，她不要它耽在自己手里。她的眼泪慢慢从面颊上流下。这个不成器、扶不起的老史。这个知道他扶不起还在锲而不舍地硬扶他的梅晓鸥。她恨透了老史，因为老史已成了一堆污秽，可他对晓鸥还是一味药，虽然是早先吃下去的，但功效一直在作用她。而每次见他、听他、想他，功效都会扩大一会。扩大到差一点勾销他一千三百万的债务！她也在混账的作用下成了混账，在妈阁和香港这样的地方，做个慷慨的混账，稀里糊涂勾销欠债人一大笔债务是没人赞誉的；做个精明敬业的生意人，一横一竖地记账讨债才是本分。本分人是为自己和家人把自己的活儿干漂亮。一个社会人人都做本分人就稳定发达……

两小时之后，晓鸥在吃早餐看晨间新闻时接到阿专电话。老史反跟踪成功，现在各个赌场的小兄弟都向阿专报道老史失踪的消息。

中午了，老史继续失踪。

下午一点，钱庄的短信来了。一笔款子从北京汇到老季账户。晓鸥正在试衣间试冬季裙装，马上脱下新衣，换上自己的衣服。不用做无聊的事来消磨时间排遣焦虑了。她系好纽扣，对着镜子整理头发，然后把一套套新裙装端正地挂回衣架。差点买下一套她以后肯定不会穿的衣服。只有焦虑能让她走进昂贵无比的"香奈尔"、"迪奥"、"普拉达"，把一堆不合意的甚至设计荒唐的衣服往身上套，当着自己一个人的面出自己一个人的丑，看看这些衣服究竟能把你打扮成什么怪物！其间还让胆怯地怀有希望的导购小姐一次次烦扰她："号码不大吧？""我们还有另一个样式也特适合您！""您气质那么好，试试这一套！"这些导购小姐用"气质好"来骂她不漂亮,"好气质"是"青春已逝"、"红颜渐老"、"不够漂亮"的同义词。

她理好头发,看着"气质好"的自己。钱终于到位,段总,谢谢您阻挡了几乎在我心里垮塌的段凯文形象。从镜子里看到衣钩上几件贵得惊人的裙装挂得隆重端庄。每件衣服的价值都能让老史在赌台上玩一把,快活一会儿。因此她觉得它们跟老史的玩上一把、快活一会儿相比,更不值当,更无聊。她一开门出去,就要让导购小姐失望了。她知道小姐刚才在门外等她试衣时有多焦虑。她马上就要平息小姐的焦虑,用失望。不到三十七岁的梅晓鸥认为,失望比焦虑好。

一件重要的事她忽略了,钱数。与钱庄老季的约定是手机短信中不提具体数目,为三方的安全。出了"迪奥"的大门,站在被各种国际品牌店筑起的宽阔走廊里,她给老季拨了个电话。汇数是多少?三百万。不对吧?不对是什么意思,钱庄跟她梅小姐做了十年生意,不对过吗?

焦虑扼住了晓鸥的喉管,使她艰难地向黑帮腔调毕露的老季解释,不是说他不对,是钱数不对,汇款方不对。然后她挂断老季,连"拜拜"都省略了。她马上拨通老刘的办公室电话。老刘是遵守上下班时间的好干部,不然他上哪儿找八个小时读完日报、晚报、参考消息的每一条新闻，上哪儿去找到办公室那么安静的地方去看股市行情，顺便吃进、抛出？

"喂！"老刘在他的副司长办公室电话上的声调跟在手机上略有不同，拖出一点官腔，"哪里呀？"

"你那位朋友跟厅里借钱是有整有零，现在还钱就有零没整了。零头都不够。三千多，他还个三百，什么意思？"赌徒们都习惯把大数目后面拖泥带水的一系列零去掉，尤其在电话上，三千多万在这里就是三千多。

"……谁，谁呀？"

晓鸥不理他。老刘当然明白她说的那位朋友是谁。其实老刘对自己拉给晓鸥的每个客人输赢数目都记得很清。他不愿带祸害给晓鸥，也在乎晓鸥挣了大数后给他个小数。

"你现在打个电话，看他在哪里，在不在他的公司。别说是我让你打的。"晓鸥指示道。

"那我给他打电话说什么？"

是啊，说什么？段凯文这样呼风唤雨的大人物，此刻一定要有大事才能给他打电话。找借口也得找个大借口。

"你就说,梅晓鸥问他,剩下的三千是不是汇出了,收款人没收到。三千不是小数，值当问一声。"

"那他会纳闷，梅小姐怎么不亲自问……"

"放心，他不会纳闷。"

老刘就像脊梁上被抵着刺刀尖似的，不愿意也由不得他。他把办公室桌上的电话搁在一边，让晓鸥听他用手机跟段凯文通话。拨通了号，老刘的手机打开了麦克，晓鸥马上听见段的手机彩铃变了，变成了《献给艾丽丝》。堂堂段总，音乐教育启蒙比农民工还晚。

手机没人接。还欠款不足零头的人一般都不会接手机。晓鸥"拜拜"了老刘，跑下楼，奔了几条街。两台插卡电话落着北京的沙尘，背靠背站在街上，很久没人理会它们了；拥进城市的村民农夫们对着自己的廉价手机大叫大喊，从它们身边来去，似乎都不认识它们了。它们一副知趣的站相，自己都嫌自己多余。

晓鸥皮包里备有一百元一张的电话卡。她的行当要求她随时保持通讯畅通，并备有替代通讯方式。卡被插入卡口，手指开始按拨号键，她用心做着每个动作，这种老式通讯方式对于她成了新式的。她不能让对方识辨梅晓鸥的手机号，于是这么麻烦她自己。因为用心，马路上的喧嚣归于沉香，她听见自己的心脏怦怦地跳。

段凯文是个让人畏惧的人。欠了这么一大笔债也不妨碍别人畏惧他。

电话接通。前台小姐背诵着礼貌辞藻，那些从没爬过她的大脑的辞藻。她说段总不在办公室，去某个大饭店开会了。哪家大饭店？不好意思，不知道。还回办公室吗？不好意思，不清楚。能帮着打听一下吗？比如问问段总的秘书或者助理什么的……不好意思，不让打听。

晓鸥挂上插卡电话。再听一个"不好意思"她就会精神错乱。"不好意思"舶来二十多年，村姑们变成了售货员、前台小姐、餐馆服务员都对你"不好意思"。二十多年来"不好意思"把中国人的廉耻心和责任感都"不好意思"光了。藏在"不好意思"后面的是麻木不仁、无动于衷、厚颜和不在乎，出了纰漏，一声"不好意思"，全然既往不咎，自己给自己的仲裁早于你的责备已经出来了，我都不好意思了，你还有什么可怪罪的？电视剧里的清朝人、民国人都一口一个不好意思。

她发现自己在马路上快步地走，跟着心里训斥那个左一个右一个"不好意思"的前台小姐的话的节奏。她自己也常常"不好意思"，这就更让她仇恨这句舶来的词句。

如今只有这种似是而非的话才会在中国社会高度流行。网络和手机中流通着多少似是而非的语言！

假如前台小姐尖叫着"不好意思"阻拦她冲进公司大门，她就高喊"不好意思"给她两个耳光。声称段总不在公司说明他就在公司。躲债者往往把你从他确实的藏身处引开。

到了段凯文的公司大门口，从玻璃门看见那个前台小姐正在阅读面前的空白。晓鸥推了推玻璃门，推不动。这是为了防御逼债者新添置的安全措施？她站在玻璃这一面，相信自己进入了小姐正阅读的空白，使之有了可读内容，不再虚无，然而小姐依然瞪着白日梦的大眼——她们来做前台小姐唯一的功课准备是一副假睫毛。

她拍了拍玻璃。然后手掌就那样紧贴在玻璃上，让冷漠的光滑去去她的火气。手掌发黏了，从小姐的位置看，它被玻璃挤得扁平，略呈青白色。看来她的手比脸更有表现力，或说可读性，前台小姐按了一下前台上的键钮，玻璃门的锁开了。晓鸥刚推开沉重浑厚的玻璃门，小姐已从前台的椅子上下来。要挡驾了。

"怎么不开门呀？"晓鸥先发制人地说，"在门口站半天了，你没看见？"

"看见了，可您没按门铃啊！"小姐笑眯眯地说。

这是晓鸥的不对。她来势汹汹，把门铃都漠视了。

"那你也不能不开门吧？"晓鸥也笑眯眯的。她厉害的时候也可以笑眯眯。

"不知道您要进来呀！不好意思啊！"

一个"不好意思"让晓鸥不笑了。

"哦，我不进来在那站半天干吗？"

"不好意思。"小姐开始忍让。她面前出现的任何一个人都可能在老板跟前奏她一本，因此任何一个人都可能导致她的晋升和被辞。

晓鸥在跟小姐对话的时候打量了这个公司的地理。公司坐落在朝阳门外一座新办公楼的三十八层上，圈下了一整层楼。办公室和所有办公室一样，毫无特色，被透明或不透明的玻璃隔成小空间，一种工业化的、无人情味的工整，让所有进入此地的人发现，此地没有比上班更好的事可干，所以就只能一心一意上班。

前台上放着绢花，角落的植物是天然的。植物旁边挂了一溜镜框，全是公司建筑项目得奖的奖状。前台左右各一扇玻璃门，不知哪一扇门通向段凯文的办公室。晓鸥像是识途老马一样往左边的门走去。百分之五十的概率是正确路线。

"哎，不好意思！您找谁啊？"

"找小陈。约好的。"

小姐脸上堆出个茫然微笑。正如晓鸥所料，她对如此之大的公司有多少员工根本无知。陈是大姓，谁都可能是小陈。这种小姐的跳槽率、被炒率很高，更加强她对员工的无知。晓鸥利用的就是她的无知，接下去的胡编就更有鼻子有眼了。

"就是去年调来的那个，搞电脑平面设计的小陈。"

"不好意思……"

一个男人的嗓门冒出来："您留步，段总！……"嗓门是从前台的右边冒出来的。随着冒出一个拿着男人手袋的中年男人。

"不好意思，我记错了，小陈的办公室在那边！"晓鸥向右边走去。

晓鸥和中年男人擦肩而过，男人脸上的肉很厚，笑容早已停止，但溜须的无耻笑意由于那层厚肉一时下不去，正如夯得太实的泥土，泼上水也是一时渗不下去。这种笑意多了，就成了一层层堆积的无耻。全中国现在有多少人由于快乐而笑？晓鸥读过一本上上世纪的西方人写中国人的书，说中国人是内敛的、喜怒不形于色的，因而是缺乏面部表情的。当今的中国人这二十年的表情进化超过了远古上万年进化的总和。

一个年轻男人挡住晓鸥。晓鸥已经站在"董事长办公室"门口了。年轻男人是段总的秘书，段总的会见日程由他一手安排。不在日程上的，首先要被排进日程。男小秘有些女气，段凯文这种伟岸大丈夫"娶"了他日子会舒心方便。晓鸥表示惊讶，她和段总说好的下午茶怎么没被排入日程。男小秘打开电脑上的日程排列，认真查看，同时表示不好意思，确实没有"下午茶"的项目。并且呢，不好意思，段总从来不约人喝下午茶。晓鸥把嗓音提高，打出个明媚的哈哈：段总跟一个女人约下午茶，会在公司日程中立项吗？这个音量使好几扇玻璃门打开了，门缝出现一张或半张男人或女人的脸。这个音量足够穿透"董事长办公室"的门。这扇门是唯一的非玻璃制品。坚实而古朴，几百年岁数的中国槐，据说是从段凯文老家运来的。段凯文是懂得审美的：冷冰冰的玻璃世界里镶上两块老木头，朴拙无华的木头就被镶成了玉，镶成了瑰宝。信息革命的残酷效率中，两扇老家的槐木大门通向过去，通向人情味的旧时光，通向段凯文贫苦但梦想不断的童年。

男小秘把守着两扇槐木大门。多礼文雅、无懈可击的一个家丁，不让晓鸥看见大门究竟通向什么。这位女士要是想见段总，没关系，日程是可以安排的。晓鸥再次提高嗓音分贝，谢谢了，她和段总见面是常事，不久前在妈阁还见了，用得着什么日程安排。

看你段凯文还聋不聋？还哑不哑？梅晓鸥接下去可能会把此行目的昭示给你的全体员工。三千多万的赌债，还了三百万，零头都没还清还不配听句解释或者道歉？晓鸥对付过无数赖账的无赖，但没有对付过如此高傲的无赖。她一面跟男小秘周旋，一面在急促算计，把段的老底全兜出来的利和弊各占多少。兜老底的有利之处是，段是见报出镜的人，对于公共舆论的顾忌会让他不顾一切地把债务还清，从而掩盖他更不堪一击的那一面：嗜赌如癖。兜老底的弊端，在于段反正被扯破了脸面，那就索性不要脸地继续把账赖下去、赖到底。妈阁的警察是那二十七点三平方公里的片警，管不到大陆这边来。你当众指斥我赖账，我顶下这罪名了；我顶得要值。众人听你揭露我赖账了，要澄清是不可能的，段果还了债也不可能洗去大家对段总的坏印象，那么好，索性不洗它，让你梅晓鸥花三千万买下他的名誉损失。你梅晓鸥的代价是三千万港币,我段某的代价是被弄脏的名声。

晓鸥算计结果是,不兜老底对自己更有利。此刻她把动作做到就行。这个动作是让段凯文看到兜老底的事梅晓鸥完全干得出来,眼下没干是给双方一次机会。最后的机会。

男小秘的手机振动了,他轻微抽搐一下,从廉价西装口袋掏出手机。看了一眼刚到的信息。段发指令了。男小秘错愕三分之一秒钟,目光照了一下对面这个三十六七的女人:在此之前晓鸥长什么样,穿着是否时尚对他都无所谓。然后他微笑了。

"不好意思,段总说他一直在等你喝下午茶呢!"

晓鸥顿时柔弱下来。段隔着槐木大门确实一字不漏地听到了她和男小秘的对话,听到她尖利的笑声,略带讹诈意味的语言,撒泼的声调。槐木大门那一边,段凯文连她潜藏在身体里的大动作都看到了:她会振臂一呼,大家听着,宏凯实业公司的董事长段凯文是个大赌徒,大输家!他给男小秘发的信息肯定说:"三点左右,我跟一位姓梅的女士共饮下午茶。现在我在等梅女士。"

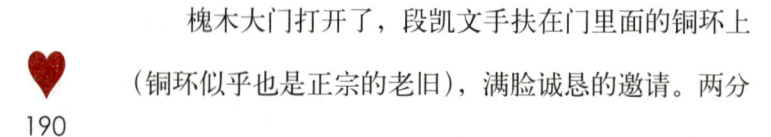

槐木大门打开了,段凯文手扶在门里面的铜环上(铜环似乎也是正宗的老旧),满脸诚恳的邀请。两分

钟之前还死活要往里冲锋的梅晓鸥又一次被段凯文的宏大气概压迫得那么小。小气，小器，小人之心。

"请进。"

晓鸥听话地向槐木大门里迈步。办公室占据整个公司的一个角，占据着最好朝向，但凡有一点阳光都会先尽着这半环形的落地窗采入。

"请坐。"

晓鸥听话地坐在段总手指指点的那个沙发上。沙发面料看上去是粗糙的皮革，但触上去异常柔软，甚至不像皮子那样冰凉光滑，它有种绒乎乎的质感。讲究的东西现在越发低调，越发包藏着只有享用者才感觉到的奢华。

"今天给你汇了这个数。"段伸出三个手指，"剩下的明天、后天、大后天陆续汇出。银行紧缩银根，快到年底了嘛。"

晓鸥点着头。她的听觉吃进每一个字。每个被吃进的字迅速被大脑消化。消化得好，才能懂得词下之意，是否有不老实、不诚恳的浮头油腻。她的思维把段的每个字都消化得很好。但她既看不出段的老实诚恳，也看不出他的不老实不诚恳。在妈阁和在大陆是两个段凯文，大陆这个段凯文是中国人中的中国人，内敛到完全没有情绪信号。他翻牌时的扑克脸也比现在的脸通俗易懂。九亿农民的智慧和坚忍凝练出一滴晶体，它叫段凯文。什么样的贫瘠饥荒都应对得了，这区区三千多万港币的债务能压碎这一滴结晶？中国的世代农民需要怎样的智慧从几千年的一无所有中活过来，这九亿农民的一滴精华能从你梅晓鸥手里活不过去？

段凯文现在在梅晓鸥面前的大，就大在这里。她的小，就小在看不出这大，低估了这大。

"所以晓鸥，你大可不必担心。"

他大到了为对方慷慨。她对这份慷慨领情地笑了。

"不是我担心。是赌厅担心。厅主派我来北京，把所有客户欠厅里的债务都稍微清一清，也是年底之前的例行工作。"晓鸥滴水不漏地回答，接过段总递给她的一杯茶。袋泡茉莉花茶。这顿下午茶够简约的。

段总自己喝的是矿泉水。伟人的淡泊。他坐在自己的半圆形办公桌后面，把皮转椅转到四分之三朝向晓鸥，四分之一朝向窗外尘雾中的北京。晓鸥只能左侧肩头抵在沙发靠背上，左边屁股斜坐而让右腿向左前方支出，担负平衡身体重心的职责。

她觉得自己是在某个舞蹈中摆造型，为歌星陪衬的那类拙劣舞蹈。歌星当然是段凯文，你都不配看他一个

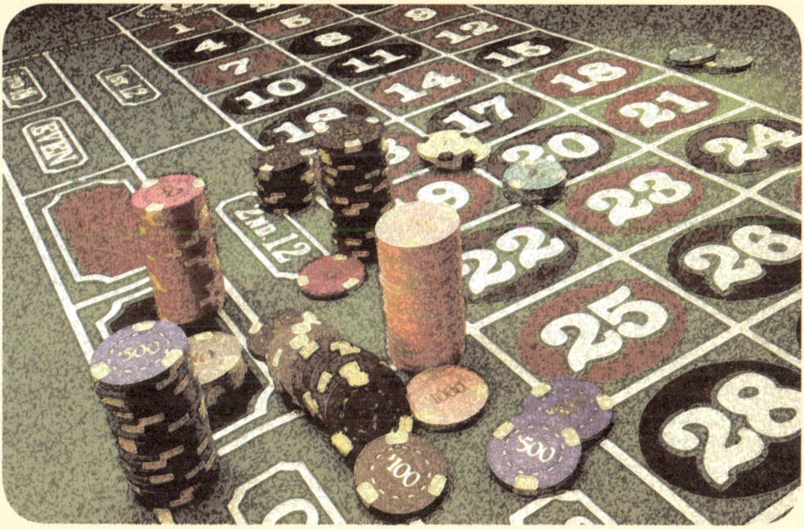
1
4
7
10
8
11
14
12
15
17
18
21
20
24
23
22
26
25
28
2ND 12
500
100

晓鸥走到墙角的扶手椅上坐下来，突然发现段凯文面前的茶壶嘴对着的是什么。是他背后墙上的巨幅水墨画，一匹瀑布挂在陡峭的山崖上。他段凯文乘驾着瀑布，又不能让大水冲了，这是茶壶嘴反冲大水的作用。

几乎认作朋友的人用一切手段，甚至下三滥的法术让她梅晓鸥输；以四倍的代价输！晓鸥木鸡一般呆住。

正面。

"可是我听说的不是这样哦。"段的口气带些揭秘性,"我听说赌厅在十天内必须从你们手里收回借给赌客的所有钱款。"

"我们?"她知道他指的"你们"是谁。是叠码仔们。是梅晓鸥、老猫、阿乐们。但她装不明白,因为她需要多两个回合的问答给自己头卜些时间,来拆他下面的招。

"你们就是干你们这行的人,在赌厅和赌客之间当掮客的呗。"

"哦。那我们怎么了?"她笑笑。她在准备被戳穿。段把赌厅、掮客、赌客的三方面关系早就摸得门儿清。赌厅怎么会派你这个女叠码仔来催债?赌客和赌厅结了局之后的十天之内,叠码仔可以声称自己是为赌厅讨债,但十天一到,赌客如果还不上赌厅的钱,叠码仔必须把赌客的欠款还上。用佣金还,还是用积蓄还,或者砸锅卖铁去还,随便。赌厅只认一条:十天大限之内,欠款归账,否则作为叠码仔的掮客在赌厅面前便失去了信用。段要戳穿的就是这点。别拿赌厅压人,现在的官司只在他段凯文和她梅晓鸥之间。人人都清楚这笔官司,但谁也不会像段这样不留情地戳穿。拿赌厅挡在中间，官司就变得间接了，双方都可以给自己和对方留点面子，也多一点回旋余地。段凯文偏不给自己和梅晓鸥留面子，也不需要回旋余地。这又是段的人格让晓鸥意外的一点。

"我打听的没错吧？现在我欠的款，就是你梅晓鸥的钱。欠赌厅的，你早就替我还清了。"

晓鸥承认不是，不承认也不是，笑不对，不笑也不对。好像一切都是她的一场大阴谋，现在段凯文把它识破了，该难堪的是她梅晓鸥。

"所以，我就请你梅晓鸥女士放心，下面几天的还款都会按时到账。"他把转椅更朝窗子转了一点，给她二分之一的侧面。

晓鸥看着这个骄傲的男人，董事长，某女人的丈夫，某女人的情夫。居然输那么惨还能羞辱她。她站起来。下午茶该结束了。从来没人让晓鸥感到这么低贱，感到她那职业的低贱。他似乎已经把她忘了，回到他对于大事的思考中。那是什么样的大事啊！因为这些大事一件接一件地发生,中国在飞速改变,世界也在飞速改变，哪里起了高楼群，哪里的海边成了陆地，哪里爆发了战争，哪里缓解了经济危机。这二十多年，段凯文使多少中国人改变了生存空间。

就在晓鸥道别的时候，段叫住她。

"怎么走了？我马上就下班了，请你吃大董烤鸭。"

"不用了，我晚上要回家看我母亲。"

她和母亲是在父亲去世后彻底和解的，儿子的诞生进一步改善了她们的关系，改善到连见到中文系主任她都能在脸上堆出笑容了。

"把你母亲叫来一块吃。"

"真不用了。天一冷我母亲就不愿意出门。"

段凯文按了一下铃，男小秘来了。

"让司机去梅女士家，接一下她母亲。"然后他转向晓鸥，"把你家地址告诉他，他会告诉司机的。"

"那算了吧，我跟你去吃饭。"她拉出母亲，用老太太碍事，或说用她给自己省事，却不成。段凯文时刻都是大丈夫，欠你多少钱还是做你的大丈夫。

到达大董烤鸭店天已经黑了。车在三环上蹭地面蹭了一个小时。路上段总指点着这一群、那一片的高层住宅，他盖的或者他参与盖的。一座座插入初冬阴霾的高层住宅楼亮起密密麻麻的灯，窗口摞窗口，人摞人，假如说曾经以四合院为典型建筑的北京是平面的，那么现在是立体几何的，多重立体，楼中楼，马路上架马路，几何的北京把若干北京摞在一起，设想把这若干北京再拆成平面，摊开来……实际上每天早晨，每栋高楼里释放出密密麻麻的人的时候，便是多重叠摞的北京被拆成平面的时候。每天傍晚你又一次看见摊开来的北京，堵塞的人和车成了摊不开的疙瘩。天黑之时，就像此刻，若干北京又叠摞起来，被段总这样的人叠摞成立体的北京。深夜后北京将成为一堆复杂的几何，楼摞楼，人摞人地睡去，除了夹角里的流浪汉们，对于他们，复杂的几何般的北京是像十八层天堂一样的谜。

跟段凯文共进晚餐的时间里谁也没再提欠债还款的事。债主远比负债人更加小心地绕过正题，保护晚餐气氛。债主拿自己的过去做话题，坦白了跟卢晋桐和姓尚的两段情史。她不知道自己为什么坦白，也不知道坦白是愚蠢还是聪明。总得有个话题下饭。段听得入神，现在他明白一个女人为何铤而走险干起叠码仔了。

晓鸥在说话时接到阿专一系列短信息，她也回了一系列短信息。阿专找到了史奇澜这个老烂仔。老史下榻在工匠街一个本地佬家里。本地佬做古玩生意，其实就是收破烂的。本来阿专是不可能找到他的，假如不是他主动给阿专发短信的话。老史发短信是要借五千块钱。晓鸥回信斥责阿专:"当然不能借！难道这还用请示？自己没有大脑判断吗？"

"没想到你这么苦,这么坚强。让一个像你这样的女孩吃这么多苦,世上还要我们这些男人干什么？！"段凯文感慨道,同时为晓鸥卷了一个精致的鸭卷,亲自放到晓鸥盘子里。

晓鸥刚道了谢,一条短信着陆。是史奇澜发的。

"五千块钱你不能不借,是救命的钱呀！"在三千公里外的老史逼着她,"可怜可怜老史吧！"

晓鸥这么个九十来斤的单薄女人,被多少男人欺负过和将要欺负,被老史这种老烂仔逼成这样,三千公里的距离都挡不住。她瞟一眼正在为她做下一块鸭子肉荷叶饼的段总,眼泪啪嗒、啪嗒地滴落在桌子上。她侧过脸,在自己肩膀上蹭掉泪水。这种时候都没有一副男人肩膀让她蹭一把泪。段凯文看她一眼,没说什么。她特别希望他别说什么,就当没看见她。她大大小小的不同的麻烦和委屈像装在抽屉繁多的中草药柜子里,打开一个抽屉面对一份麻烦、忍受一份委屈,最好别把几十个抽屉的麻烦弄混,混了她命都没了。

"求求你亲爱的晓鸥！"老烂仔又来了一条信息,还加了一个悲哀的表情符号。

哑剧大师们快死绝了,人们现在藏在这些表情符号的后面演出悲喜剧，正确地说，是喜悲剧。她还是不理睬史奇澜。假如陈小小下回再让她去拖家具抵债，她肯定不客气，头一个冲进库房，选最贵的拖。

她的眼泪一个劲地流。卢晋桐、姓尚的、史奇澜、段凯文同时拉开中草药柜子上的无数抽屉，历史和现实的麻烦与委屈混成一味毒药，真的向她来索命了。

"怎么了？"

她一惊，发现段凯文拉住她沾满眼泪的手。然后他塞了一张餐巾纸在她手上。她哭得周围的客人都安静了。今晚他们花这么多钱，却不能专注于口腹之欲，让这个女人哭走了神。哪里不能哭非到昂贵的大董烤鸭店来哭？她擦了擦脸，站起身，头几乎垂到胸口地往卫生间跑。手机忘在了桌上，假如老史再发哀求信息，段凯文会意识到晓鸥哭的缘由。

她在卫生间洗了把脸，从手袋里拿出粉盒和唇膏随便抹了抹。女人哭一场老一场，这样一想她眼泪又出来了。

回到餐桌边时，段总不见了。再一看，他在通向单间的走道上接电话。人们的生活也跟大都市结构一样，成了几何生活。

曾经每个人在一个时段只过一份生活，现在是若干份生活摞在一块过。三维空间加上远程的时空，晓鸥和段总各有各的多重远程时空，他们于是像眼下和未来的北京一样，挤在复杂的几何生活中，像夜晚的流浪汉一样感慨上十八层天堂下十八层地狱的日子。

手机上果然又落了好几条短信。每一条都是更悲切的乞怜。从一条条信息着落的时间分秒计算，它们也许被段凯文"一不小心"窥见过。最后一条信息是阿专发的。阿专发信息之前还给她打过两通电话。阿专的短信是给老史帮腔的，五千块必须借给老史，让他去付黑摆渡的偷渡费，不然那黑摆渡会干掉他。

晓鸥马上忘掉自己各个小抽屉里的麻烦和委屈。一个按键就拨通史奇澜手机。

"怎么回事？"

"晓鸥姑奶奶，哈哈，你可来搭救你史大哥了！"老史仍然一副没正经的腔调。

"你不是去香港办展销会，顺便到妈阁来看我的吗？"

"就五千块，老妹子就别老提那不开的壶了！阿专可是看见那家伙了，为了五千块能要人一条命的家伙！"

"……史奇澜你记着，这五千块是我梅晓鸥送你的；你就当丧葬费收了吧，以后别让我再看见你！"

"那哪儿能不看见我呢?我还欠你一千三呢!"

"一千三我不要了!反正你是还不出来的!"

"真不要了?"停了一拍之后,老史问道。

她没说话。她反正可以去拖他的贵重木料制品和雕刻。

"你不会不要的!你不要我也得让你要!要不这样好不好?老史死了以后所有遗产办个基金会。叫什么名字你知道吗?"

她还是不吱声。

"你不想知道基金会的名称?"

"想知道。"

"那我告诉你……"

"你什么时候死?"

老史又是一个停拍,然后大笑起来。她从来没听过比这更自暴自弃的笑。

"我死之后,我所有的遗产所有的钱,养老婆孩子的刨出去,其他全部捐给梅晓鸥'戒赌基金会'。"

晓鸥不等他说完,就把手机挂了。然后她马上给阿专发了短信:"给他五千,回去我还你。"正在发信息的时候段凯文回到了座位上,一脸的未尽事宜,暂时顾不上注意晓鸥。

段凯文开始给自己和晓鸥盛汤。晓鸥轻柔夺过汤碗。她是贱货是没错的，对老史的可怜段总有份儿了。老史可怜到差点为五千块被人杀了的地步。那只被无数只手抢蛋的母鸡漫画在晓鸥脑子里动漫起来。无论他史奇澜创造多少利润都没用，利润在产生之前已经归属一帮受益人了。他这只产蛋量奇高的母鸡下辈子的产蛋额都算上，也满足不了那些抢蛋的手。老史的沦落让她动柔情，而柔情总要有施于人。段凯文占了便宜，接过那碗如奶汁般纯白的汤。

"你没事吧？"

晓鸥摇摇头。汤很鲜美，润物细无声地浸入她的脏腑。跟段凯文她有什么苦可诉？一诉苦就把药柜上多个小抽屉都打开并弄翻了。

"对不起啊，刚才你的手机来了好几个短信息，十万火急的，是不是出什么大事了？"段看着她，微微埋下脸，想找她的眼睛，好比大人硬把自己的脸挤进孩子的视野。整天想大事做大事的男人突然意识到别人也会有大事发生。女人也会有大事。

晓鸥"从何说起"地笑笑。最战无不胜的就是她梅晓鸥这时的可怜楚楚。

"告诉我啊!"段总又成了"总",有点烦了。

她把史奇澜的赌博史简单讲述给段。害己害人的一个大才子,欠了她一大笔债,连五千块偷渡费都拿不出,差点被黑帮杀掉。段总面无表情,但晓鸥知道他字字都听进去了。他是当自己的下场听的。他是当一个借鉴或启迪听的。

"哦,你就是为这种垃圾哭。"听完后段说。

阿专的短信回来,问晓鸥是直接把五千偷渡费付给黑摆渡,还是给史奇澜,让他自己去付。阿专多了个心眼。这心眼该多。跟下三滥打了小半辈子交道的阿专,可以在心里穿下三滥的鞋去走下三滥的心路,完全知道怎么拐弯抹角。五千块给老史,够老史到哪个下三滥赌档里玩小牌玩上半夜一夜的。

晓鸥回复说:"直接给摆渡。想得周到,谢了。"

既然段凯文已了解史奇澜的历史,不如让他跟进正发生的章节。她把阿专和她的沟通说了一遍,她正眼平视他。但愿您的下场不同,段董事长。

"说不定他是装死给你看的。"段推理道,"说不定他不觉得欠你债。他觉得你挣够了,是用他挣的。"

梅晓鸥当了十年叠码仔,头一次听到这样的奇论。

她瞪大眼睛，梅大榕好奇纳闷的目光从里面发射出来。假如当年梅大榕领教段凯文的奇论，说不定用不着跳海。

"怎么是用他挣的？"

段凯文没有直接回答。喝了几口汤，他开始拿他一个赌鬼朋友的话支撑他的奇论。叠码仔挣的最牢靠的收入是码佣，走多少码子，无论赌客和赌厅谁赢，他们的收入是走码量的百分之一。一个赌客跟赌厅一夜输赢的终局可能只有十万，但十来个小时赢了的输回去，输了的赢回来，进进出出的走码量几百万都常见，那么这个巨大的走码量（Rolling）产生的百分之一码佣便是何等巨大！鹬和蚌搏杀，最后谁杀死谁，得利的都是渔翁。所以段那位赌鬼朋友便理直气壮地赖账：叠码仔用他赚那么多码佣，他凭什么还钱？让叠码仔还赌厅钱去，史奇澜的赖账很可能同出一辙。评估完晓鸥的形势，段往椅背上一靠。

"你啊，不容易啊，面对什么样的顽敌啊这都是！"

晓鸥躺到酒店床上才突然想到，段凯文是不是也把她晓鸥当了女渔翁？也用这怪论支撑他的赖账？

史奇澜跟阿专一块去的江边。有那么几家专门供黑摆渡和偷渡客接洽的馆子，隔三差五地夹在正常小铺小店之间。阿专被带到一个二十多岁已经落齿的年轻男子跟前。阿专当着老史和男子数了钱，又看着男子同样数了一遍，再把老史保驾到他的古玩商朋友家门口，这才松心离去。

这是阿专在晓鸥走出机场时告诉她的。晓鸥头天晚上跟段总宴别，夜里统共睡了三小时，被满耳底的有关鹬蚌渔翁的话吵闹得不断醒来。晓鸥惦记史奇澜，因此乘最早一班澳航的班机回来了。

下午五点，没有钱庄任何消息。晓鸥昨夜怀疑段凯文是用渔翁和鹬蚌的寓言替他自己做赖账的理论准备，现在她对此没有任何怀疑了。段凯文有预谋，有准备，有理论依据地开始赖账了。她不动声色，让赖账的人吃不准她。以后说起来，面子和时间都给足你段总了。她连老刘都不惊动，安静得像颗定时炸弹。段凯文知道她迟早会发作,但什么时候在哪里炸,他心里完全无数。这心里无数会让段步步惊心。

三天过去了。回到妈阁的当天晚上,她听阿专说老史又失踪了。但到了第三天她又得到通知,老史用五千块赢了十万。她赶到金沙,见老史抓着两大把筹码满场子地转,在找路子清楚的赌台坐下去。赌徒把"路子"当信仰,苦苦朝拜它,吃它不知多少亏也无怨无悔;虽然时不时也怀疑此信仰和世上一切其他信仰一样,都不靠谱,都无法证实或证伪,但他们宁可信其有,信则灵,他们都虔诚地把赌台上电子显示屏出现的或红或蓝(红庄蓝闲)的连接当作路子。老史从一个台晃到另一个台,两只手掌不断把玩倒腾十来万的塑料筹码,它们正烧着他的手心。晓鸥跟在他后面一张张赌台转悠,他看出了一张台的路数,紧挨着两个陌生人坐下去。这是一万的台。老史把五万推出去,押在"闲"上。电子显示屏上出现了两个相连的蓝色圈圈,老史的信条显灵了,是"闲"的长路。荷倌是个三十多岁的男人,看老史时目光夹带一股力。老史是老来河边走、老是走湿鞋的家伙,在金沙的荷倌中已混出半熟脸来。荷倌用手势最后一遍确定各方赌客是否还有更改主意的、变动下注额度的。老史改主意了,又放了两万在"对子"里。

现在他手里还剩四万多一点的码子。

  一局结束老史押的"闲"跟庄家和局，但他押的对子却赢了，那个不可一世的史奇澜又附体在三天没更衣、一周没换鞋的潦倒老史身上。晓鸥一把抓住他正要押注的手，老史拧过脸，看见右肩上方出现的这个女人。是这个女人抓着他的手，正和他掰腕子。晓鸥敢肯定他那双散了神的眼睛刹那间没认出她来。桌上所有的人都看着这对掰腕子的男女。缺吃缺睡的老史玩似的摆脱开晓鸥的掌控。现在她变成一条牛也别想把他牵出赌场。他的眼睛还有那么一种无辜的委屈：叫花子好不容易得到一碗饭，还没接到手被人把碗给打了。苍天也没有饿死他的权力啊！

  老史再次下注，晓鸥转身就走，转身动作之烈，在污浊空气中飙起一个漩涡。这个动作是二十岁的她跟卢晋桐做的，一次又一次地做过。被人当心肝的小女人的杀手锏动作。拉不动你？我走！这一走是去哪儿是很让人怕的，可能一走不复返，可能走进电梯按下最高一层的按键，直达顶楼之后奔向楼顶餐厅的露台，从那里飞出去。可能走向某个品牌购物中心，把信用卡挨个刷到极限，也可能走向另一个男人怀抱。总之只要是被人在乎的女人，都会这么"走"，走得艳惊四座。

卢晋桐在最开始的那一年是很吃晓鸥这一"走"的。

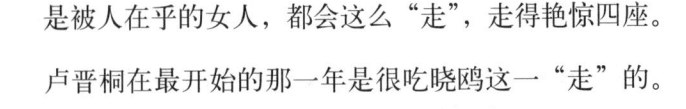

渐渐地,她的一次次决绝转身成了自己做给自己看的姿态,于是她明白,她渐渐不被在乎了。

晓鸥在赌场门口被叫住。对于史奇澜会在乎她的"走",在乎她这个人,她毫无思想准备。老史眉眼倒挂,嘴巴完全是表情符号中的悲怒交加。

"你干什么呀姑奶奶!"

晓鸥欲哭无泪,欲说还休。这个五十岁的男人何止眉眼倒挂?他中式褂子上全是倒挂的褶皱,裤子的两个膝头松泡泡荡下来,一身衣服比他整个人要疲惫得多,这身衣服何止三天没换?简直被他穿得累垮了,简直穿得筋疲力尽。似乎你把他人从衣服里剥出来,那身衣服还会筋疲力尽坐在赌台边。

"你看看你这副德行!"晓鸥说。她曾经认识的史奇澜是个当今唐伯虎。

"我赢了!"

"赢了好啊,把钱还给我。"晓鸥把巴掌伸到老史的鼻尖下。

老史看看自己两手的筹码,飞快地将它们放进中式褂子的两只口袋。拥有糖果的儿童们对待同伴的动作。

"你这个骗子。"

他坦然无辜地看着晓鸥:骗子就骗子吧。不行骗怎么能从看家狗似的阿专手里弄到五千块。你们这些女人，真不识逗，动不动就叫人"骗子"。

"你给那个冒充黑摆渡的人几成？"晓鸥问。

"他要百分之三十，我还价还成二十。给了他一千。"

"你到底到妈阁来干什么？"

"看你啊。"他觍着脸。

"少不要脸。"

"顺便再跟你商量个计划，怎么样分期还款。"

晓鸥用两个眼白回答了他。

"真的，这是个特棒的计划，要不咱叫它计谋？"

你看，好事来了吧？晓鸥再次转身往外走。这次的"走"是衰老的，灰暗的。

"唉，你怎么又走啊？我真是跟你商量计划来的！你老不见咱们，才去推几把的！没承想，无心栽柳柳成荫，赢了小二十万！"他咧开嘴笑了。

老史的脸在晓鸥见过的男人中是破例的清瘦。不是那种多肉浮肿的中年面孔。晓鸥原以为只有那种附着一层厚肉的脸才会笑出这种无耻的笑来，现在她意识到自己多么缺见识，老史此刻的笑脸上每条纹路都能用去书写无耻。

这才是她见到过的最无耻的笑。

"什么还款计划还非得偷渡到妈阁来谈？"

"哎，这计划还真不敢在电话上谈。"他低下嗓音，探头缩脑。

"找人冒充黑摆渡，骗我的钱去赌，也是计划里的？"

"不就五千块嘛！"

他知道症结不在多少钱，在于手段。还在于逻辑的不符。他肯定是已经偷渡到妈阁并把身上所有钱玩光了才拉出个少年落齿的人渣，和他串通骗走阿专五千块的。他肯定是在人渣聚集的小赌档赢了几把，又来到金沙的。晓鸥把一个个推断排列在老史面前。

"我跟阿专借钱那天你就该露面的，谁让你不露面？你不露面我不赌干吗？"他激昂地说。正义在胸。

听上去他赌钱是为了惩罚晓鸥。但愿他哪天作为奖赏她晓鸥把赌戒了，她在晚饭桌上表达了这个心愿。晚餐开在她家厨房里。平时儿子坐的小椅子上坐着老史，晓鸥天天面对儿子，今天面对的是这个准人渣。她从不把客户带到家里。也从不让儿子见到在客户中八面玲珑的叠码仔母亲。她带老史回到家是一念之差。因为老史今晚的谈话对安静和私密有严格要求。儿子刚吃完麦当劳的外卖炸鸡块，十个油乎乎的手指花瓣似的张开在空中，瞪着侵略者老史。

老史不知从哪里已经摸出一袋纸巾，抽出一张，打开来放到男孩面前。他已经邋遢成这样，还做出这么个举动，令晓鸥动心。他的颓败还不彻底，不时出现一个精细的小节，陈小小会不会注意到这些小节？会不会像她梅晓鸥一样为这些小节心动？

儿子乖觉地擦了手。晓鸥指桑骂槐地警告儿子，不管吃什么东西，先把餐纸备好，这条家规怎么就这么难执行？她背对着灶台，灶台前站着正在为老史和她炒菜的保姆，估计保姆听见她的训诫了。听到也会不以为然。

一盘白蘑炒荷兰豆摆上了小餐桌。儿子拿出手机，在上面玩游戏，顺便监视侵略者。进门就用一张面巾纸讨好他的这位侵略者，更使他警惕。

门铃响了。阿专拎着两盒烧腊进来。决定带老史回家来吃晚饭，晓鸥就差派阿专去买四样烧腊。阿专放了餐盒就告辞了。保姆把第二盘热炒放在桌上，也怯怯地道了声"慢用"，离开了厨房。

晓鸥从餐厅酒柜里拿出一瓶茅台。忘了是哪个赌客送的，一喝就是赝品。儿子看母亲举起酒杯，跟这个被她从路边捡回来的老伯碰杯，眼中的神色不止是警觉和错愕，还有一种探索，如同被某个童话吸引了，或许是《灰姑娘》的倒错版本，女王看上了个"灰老头"。

史奇澜吃得很尽兴，喝得更尽兴。晓鸥让他快讲他的计谋，他看一眼男孩，肉眼都能看出那童稚的脸庞两侧一对耳朵像小动物一样支棱起来。晓鸥看儿子死守阵地，微笑起来，对老史说，没关系，说吧，趁舌头还没喝大。

"这么着，我认识一个人，也是干你这行的，他哥儿们跳槽到越南新开的赌场去了，那赌场还没热火起来……"

"你背着我认识不少干我这行的呢，是吧？"晓鸥抢白他一句，同时把饭碗往桌上一蹾。

儿子看母亲一眼。母亲声调这么不饶人令他更加狐疑。一个女人对一个男人厉害，一个男人让一个女人对他厉害，她就不是他的一般女人，他也就不是她的一般男人。孩子当然不会有如此明确的认识，但他直觉到母亲和这"灰老头"关系不一般。

老史不在意晓鸥的态度。赢了十来万的老史连假茅台都不在意，他简短地把自己的计谋讲述出来：越南赌场的总领班邀他史奇澜去越南玩几天，最好多带些如他老史这一流的"成功人士"。老史的父亲是浙江人,有些靠做小商品发家的远亲,远亲们在北京、上海、广州、深圳炒房,小发财成了大发财,从他们中随便挑个油水足的揩一揩,就够还晓鸥的一千三百万了。怎么揩油?这就是计谋的精妙所在:总领班答应借老史一千万筹码,老史再把一千万转借史家远亲开赌,一旦输光,远亲必须把一千万还给转借给他筹码的老史,因而老史便可以把那一千万截获下来,用来偿还晓鸥。

晓鸥听得头晕目眩。这是多么复杂的迷津,老史点拨她两遍,她才稍微明白一点。

"你出面借人家赌场一千,你怎么还人家?"

"慢慢还呗。找我要债的人比七十年代北京人买芝麻酱排的队伍还长,让他上后边儿慢慢排着去。"

"那你不是坑了借你一千筹码的总领班?"

"我没说不还钱啊,可是得按秩序来吧?输多少还多少,连本带利,一个子儿不会差他的,就是别问哪年才轮上还他的钱。"

晓鸥慢慢喝了一口酒。老史真成了老烂仔,这么下三滥的计谋都想得出来。

"我不参与你的勾当。"晓鸥说。

"不用你参与！"老史激情地瞪着眼。创作一件好木雕和创作一个勾当，他焕发出同样高的激情。后者也许更让他激情些。

"你肯定还不上越南那个人。"

"肯定能还上！"

"既然你这么大的信心，那我就等着，排到买芝麻酱的大长队里等呗，甭绕那么大个圈，绕到越南去坑人家一笔钱。"

"我不想让你等！我要把钱马上还给你！"

"我不要！我已经说了我不要了！"

沉默到现在的儿子突然开口："妈妈你为什么不要？那是我们的钱啊！"

两个成年人吓一跳：原来十二岁的男孩把自己囊括在这个讨论中，沉默地听了半天其他与会者商议争执，现在终于发言了。

"你小孩，不懂！"母亲冷冰冰地说。

"上次我借给王斌五块钱，你还让我给你要回来呢！"王斌是儿子的同班同学。"一千是那么多钱！"他不知道那不是一千，是一千万。

"不是一回事儿，啊！"

"怎么不一回事儿？你说妈妈挣钱多辛苦啊！养活你容易吗？你在外面充大方！"

"哎，你今晚洗澡了吗？"

晓鸥的意图是用这句话把儿子重新放回他未成年的位置上。这个连澡都不能自觉去洗的人，充当母亲和家庭财产的卫士显然是好笑的。儿子看着母亲。母亲扭过脸去叫保姆的名字。那个专管男孩日常生活的保姆应声跑来。母亲让保姆马上带儿子上楼洗澡去，换上应季睡衣，天这么凉了，不说都想不到给孩子换睡衣，还要靠她通知才知冷知暖吗？晓鸥慢条斯理的权威，把每个人都搁回位置，只用一条最基本的家规，重新强调了她在这个空间领域中不可挑战的一言堂。又当爹又当妈的妈必须比爹还要严厉，比妈还要慈爱。大部分单身母亲养不出出息儿子。假如她梅晓鸥生活在父母双全的家境里，不会在三十七岁上还跟老史这老烂仔面对面讨论曲折黑暗的计谋。儿子在楼上开始洗澡，淋浴一开厨房的水管就会微微呻吟。早就需要找水管工来修了。两个人听着水管哼唧，一面喝闷酒。她不知道水管子有什么听头，让两人入神地听了上十分钟。

"你家小小知道你的计谋吗？"

"不用她知道。她知道干吗呀，不更恨你了吗？"

晓鸥哼哼一笑。女酒鬼那种丑陋的、下颏松懈的笑，笑这世上怎么还有这么多在乎着什么的人。

"那你跟她说我不要你还钱了吗？说了她还会不会恨我呀？"晓鸥问。

"我什么也没跟她说。第一，我不会不还你钱。不可能不还。"

晓鸥吃了一块卤水墨鱼，喝到这种程度，卤水塑料吃起来也会差不多滋味。

"那第二呢？"

"……什么第二？"

"你刚才说了第一，我等着第二呢。"

"第二我在前面说过了。她已经恨上你了。"

"我一千三百万血本无归，换了她恨上我？真——公——平。"晓鸥身体从椅背上往下滑，腿往桌下溜，几乎半躺着。脚尖碰到了老史的脚，她马上意识到脚趾是那么的赤条条。她赶紧把脚缩回一点。老史的脚也没穿袜子。她突然想到他这双带着他跑了各个下九流小赌档的脚可能好几天没洗。晓鸥醉一半醒一半，醉了的那半联想丰富，想到陈小小和史奇澜火热的性活动，醒了的一半把自己的脚收回来。别去触碰属于陈小小的男人的脚。属于别的女人的男人同时诱惑着她和恶心着她。原来她梅晓鸥能同时着迷和恶心一个人。原来人的生理极致享受都不那么高贵和卫生。

"要是小小知道你免除了我的债务,肯定会说:她凭什么不要你还债呀?你史奇澜是不是跟梅晓鸥有一腿呀?那我们俩就是一身是嘴也说不清。假如小小在外面得到钻石翡翠,是从某某男人那儿得到的,那男人免收费,我会怎么想?我马上就明白这男人图小小什么,已经图到了她什么。为了小小,也为了你,我也得把钱还上。"

为了小小,也为了她。把这两个女人对称起来,表露一种愿望。这是一种什么愿望,醉了的那一半晓鸥笑眯眯地看着老史的脖子。他喝了大半瓶,哪儿都好端端的,就脖子醉了,红得发紫。

"也为了我?别为我呀!"实在不行,我晓鸥还可以去你厂里的库房拖家具呢不是?她心里说。

"怎么能不为你?你和小小,是我心里最有愧的两个人。我只对你们这两个女人心里有愧。别看我欠那么多人的债。我经历的女人也不少。"

晓鸥看着他。她知道这幢别墅各房间里的六只耳朵都竖着在听老史说话,虽然听不清。晓鸥几乎不带人回家来。保姆们对她那个空公寓很熟,常常去吸尘擦土,都明白她们的女主人真要发生什么也会在那里背着儿子和她们发生。她们深信女主人一定在暗暗发生什么,从不间断,也从不妨碍这幢别墅里单身母亲和儿子的正常生活。她们从不认为女主人不该发生什么:有钱有权的女人和男人一样,钱和权为他们赢得了和生活随便怎么来的特权。今晚的关注热点是女主人居然把男人带到家里来了,而这又是个什么男人?比她老出一个父亲来,还在妈阁的电视新闻里当过一夜一天的小丑,跳梁不成反落网。

老史拿酒盅的手抵在额头上,脸藏在手下面。他的手是不上岁数的,除了手背上几颗极淡的斑点。二十年后它们才会有资格被称为老人斑。

"真的,是为了你,晓鸥。"脸在手的阴影掩护下,撒谎也不窘,"你,还有小小,我欠你们俩太多了。"

"那就别进赌场啦。我们俩对你就这点小小的要求了。你不进赌场,什么也不欠我和你老婆了。"

"早知道我就不跟你商量了。其实你入不入伙我都能办得到。"

老史喝了最后一口酒,嘴咧得像刀拉出的口子,一点嘴唇都没剩在外面。假酒把他辣出一个鬼脸，好大工夫才恢复成老史。一个黑心铁腕的老史诞生了，从椅子上站起来。

晓鸥给阿专打电话，让他开车送老史到他的古玩商朋友家去。走到门口的老史在身后摆动巴掌，无言地"拜拜"，一面把两脚塞进鞋子。晓鸥来不及挂电话就奔到门厅里，看着老史在她家前院拖着一条长长的影子走出大门。这夜大概是阴历的十五，或者十六，满月在十一点钟升上中天。

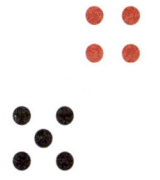

晓鸥持续的沉默让段凯文从心惊肉跳到逐渐平息。他想梅晓鸥大概在听完他朋友合理化赖账的故事之后，放弃了向他追讨债务的初衷。段凯文一开始就直觉到她的识大体，这件事证明她果然如此。

晓鸥在几个月之后的大年初五突然出现在他面前时，他的样子就像刚想起世上还有梅晓鸥这个人。

刺探他春节假期的行踪分成许多小截，一截一截地刺探。段总一家出去度假的消息，他的公司里没一个人知道，但晓鸥派阿专刺探到了。阿专是从段总女儿的大学里刺探到的。段雯迪在伦敦大学当助教，去年毕业的。这信息是老刘曾经无意中说了那么一句。阿专给段雯迪系里打电话，冒充段雯迪的中国同学，到伦敦出差，急于知道段雯迪在伦敦的手机号码，好约她晚餐。系里的秘书把段雯迪的手机号码告诉了阿专。阿专打通了段千金的手机，自称是派到伦敦的广东学者，系里推荐雯迪作为他的学术交流对象。雯迪马上抱歉，她正和父母、弟弟在中国的三亚度假。假如他需要学术上的商讨，可以打电话到她的中国手机，这样她可以少花费国际漫游通话费。阿专顺口说三亚的酒店他最喜欢丽丝卡尔顿，段雯迪也顺口回一句，她家住的就是卡尔顿。阿专又顺口来了句恭维，当然啦，段雯迪有那样伟大的父亲，一定是住三亚最好的酒店。段千金得意了，问阿专怎么知道她父亲是谁。阿专说谁不知道她段雯迪的父亲呢？好多次上过报刊的！他在通话结束前祝段雯迪和她父母共度一个幸福春节。

八小时后，三亚的丽丝卡尔顿酒店大堂里出现了一个着装不合时宜的瘦弱白皙女子。绝大部分的酒店客人把海滩扩展延伸到酒店大堂以及马路上和街边商店里，因而把海滩服饰穿到那里。梅晓鸥穿着春秋西装，颜色和肤色都反讽着热带风情和风俗。清算段凯文的心太切，她衣服都没换就上了去香港的轮渡，又从香港搭乘去三亚的飞机。

前台把电话接通到段凯文先生家包的套房。无人接听。前台服务员问晓鸥是否有段先生手机号，有急事何不打他手机。

晓鸥说段总度假时间从不接手机。大堂里又新到达一家子人，从北京来的，男人是美国人，孩子们是中国大嗓门加美国大嗓门，把几个前台服务员都占用了。晓鸥被冷落得相当彻底。所有不住这家酒店的人都不值当前台浪费时间和笑容。晓鸥看了一下房间价钱的当天牌价，用手机打了个电话到订房部。回答是房间早就订满。连应急的也没有？有，豪华套房，旺季市价，没折扣。

晓鸥毫不犹豫地接受了那个天价。订下房，她给阿专打电话，让他马上请保姆把儿子带到三亚。安排布置完毕，她嘱咐阿专好好服侍她的客户们。春节赌客让晓鸥和阿专繁忙得能和妈阁海关相比，她把客户交给阿专一个人其实是会得罪客户的。但她太想看段凯文被她奇袭的好戏了，她更想看那个敬畏段总的梅晓鸥向段发起总攻的好戏。在沉默中埋伏了若干个月，突然横空出世，袭击段凯文的时候该说什么？第一句话一定要经典，让段和她自己铭记到他们生命的最后一刻。"段总，真太巧了，您怎么也在这儿啊？"不好，奇袭的猛劲不足。那么，"段总没想到我会在这里吧？"也不好，比较阴险，不够正面人物气派。"段总你好，找到您真不容易。"假如语调处理得好一些，这句台词还算中肯。难道找他容易吗？他公司的一切有关人员都为了对付她被培训了：不准把外线电话接到他办公室，您有什么急事吗？我会让段总给您回电话。当晓鸥决定打破沉默，却无数次被前台小姐和男小秘挡在电话这一头。不对，不能暴露她如何找过他。她几个月的沉默是让他自省的。所以，"段总，好久不见了。"这一句就够了。其他都不必说，他会明白这几个月的沉默晓鸥没有一天不想飞到北京，找到他家，当着他妻子和孩子的面清算他。她延迟行动的每一天，都是他该用来自省而被他活活浪费的一天。她沉默的几个月，是她静观他的一百多天，静观他欠着一个女人三千多万，错了，加上利息该是近四千万，怎样以为侥幸、以为捏到了一个最软的软柿子因而可以心安理得把它捏个稀烂。低调处理的好戏，更有看头。"段总，好久不见了。"这句简单的招呼可以蕴藏万般情绪，从无奈到悲凉再到愤怒再到无奈，收中藏放，弛中有张，被动含着主动，太极般的心理运动，就在这个平淡的句子中。段凯文走完一生之后，瞑目或不瞑目之前，一定会想到梅晓鸥清算他的大行动是如何由一句简单招呼开始的。

不过到了好戏上演的一刻，她什么都没说出来。她忘了一个女叠码仔的台词，而作为一个普通女人把自己干晾在台上。戏剧冲突完全被毁了。段总是依然如故的主动和从容，说了声：

"晓鸥你太让人惊喜了吧？"同时向她伸出他做大事的手。她还能怎样，木偶一样把手伸给他，让他像久别老友一样紧握了良久。

在找到他之前她可是够忙的,一面安排儿子过来度海滩假期的所有细节,一面就在她的豪华套房里给段家试打电话。一直等到傍晚,段家的套房里才有人接听电话。段总离开三亚了,段太太告诉晓鸥。晓鸥自称是酒店客人,也是跟一家老小来度假的,偶然听北京的朋友说段总也在此酒店下榻,想顺便跟段总做个简短采访,因为她投资的成功企业家电视专题节目正在进行前期人物选定工作。段夫人倒毫不掩饰她的自豪,说晓鸥的专题节目把老段选进去绝对正确。段太太胶东口音浓重。胶东出美人,美人却出不了胶东,把胶东放在自己口音里带向全国各地。胶东美人欢迎晓鸥和全家到她的套房去做客,同时还不忘把晓鸥已经知晓的套房房号告诉她。晓鸥突然觉得这房号听着耳熟,"2818",她意识到自己正在做段家的邻居。段太太跟晓鸥保证,她一定尽最大力量支持晓鸥的专题节目,许多事可以采访她,因为她比老段更了解老段。

晓鸥此刻站在自己套房门口,听着段太太一门之隔地许诺。胶东口音的许诺比一切方言的许诺都爽直诚恳。这份纯朴让晓鸥消除了迟疑,把手指捺在"2818"的门铃上。

一门之隔的对话顿住一下,被"雯雯去开一下门儿！"的胶东口音呼喊替代，紧接着段太太忘了刚才话停在哪里，再次邀请晓鸥做客。

戴眼镜微胖的雯雯站在打开的门里。晓鸥无法打断段太太的邀请，一手拿着手机，应答着坐在落地窗前的段太太。

"请问您找谁？"段千金在为父亲守大门。晓鸥这岁数的女人该算熟女，对她父亲这岁数的男人仍然是好陷阱。

"找段太太。"

不美貌的段雯迪还是不松动把守。

"谁呀，雯雯？"

段太太从落地窗前走到门厅。果然高大丰腴，只不过是美人迟暮。段太太看着门口冲她微笑的梅晓鸥，拿手机的手停在离面颊半尺的方位。

"你找我有事吗？"段太太戒备地走到女儿身后。

"是您请我来的！"晓鸥把嗓音和姿态弄得很咋呼。她似乎感觉到段太太是把咋呼混同于豪爽的那种女人。

"我请你来的？"

"对呀！"

段太太稀里糊涂地看看稀里糊涂的女儿。

"您把手机搁到耳朵上呀！"晓鸥比画着手势。

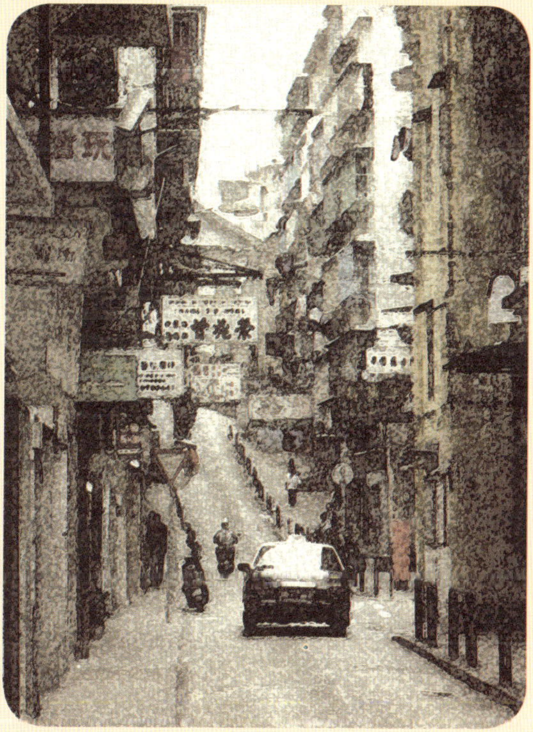

妈阁地方小得可怜,什么事都瞒不住。老猫酸溜溜的,吃着双份的醋:一份是作为男人的,晓鸥傍上了段凯文这种亿万大佬;另一份醋更酸,小小一个女人家,你梅晓鸥一夜就阔了两千多万。到这种时候,老猫对晓鸥是窄路上的冤家,你死我活。别把我老猫当宠物,老猫眨眼间就可以是个大流氓。

段太太照办了。晓鸥也把手机拿起。手机仍在通话状态。晓鸥笑着朝手机上招呼:"段太太,您请我来做客,这不?我来啦!"

段太太一扬英眉,大笑起来,对着手机说:"快进来!哪儿想到您这么快就到了!"

晓鸥一指身后:"我也没想到这么快!从'2817'到'2818',总共三秒钟就到达了!"

"你看巧不巧雯雯?这位是投资专题节目的莫女士,想做你爸的专题,没想到跟咱住门对门!"

"梅"字在晓鸥给出自己姓氏时改成了"莫",妈阁语中的"梅"听上去更接近"莫"。

"真不巧,我爸昨天去海口了。他十几年前在那儿买了块地皮,现在在建楼。"段千金说。她眼睛可没有放弃守门人的审视。她直觉到事情不会那么简单,只是个巧合让这位刚进入徐娘年华的女子住到她父亲订下的套房对门。

"那段董事长什么时候回三亚?"晓鸥问。

"没准明天,没准后天。"段太太把晓鸥邀入房内,拿了果盘上的大火龙果放在晓鸥面前的茶几上,好像客人可以像啃大馒头一样啃火龙果。"他回来之前,你可以采访我，咱俩从他上大学就好上了！那时候我在我姑家帮她带孩子，常常把孩子抱到校园里玩，老段一听我说话就上来跟我搭腔。他家不是胶东，不过都是山东人。后来他跟我说，娶山东老婆，一辈子不想家。"

细看段太太还是漂亮人一个，丹凤朝阳式的浓艳，十九岁二十岁一定让得了思乡病的穷小子段凯文不再想家。不仅不想家，连整个人类和世界都不想。可以想象搂着高大丰美的年轻版段太太是怎样一种"给皇上都不做"的丰足感。晓鸥觉得自己对段太太印象很好，好得有点危险：两人要成了朋友，她预谋的对段凯文的突袭就增加了难度。因此她找了个借口很快告辞出来。反正她已经得到段在海口那片工地的地址。她回到自己套房里就给带儿子来的保姆发信息，让她把儿子安置到套房的小卧室，点两份餐到房间吃。天黑之后一定不准去海滩。她也给儿子的手机发了信息，保证第二天一定把事办完回来陪他下海。

去海口的车十五分钟后就等在酒店门口了。司机白制服污渍斑斑，胸口上滴着酱汁，但一双白手套纤尘不染。他为晓鸥开了门，白手套挡在门框上端。飞速开发使三亚的民俗粗陋和过度讲究兼容并列，让晓鸥间或处于受宠若惊和极度不满之间。

到海口天已经傍晚。段凯文购置的地皮离海口还有四十多公里，地皮在荒芜的芭蕉林里；它的左边和右边都是两片建成的小区，似乎建成已久，楼体上一道道灰黑的水渍大概是下水管堵塞或破裂后，楼顶的雨水失去流通的渠道而泛滥的流域。

小区保安告诉晓鸥，没人知道两个小区之间的大荒地属于谁。有时荒地上热闹一阵，一帮北方人在上面争争吵吵，推推搡搡，不久就鸟兽散，荒地还是荒地。

晓鸥听见空气中的嗡嗡声响。荒地中的蚊群嗅到新鲜的血腥朝晓鸥潮涌而来。晓鸥在逃离之前瞥见一块倒在荒草中的木牌："买地请电13××××××××"。她一面让司机关严所有车门车窗，一面用笔把手机号记在手心上。回过头一看，她刚才站过的地方浮动着一团黑雾。这么多蚊蚋要靠多少人的血来喂养？它们等着未来的业主们。

见到段太太的第一秒钟，就是晓鸥改变决定的刹那。她决定和段凯文私下清算，不惊动段的家人。为夫为父的段凯文是他家的太阳和空气，这点晓鸥马上感觉到了。段家因为段凯文而享福，享的福就在段太太和段雯迪言谈举止中。她们都是有男人在前线为她们激战而她们在大后方不知前方战事的那种女人，尽享大后方无忧无虑的福，丰衣足食的福。梅晓鸥这种前线冲杀的女人不忍把战火烧到她们的后方。反正她已摸清了段总的后方，总是能晚一点攻击后方的。

荒地上倒塌的木牌给了晓鸥线索，在车上她就拨通了木牌上的手机号。对方一口普通话，字正腔圆。晓鸥接下去的重大发现是她正聆听着一段录音。录音请有意买地的来电者留下电话号码，以便尽快得到回电。

晓鸥难住了。段凯文早就熟记了她的手机号，万一他正坐在那个售地录音旁边，晓鸥的突袭就败露了。她跟司机做了个小买卖，给司机一百块钱，借用他的手机打几通电话。闯海南的各地人都多一点诡诈缺一点道德，对此司机早就习惯，只要付钱，他可以为任何人的诡诈缺德帮忙。晓鸥把司机的手机号留在录音机上。两分钟后，司机的手机响起来。

"喂，你好！"晓鸥接起手机，"听说你们公司在卖地皮？什么价？"她的广东普通话很流利。

字正腔圆的普通话告诉她什么什么价。反正她对海南地价无知，反正她不打算买，她只是为了把一个广州买家扮得更好而打听此价钱有没有商量，能否见面商量。

普通话告诉她商量余地不大，因为买主已经有七八个了。至于见面商量，他请晓鸥等通知。

普通话一定跟段凯文商量去了。两分钟的商讨结束，晓鸥获准面洽。

"你有决策权吗？"

"……嗯？"

"因为我自己是公司决策人，谈判成功了，当场可以签合同付定金的。我不想这么远跑来，跟没有决策权的人谈判。"

"哦，那请你再等一等。"

这回晓鸥只等了不到一分钟，对方回答她，公司老总将亲自跟她谈判。请问老总贵姓？见面不能只称"老总"吧？老总姓段。

这就回到戏剧高潮的爆发点，段凯文看见突然出场的梅晓鸥的刹那间。在此之前是那个司机铺垫的。司机先步入谈判现场，抱歉通告，他的女老总会稍晚五分钟，他作为法务部员工可以代表她先把合同看一看。段凯文打量着这个黑瘦男人，怎么看都像个年轻渔民。他抬起手腕，看一眼表，年轻渔民的目光在合同上移都没移过一毫米。他正要问要不要他手下来为渔民朗读和解释合同，晓鸥走进来。她走到离段三步之遥的地方停住。段所坐的沙发是三座的,前面一张长形玻璃茶几,右边是捧着合同识字的司机。段凯文的脸和身体扭向右边,活脱一个不耐烦的扫盲教师。晓鸥的亮相非常轻微,轻到段凯文头一眼不去看她人,而看的是她的脚。她穿的是一双临时买的乳胶凉鞋,轻便廉价。暮色沉暗后过街天桥和马路边上都是这类货品的市场。段凯文心目中,穿这种凉鞋比赤脚还贫贱。他想看看这双脚的主人怎么胆敢踏入这家四星级酒店,踏入他借用的小会议室。全过程大概只有一秒钟,从段扭头到由下而上的打量。

这一秒钟晓鸥能来得及做的就是仓皇一笑。

"晓鸥你太让人惊喜了吧?"段总从三座沙发上一跃而起。

要不是那个大众化到极点的玻璃茶几挡路,晓鸥觉得段会跃上来拥抱她。他用的是拥抱的幅度和力量握住她的手,把她拽回自己左边的沙发,拽倒在沙发上。"你这丫头,跟我淘气是吧?"

晓鸥发现被突袭的恰恰是她自己。什么是变被动为主动?段凯文永远让你被动。他四下里扫一眼,仍然是这里的王者,那一眼他手下人看懂了,顿时溜出门。只有扮演法务部员工的司机还迷恋角色,坐在那里吱吱作响地喝茶,把茶叶哑进嘴里，再吐回杯中。

晓鸥对司机"不好意思"了一声，把他请到外面喝茶去了。

"你不用开口。我知道。"段对晓鸥还那么宽谅大度。他赖了她三千多万的债，你把他想成什么骗子无赖流氓他都知道，他原谅和理解你在脑子里糟践他。

"段总……"晓鸥眼圈又红了。

段看见她充血的眼圈和鼻头，马上伸出一只"暂停"的手。"你别。我都知道。我来海南急着处理那块地皮，不就是为了你吗？"

晓鸥又让他给主动下去了。她只好安于被动，听段讲述他这块地皮的一连串增值价位，某年增长多少，某年是几倍的增长。哪怕是一片金矿，也掘不出那么大堆的金子来。争购这块地皮的人太多，因此他决定拍卖。欠她梅晓鸥才几个钱，不相信他段某的话，段某可以把梅晓鸥算成他地产的拥有者之一，拥有这块地皮六分之一或七分之一。六分之一或七分之一的数目是如何得出的。这还不简单？现在这块地皮的最保守评估价数目之六分之一或七分之一就等值他段凯文欠梅晓鸥的三千万啊！

"段总，您忘了赌厅的规定了：十天内还款不收利息，超过十天，就要算利息啰。"晓鸥温馨提示。

晓鸥把一道道算式写在便签上，一笔一画，白纸黑字，不怕你拿到普天下对证去。抬起头，她吓一跳，段的目光从眼镜后面穿透过来，穿透了她：你这个吃人不吐骨头的娘们；你的钱就是靠这种不光彩的方式赚的；你吃了赌厅又吃赌客，贪得无厌……

"利息够高的，啊？"他笑了个不开心的笑。

"这是在您跟赌厅借筹码的时候就跟您明说了。您是同意的哦。"晓鸥的话有警告的意思，不过仍然温馨。

"利息太高了！"段凯文从沙发上站起。他早想跟晓鸥生气了，现在利息成了他生气的由头。

"不是我规定的……"

"我知道不是你规定的！也不是赌场规定的，对不对？"他是在吵架了。

"对。是行规。妈阁赌业经营几百年，行规健全，不靠行规早垮了。"晓鸥温馨不减，感到主动从自己二十多分钟的被动中派生出来，一直的"弛"，终于开始"张"了。

"什么狗屁行规！这叫敲诈！"他的咄咄逼人就是他的被动。

"您在跟赌厅借筹码的时候,就该这样抗议,您当时可以不承认这条行规的。"

段凯文背朝着女叠码仔。他那山东大汉的背仍然方方正正,赘肉不多。健身房和他的年龄、饮食在他身上多年较量,争夺着他。怎么说段凯文都是个优秀男人,假如世界上没有一座叫妈阁的城市的话。

"难怪你这几个月不找我呢!日子拖得越长,你得到利息越多。"他背对着她揭露。

"这您是知道的呀,段总。"

"知道什么?"

"日子拖得越长,利息越多啊。"

"我可以说我不知道。我可以说你从来没跟我解释清楚。"段说。有点流氓腔露出来。

"阿专听见我跟您解释了。"

"谁指望阿专向着我呢?当然向着你!狗还不咬喂它的手呢!"

晓鸥的手机上来了一条短信。来自史奇澜。"已到越南,很快可以把你的债还上!"老史不听劝告,还是带着他史家表亲到越南赌场去了。那个阴历十五或十六的月圆之夜,她心里还对老史暗自滥情了一番。

"难怪你几个月不找我。"段转过身,大彻大悟。

晓鸥从沙发上站起来。老史是个没救的烂仔。她不该对他另眼看待。她活该……

"给了您几个月的宽限,您把我一片好心当成什么了?"晓鸥知道自己的控诉不实,几个月的沉默是在跟段凯文打一场心理战争,"我以为给您几个月,您可以安安静静地反思一下,您对我梅晓鸥编的那一幕幕的戏,好像真在安排汇款,真的有钱汇似的,您对我一个孤身带孩子的女人那么干不臊得慌吗?我给您几个月,就是臊您的,让您在我一个女人的宽限下害臊。"

段的脸上确实有了薄薄的臊意。但马上就烟消云散。

"我可以不要利息。"晓鸥说。

"用不着!那点利息算什么?我段某又不是在跟你斤斤计较!"

晓鸥不推让了。推让会被当成小瞧他。那就连本带利偿还。晓鸥从手袋里拿出预先准备好的纸,打开,放到段凯文面前。

"请段总签一下字。"

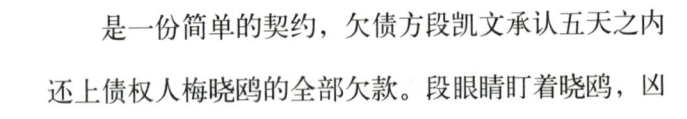

是一份简单的契约,欠债方段凯文承认五天之内还上债权人梅晓鸥的全部欠款。段眼睛盯着晓鸥,凶

234

巴巴地将契约哗啦一声抓过去。他腰带上的手机响起来。他一看手机号，立刻按接听键。那个紧绷绷干架的姿势顿时松弛，成了个慈爱得稍许被子女欺负的老爸。

"怎么啦？"老爸笑着抗议，"明天回不去后天一定回，好不好？姐姐说我坏话呢？……谁？……采访？……哪个电视台的专题节日？……什么样的女的？"

段不知为什么看了晓鸥一眼。

晓鸥双臂在胸前紧抱，抵御四星级空调的冷气。用人工冷暖来造自然气候的反，就是星级酒店的阔绰奢华。

现在在跟段说话的一定是从伦敦大学回来的段雯迪，段凯文不时看看晓鸥。晓鸥此刻在给老史发信息："莫、莫、莫。"继父虽然让她对中文倒了一生的胃口，但硬灌输的诗词由不得她地长在她心里。

老史马上回了信息："远房表弟手气不错，赢了一百二十万！他赢我能分成！"

晓鸥又回复一条短信："错、错、错。"

她看见段凯文从小会议室出去了。跟他女儿的对话当着她晓鸥不方便。她给阿专发了一条短信，问他赌客们玩得怎样。有无可培养成长期客户的人选。

段凯文在她跟阿专通短信时回来。她手指熟练地操作短信，脸却在对付段。

"好你个梅晓鸥，太厉害了！"段没等她写完短信就恐惧地感叹。

晓鸥在手机上捺了一下"发送"，然后向段抬起脸。她当然知道他的"厉害"指什么：她居然先潜入段家的敌后了。

"看不出来呀，动不动就泪汪汪的，好一个弱女子……"段不断地深呼吸，惊愕和惧怕以及愤懑似乎非常消耗氧气。"你打算跟家英说什么？啊？！"

晓鸥不知道家英为何人。但她很快跟高头大马的段太太对上号。

"我就那么订了房，不巧在你家对门。"晓鸥老实巴交地说。

段凯文看着她，如同看着渐渐显形的女鬼。女鬼已经在作祟了，用中国人曾经的政治俗语是：要"整"他了。她整他的手段、步骤是怎样的，他无法预知，不过从她刚使的几招看，手段不会差。他建设起一个幸福家庭用了二十多年，比建立一个品牌实业公司还难，因为用不得一分假情假意，多少个小三儿被成功摆脱掉，被击溃在他的幸福城堡之外。太不容易了。而这个女叠码仔不知怎么就打通了暗道，等你发现,她已在城堡中心了。

"你到底想干什么?"段凯文用电视剧中的人物腔调问道。那种发现自己上了大当,已被挟持走上死路的人物。

"我没告诉你太太任何话,也不会告诉她。"

"你扮演专题节目制作人图什么?就图跟余家英交个朋友?"

"不行吗?"晓鸥耸耸肩。

"她把我的行踪告诉了你,你就追到海口来了。"

"我可以不追到海口来,因为你两三天之后肯定会回三亚。我完全可以在丽丝卡尔顿等你。那对我省事又省钱。你设想一下我在你家套房和我家套房门口碰上你会说什么?我完全可以把事做绝的。"

段的眼神在镜片后面凝固。他在想象中能看见那个场面:女叠码仔在他和全家开心到不需要这个世界添一份关爱和麻烦的时候出现了,并当着他的家英和千金、公子阐明出现的缘由。他看见遐想中的这个画面,眨眨眼,把画面关闭,然后换了种眼神来看女叠码仔。

晓鸥的微笑似乎在说:我的确不是好东西,确实不好惹,惹急了不好对付。

然后，段凯文低下头，悲愤屈辱地阅读那份契约。

老史的短信说："远房表弟又赢了一百万！我开始加磅！"

晓鸥咬紧牙关，咬得眼珠都隐隐作痛。烂仔，人渣，不可救药的史奇澜。天生我才不中用……她心里恶毒咒骂连成串，回复已经打出来："你用什么加磅，用陈小小和你儿子的买粮钱吗？"

"用我表弟给我的抽水啊！忘了？他赢了我能抽水一成！"老史回复道。

晓鸥抓紧时间回复："要不要我通知陈小小和你儿子赶过去陪你玩？"

老史不回复了。大概赌台上吃紧，他顾不上理会晓鸥的尖酸。段凯文把契约往玻璃茶几上一拍。

"好吧，我签。"他从西装口袋拿出笔。

晓鸥看见他用的是普通签字笔。段从来不用奢侈品或过大的品牌。他的优秀之处不少，不是个俗物浊物。他的心情像是在签南京条约或天津或马关条约。同一个签名该到宏大浩远的项目合约上去着落。同样的签名一旦着落该启动多少入云的吊车，如海的混凝浆，如潮的农民工……是的，这个签名着落到纸上，多少年轻农夫们从苞谷地、从麦田稻田里走出来,爬上进城的火车。这个签名和其他同类签名一样,要对中国农村每天消失的村庄负责。

签了名的段总是战败国,话也不说就低着头急促地向门口走去。太屈辱了,没给他剩一点尊严。没尊严的人是没有礼节、没有风度可谈的,因此他不必告辞。晓鸥听见小会议室外段的某个随从叫喊:"段总!段总您去哪儿啊?"

段总急急如风地从会议室出去,谁都不认识似的。晓鸥拿起那张着落了两个人签名的契约。契约上说,如果欠款方在五个工作日之内不还清欠款,债权人可向当地法院起诉。这次的当地,是北京朝阳区,宏凯实业公司所在地。起诉将引起首都大大小小的媒体热议,四通八达天网恢恢的信息网络可以让段董事长一夜间降低多少诚信度?人格会打几折?为他开发项目贷款的银行会重新评估他,即将和正在雇佣他公司的大项目客户会重新审视他。不是没人对他好言相劝,劝他别玩"拖",有的呀,比如她梅晓鸥。

晓鸥坐在回三亚的车上给史奇澜写短信。连夜回三亚的决定是谈判结束后做的。她请司机喝了两杯咖啡,晚上八点钟启程,直趋三亚。写给老史的短信大致是强调她的提议,老史彻底戒赌,她梅晓鸥完全销债。假如老史和小小于心不忍,硬要抵偿几件紫檀或者黄花梨物事,她晓鸥会留做永远珍藏。

老史在越南玩兴正酣,半小时之后才回复她。他跟随表弟的加磅赢了,他手里现在有三十万了。晓鸥马上回复他,这都是新赌场的伎俩,以赢钱诱惑远房表弟这样的新客上钩,但离惨输已距离不远。老史在接下去的短信里告诉晓鸥,借她小姐的吉言,表弟又赢了,赢数已经高达三百四十万。

赢了钱的远房表弟就不"远房"了,老史亲热得一口一个"表弟"。老史是彻底废了。晓鸥的头靠在车座靠背上,看着高速路外浮动的海面。月光忽明忽暗,暗时的海便是一片不安起伏的黑色。夜里的大自然有些可怖,让人突然想到人跟它作对太久可不是什么好事。征服、利用、奴化的自然铺天盖地,就在他们小小的车外。她的惧怕类似种族间的:一个自认为强势的、更具攻击力的种族对一个原始而逆来顺受的种族干了太多坏事,而此刻晓鸥作为强势种族的个体被放在无垠无限的弱势种族中,她有太多理由惧怕……尽管高速路上走着不少车,晓鸥还是莫名地怕。大海在酝酿海啸时,也是这样不动声色?

她把脸转向车内的黑暗。这略带司机头油味和汗酸味的黑暗人性多了,人情味十足,安抚着受了惊吓的她。

回到丽丝卡尔顿的套房,头一眼看见的是儿子的鞋,一只侧着身一只底朝天。不知母亲底细的儿子一进入这样豪华的套房就被震慑了,然后是爆发的狂喜。这是两只狂喜欲癫的鞋。她站在不开灯的门厅,房里很冷也很静。丽丝卡尔顿级别的静和冷。静得能听见保姆和儿子的熟睡。处身安全时人听海,海是友善的,亲柔的,催眠的。

在早餐厅碰见段家一家人时,叫余家英的段夫人老远就大着嗓门招呼。晓鸥和儿子以及保姆在餐厅门口等着领位员分派餐桌,她笑着挥了挥手。段凯文也是连夜赶回三亚的,签完契约后直接赶回的。必须赶在她梅晓鸥前面。她梅晓鸥的口头保密协议能信赖吗?当然不能。段凯文要亲自保卫他的幸福家庭城堡。段太太招呼了晓鸥之后,又跟丈夫解说什么,目光不断指向晓鸥,喏,她就是专题制作人。

段家旁边一桌客人吃完了,三三两两离桌。段太太又开始向晓鸥一家呼喊,让他们坐过去。她的两只粗膀子上的脂肪老厚老厚,在T恤袖筒里晃荡抖动。晓鸥指指儿子,又指指靠海的门口,表示她只能遵照儿子的意愿坐到那里去。儿子是她多好的掩体和假托。她不坐到段家邻桌去也是为段凯文好,为了他不紧张以致胃口收缩。坐下之后,她扭头看了一眼段家那一桌。段凯文也正向她看来。他和她成了两个敌对的狙击手,一个露头就有被另一个击中的危险。她那一眼虽然短促,还是看见了段家的幸福:段雯迪在跟十五六岁的弟弟玩笑,妻子正将剥了壳的大虾放到丈夫小盘里。段家的儿子长得酷似母亲,一副撒欢的眉眼,一张自然红润的脸蛋。把他父亲嗜赌如癖、惨输赖账的劣迹告诉他,晓鸥也感到天理不容。不过去打招呼说不过去,反而容易穿帮。而过去打招呼戏又太难演。

"段太太您好!"晓鸥理着刚做过的长发卷,欢声问候并穿梭过一个个餐桌。

"好好好!老段,这就是莫女士,我刚才跟你说的!"

段凯文脸色发暗,为眼下这一瞬间焦虑了一夜。手掌握在晓鸥的手上,一股冷湿沁透她。晓鸥随口胡诌追星的语言,但一句都进不到段的知觉中。他的笑容像个头次坐在相馆的照相机前面的乡巴佬,被摄影师吼出来的傻笑。他迷蒙的眼睛中只看着一个长袖善舞的女子,女子可是为了他把最难演的一场戏演下来的。

段雯迪目光在父亲脸上一闪,又在晓鸥脸上一闪,然后再回到父亲脸上。女儿是父亲所有情人的情敌。来到父亲身边的任何女人(不管什么身份)都可能藏着一个情人或未来情人。成功和财富像不好的气味一样,招来苍蝇般的年轻女子。这个藏在制片人身份里的女子在父亲眼里还算年轻貌美,作为父亲所有情人的情敌,段雯迪觉出这"初次见面"当中多出点什么。晓鸥从段家那桌往儿子身边走去,深感自己在段千金眼中缺乏说服力。她刚才当着段家所有成员跟段约采访,同时邀请段太太做嘉宾,补充细节,增加女人的感性叙事。段凯文泛泛地答应下来,说下面几天抽空吧。

段的手机短信在晓鸥吃下第一口燕麦粥时到达。

"请你自爱,不要再出现在我家人面前。"

刚吃下去的燕麦粥突然不顺着正常管道下行了,结成坨停在食道底端。这绝对是个傲慢之极的输家。儿子提醒晓鸥,母亲瞪了他半天了,他做错了什么吗?晓鸥是在等那一坨燕麦粥化解,别像一团垃圾一样堵在下水道口。

"段总,请你明白,给我发这种信息本身就欠缺自爱。"

"不管怎样,你不许再出现在我家人面前。"

"别操心我,操心汇款的事吧。中国银行已经开门办业务了。五天限期并不长,别忘了契约的限定。"

春节长假临近结尾。不少银行的营业部开门了。晓鸥专门把这些银行的地址搜寻到,一一发送到段凯文手机上。在她写短信的同时,几条短信又发至她的手机。其中两条是史奇澜发的。一条来自段凯文。

"你在恫吓威胁我。"段的短信说。

"我认为我在温馨提示。"晓鸥回复。

她撇下段凯文,打开老史的信息。第一条告诉她太好了,他一夜睡醒,表弟把赢来的钱全输回去了。第二条要她立刻去越南。表弟输的钱,就是他史奇澜偿还晓鸥的钱。表弟输一千万才好,他老史就得逞了,把他欠晓鸥的债务转嫁给越南赌场的老板了。

晓鸥一身无力。老史是拉不动的。不如就顺着他,让他把她晓鸥当西墙来补,拆越南赌场那堵东墙的砖石。她梅晓鸥对他仁义、慈悲,婉谢他来补她这堵墙,说不定他拿拆下的砖石到别处补去。老史欠补的墙太多。说不定拆了越南赌场的墙补他自己呢!怎么不可能?当总领班的中国人不是答应借老史一千万筹码吗?老史转借给表弟的这一千万一旦输光,表弟会偿还老史一千万,而老史难道不会用这一千万重回妈阁豪赌吗?太可能了!……段凯文的一条新短信来到。

"能不能请你单独谈话?"段的短信说。

"我要陪儿子到海滩上玩。"

"那好,半小时后海滩上见。"

"你们家的人不去海滩吗?"

"他们上午约了朋友打麻将。"

原来段太太也是有赌兴的。

半小时后,晓鸥和儿子都换上了泳装,保姆换了背心短裤,一块向海滩走去。晓鸥没想到儿子会这么热情地来度这个假期。假期一共两天,儿子在享受它的每一秒钟,把这短短的海滩假期变成一块美味糖果,吮吸它的甜美又担心它融化得太快;他的每个表情都是满足和不舍,每过去的一秒一分,他已经开始不舍,那必将来临的终结,他已经在提前缅怀。晓鸥心里酸酸的。她没有很好地爱过儿子,至少没有把爱放在行动和形式中。没有形式和行动的爱,就是没有容器盛装的水,哪怕它是甘霖琼浆,也涓涓流散,儿子对这甘霖的干渴,永远不得缓解。

之所以把全家带到此地,大概段凯义出于类似的歉疚的爱。他如此憎恨晓鸥,她深深理解。

段凯文已经等在阳光超饱和的海滩上。他没穿海滩的时尚服饰,只是戴一副墨镜一顶草帽,意思一下海滩风尚。他比这些度假客少见阳光,肤色发阴,是一种阴黑;她呢,是一种阴白,如同不见天日的所在培植出的白芦韭黄笋或者金针菇之类。在这个阳光人群中,他和晓鸥是两小块阴天。保姆带着儿子扑进海水,海面红红绿绿的浮游玩具中又添了两块鲜艳色彩。

段凯文点着一根烟,眼睛看向海,海里热火朝天地翻腾着他的心事。

"对不起,我知道我不该在这个时候来打搅你。不过……"

段的手猛一抬,在晓鸥的"不过"上打了个顿号。动作很小,但气势足以静止一个交响乐团。他不用她"不过";他完全知道她的"不过"后面的句子。

"我确实在资金上有困难。"他说。

晓鸥听出这句话百分之百的诚恳。她也诚恳地点点头。

"同时做那么多大项目,在全国各地铺开做,资金链难免给绷得很紧。"他把抽了两三口的烟扔在沙子上,用脚仔细埋葬了烟蒂。

晓鸥发觉自己给他拖进了说情交谈。他为自己在说情。中国做事,许多情形下理管不住,要靠情。理是死的，情是活的，理把事办死了，情往往可以把事救活。段凯文在欠债的事上已经被理打死，他现在要靠激发晓鸥的情来救活自己。

"我可以再宽限一点。"晓鸥说。

"多少天？"

"合同上规定五天。我再给您五天。"

"五天不行。"

"那您需要几天？"

"几天够干吗的？无济于事。"

晓鸥蒙了。这个人还不懂得他现在的位置吗？昨晚的签约不是已经把他放到他该待的位置上了吗？五天内还清债务，否则法庭上见。很可能跟媒体一块见。这可是个不容置疑的位置，他得稳稳当当待在那里。他看出晓鸥的懵懂，又开口了。

"现在我在预售楼盘，估计三四个月之后资金能回笼一部分。那时候我肯定有足够的现金还给你。"

"段总，您可是有好几个'三四个月'了呀。"

"我知道。可我不是跟你说了吗？我的现金流出了点问题。"

晓鸥接下去是冷冰冰的一大段沉默。她的沉默他也是懂的：你来赌厅借筹码玩"拖三拖四"的时候，没想到现金流会出问题吗？现金流问题不就像所有开发商的伤风感冒一样时不时发生吗？那时怎么都劝不住拦不住，非要玩大，非要"拖四"，（要不硬拦着就玩上"拖五"了！）现在把你一家子都快拖进去了吧？

"段总，合同都签了。我在外面工作了十多年，合同对于我是神圣的。"晓鸥平心静气地说。

"就算你晓鸥帮我一个忙！"

这是段凯文能说出的最软的一句话了。

"我是帮你了啊！段总，"晓鸥苦苦地说道，"我劝你不要玩拖三拖四，本来你还要拖五呢！我不帮你你现在欠的债更了不得了。"

段不言语了。光天化日之下，他不敢连这个事实都赖掉。昨天晚上他在四星级酒店小会议室有过流氓一闪念，并把一闪念说出来了：他可以诬赖晓鸥没有告诫他到期不还款的利息。晓鸥知道赌徒们很可能把流氓一闪念变成流氓作为，达到流氓目的。

"那你说吧，你帮我这个忙到底能帮多大？"

"我只能再宽限五天。不然我们昨晚费那么大劲儿签的契约有什么意思？"

"好吧。"

他的"动之以情"的打法显然在晓鸥这个铁血叠码仔面前不奏效。他都那么没出息地求她帮忙了，她还不动情。晓鸥不多说什么了。不跟他说："我碰到段总您这样赖账的太多了。我个个忙都帮，最后饿死的就是我梅晓鸥和儿子。我坚信那时不会有任何人帮我的忙。"也不跟他说："你一个大男人，拥有那么大的公司和实业，开发着那么多大项目，倒要我这个小女人帮忙，也没看你让你的家人受半点委屈，担半点惊吓；你的资金链出问题，没见你勒索他们啊！照样住大套房，该怎么豪华就怎么豪华，倒要非亲非故的我来帮你松活资金链？"

晓鸥感觉到他掉头走了。又是个连"拜拜"也没有的离别。人的风度各异，成了赌徒就只是统一的赌徒风度。

晚上和儿子、保姆吃了晚饭之后，晓鸥嘱咐保姆回房里点两个少年儿童的电影看。她自己拿着手机看史奇澜那边的战报。老史的表弟在输和赢之间拉锯，赢得越来越吃力，输得越来越爽快。现在输到五百五十万了。老史跟着表弟，势如破竹地输，伤筋动骨地赢，把之前加磅赢的几十万又都输光了。表弟想休战一夜，好好修订一下战略战术，检讨一下急于求赢的心态，争取再上台时更智慧更冷静。晓鸥冷笑，上了赌台的人难道还有智慧？

她犹豫着要不要去一趟越南。越南赌场的中国总领班承诺借给老史的一千万筹码，老史说不定自己会用去赌，这对老史和晓鸥都是最糟的前景。总领班是被老史的个人魅力征服了，才用一千万的筹码拉老史去他的赌厅。他不知道老史的公司已经是个空壳子，空壳子的价值是一亿几千万的赤字。没人能像老史那样漫不经意地魅惑一个人，那种自我贬低、爱信不信的态度能征服女人的心，同样能征服男人的心。晓鸥曾经亲眼看见他把商店门口等候主人的狗都魅惑得醉了一样，跟他跑了好几条马路。但越南赌场的总领班只会被老史魅惑一次，因为他很快就会知道，他借给老史的一千万筹码不过在老史公司的赤字上增添了个小零头。假如史奇澜这老烂仔再把那一千万魅惑到手的筹码玩光，何不让他把一千万归还她晓鸥？在她家厨房便饭时他被假茅台醉出了真心话：他此生痛感亏欠的就是陈小小和梅晓鸥，晓鸥何不给他一次机会，让他称心一下，把他对晓鸥的亏欠感缓释一点，做点补偿？

好吧，让她来成全他史奇澜的厚爱吧。可以让保姆继续带儿子在这里度假,她只身出发去越南。她知道儿子爱的不是三亚;儿子是爱有母亲同在的三亚。他会爱任何一个母亲和他同在的地方,远也好,近也好。晓鸥想到即将要被母亲辜负的十二岁儿子,眼睛一热。

有一条手臂从她身后伸过来,狠狠拉了她一把。这样粗鲁的一拉是为了把她身体调转过去,使晓鸥面对她:面对被甜美地称为家英的段太太。余家英的宽眉大眼此刻被挤窄了。

"你想怎么着?!"段太太说,"我家老段都跟我说了,不就贪玩输了几个钱吗?多大个事儿?!好嘛,还化装成什么节目制作人盯梢咱家了!我可以马上报警,让警察把你抓起来!就凭你隐姓埋名,在我家套房对面开房间搞特务监视,凭你跟踪老段,敲诈勒索他,就能把你关起来!你以为我们这儿跟你们那种乌七八糟的地方一样?……"

晓鸥从来不是口讷之人,但段太太的惊人语速让她一个字也插不进。余家英的脸凑近看是微微生了一圈胡须的,红润的嘴唇被淡黑的唇须衬得越发红润。她的相貌和生命都那么浓墨重彩,跟她相比小了十多岁的晓鸥无论形象还是健康,都比段夫人显得久经风雨褪色显旧了。

"你以为共产党的天下容许你这种赌场来的女人

搞恐怖？"余家英说话时把自己丰厚的胸都甩动起来。胶东口音并不妨碍她表达都市人的政治自觉性。"你以为我们的地盘上让你搞妈阁黑社会？"

段凯文之类到妈阁就是专门干他们地盘上不让干的事。晓鸥从受惊失语到存心失语，看余家英还怎么往下骂。

"告诉你，老段别说才玩掉那点儿钱，就是玩掉一个楼盘，两个楼盘，咱都玩得起！你至于吗？背着老段到我这儿来打听他，打算跟我告他刁状，顺带挑拨我们夫妻关系是不是？卑鄙玩意儿！"

晓鸥明白自己对付段凯文的手段没什么档次。她对此坦荡得很。赌场不是个培养高贵品质的地方。等余家英红润的嘴角渐渐漕出白沫，白沫渐渐浓酽好比牛奶发酵成奶酪，她冷静地承认赌场确无好人，只有稍好的人，赌徒和赌场老板都包括在内。等余家英的第一轮胶东腔指控扫射过去，晓鸥向她解释了赌场的法规和行规。

"我家老段到底欠赌场多少钱？"余家英似乎要打开钱包，拿出钱拍到晓鸥脸上。

晓鸥几乎脱口说出数目，但忍了回去。她还想做人做得稍微漂亮点，让段凯文更无地自容。段总欠的不是赌场的钱，是私人的钱，晓鸥这样不着痕迹地把段太太的提问转移了方向。段凯文除了钱数，其他都向老婆主动交代了。段本来就几倍地强势于余家英，这点谁都看得出来，因此强势者主动向弱势者袒露一次劣迹，给弱势者一次仲裁自己的权力，弱势者只有感动得心碎。段凯文明白他所有弱点都能得到妻子的原谅（几乎所有弱点），因为妻子一直自知不太够格做段太太，因为她一直在隐隐心虚地做着段太太，她不可能改变自己过低的起点，不可能吃学文化的苦头——这种苦头比老家扛重活的粗重苦头难吃多了。所以段凯文每暴露一项弱点就使她感到做段太太更够格一点，他们在婚姻里的地位也更平等一点。这两年，段凯文被网络、报纸、电视变得越来越公众化，在余家英这样实诚的女人眼里越来越虚幻；因此他每犯一次错误，每重复一次旧弱点或生发一个新弱点，余家英感到的却是他人性回归，感到他终归跳不出血肉之躯的局限，是有懈可击的。段凯文似乎也懂得自己的弱点在妻子眼里是弱，这弱刺激了她的强，她强悍地对丈夫护短，就是她在对丈夫示爱。段凯文在她梅晓鸥把余家英拉入她的战壕之前，就把妻子拉成自己的壮丁，替他挡子弹，替他冲锋。何况她梅晓鸥根本拉不动余家英。何况她梅晓鸥连拉的妄想都没有。

"告诉你，你再纠缠我家老段，我饶不了你！"

余家英在酒店大堂里拉出个场子来。本来是私下的对质和泄愤渐渐往公众批斗转化。

"跟我说行规！什么行当啊我问你？背着人家老婆勾引人家男人去赌博，你是干这行的吧？骗了多少人到那个叫什么妈阁的鬼地方，教他们赌，让他们输钱，他们不输钱你挣什么钱啊？！是不是？！"余家英此刻很少面对晓鸥，大部分时间是面对四周看客，因此她在人群中的空地上游走。演街头活报剧的演员一般也很少面对跟她演对手戏的角色，而是像余家英这样打转，确保自己的演出能送达每个观众。

"你还来跟我们要债？我们没跟你算账就是我们仁义！你教坏了多少男人？！我孩子爹苦出身呐，哪儿知道世上有个叫什么妈阁的地方？哪儿知道有你们这种行当的女人专教人不学好，学赌，学瞒着老婆孩子扔钱！要不是我男人自己跟我坦白，你还不定怎么坑他呢！说不定你蒙得他倾家荡产！"

在三四十个人的活报剧场子里，人们看着这个公敌。诱发人劣根性的人就是所有人的公敌。晓鸥不记得在哪本外国小说里读到个情节：一个男人去买巧克力，在路上碰见个妓女，从这妓女身上染了梅毒，他恨的不是妓女和自

254

己；他恨巧克力。

不知从谁的口中飞出一口唾沫，吐在晓鸥赤裸的背上，温乎乎的一团，定在她两个肩胛骨之间。大堂的空调足够让候鸟南飞，假如此地有候鸟的话。冰冷的空气使唾沫尤其热乎，并且浓厚，因为它定了好大一会才开始慢慢往下流，流到吊带裙上；被裙子慢慢咽下。不知从谁的身上伸出一只手，又一只手，推搡晓鸥。人之所以为人，当然而自然地有着劣根性，本来劣根安分守己，谁让你诱发它们？用妈阁这座城市的千万张赌台，用这个看上去文雅秀气的女子……人本来是有犯罪潜能的，这不能怪人，怪只怪诱发他们犯罪的机会，余家英揭露的，就是提供给人犯罪犯错误机会的女人。

晓鸥不想与余家英和众人摆公共论坛，她只想马上走开。儿子万一此刻看厌了少儿电影，来到这里当观众，以后她怎么做妈？但人已经筑成墙，拆不烂的墙，酒店保安都无法拆。

大堂经理走进人墙，拉起晓鸥吆喝着往外走。走到电梯门口，人们的嘘声起哄声还跟着。晓鸥被解围的时候看见了段凯文。他站在人群外三四米的地方。对人群沉着脸。大堂经理把晓鸥送进电梯时告诉她，自己是受段先生之托来解她于重围的。段先生一家是好人，是酒店的老主顾。他的言下之意晓鸥是这么听的：段家若不是好人你梅小姐早就被黑打了。或者可以这么听：尽管你是干这行的，拉了段总下水，段家还是没把你如何，段总还亲自组织营救你。还可以这么听：段总多好啊，你把他制造成赌博的牺牲品，并当杨白劳追踪逼债，他还是以德报怨，他要是不管你，你说不定已经非死即伤在乱众之中了。现在中国民众的莫名仇恨和怒气多大呀？随时能找个人当靶子打一打，哪怕打两拳占占便宜也好。民众总觉得什么人什么地方总在让他们上当吃亏，上的是闷当吃的是闷亏，奶粉假的肉里注水蔬菜含毒物价房价飞涨贪腐官员轮不着他们清算出拳，一切误差的事物只能越来越纠结地误差下去，他们不明不白地总在被什么占着便宜，因此碰到可以骂几句打几拳的对象他们就或骂或打，以此不明不白把便宜占回来一点。网络上骂这个骂那个也不过是跟此刻一样，是小小地占点便宜，因为一种或多种无形而巨大的存在始终在占他们的便宜。

　　从电梯里出来，晓鸥突发奇想：也许刚才那出活报剧是段凯文一手编导的。她在电梯门外愣住了。赌博真能把人变得这样无耻吗？真能把段凯文变成卢晋桐、史奇澜吗？段应该是意志坚强的人，少年吃苦、青年奋发的段凯文没有卢晋桐和史奇澜那样优越的家境培养他们的脆弱，培养他

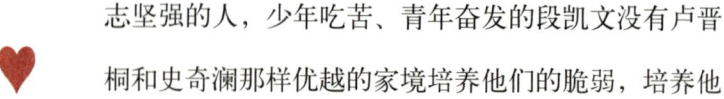

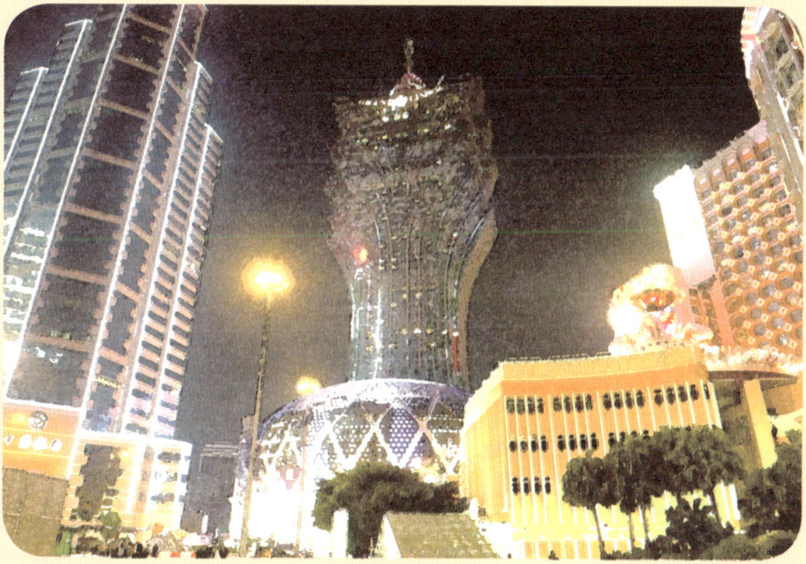

夜深了，晓鸥敢于放肆地想一想自己对老史的感情。不纯粹是感情，还有情欲。老史的浪荡、老史的消极、老史的才情，合成一种老史才有的风流。晓鸥暗暗地相信，这是她一个人认识的老史。她甚至觉得，老史只在她面前做真正的老史。她憎恶老史的沦落，可她自己早已是个沦落的人，沦落是老史和她所独有的境界，形成了她和他独有的情调。

们的自我纵容。

卢晋桐在晓鸥决定离开三亚那天发了条短信,他已不久人世,他对人世间最后的索取是儿子的陪伴。从短信息的哪一个字晓鸥都能品尝出情感敲诈的滋味。

电话铃响起,她认不出那个手机号。来电者头一句话就问她是不是梅晓鸥。答曰是的。对方说晋桐动了大手术,很想见他的儿子。对方听不见晓鸥的任何声音,又加一句,她只是传话的,主意该她梅晓鸥拿。传话的还是听不到任何声音,喂了几声,判断出电话没被挂断,声音嘶哑地再添上几句,人都快死了,还记那么大仇干吗,况且晋桐待她梅晓鸥不薄。

晓鸥挂了电话,推开儿子卧室的门。卢晋桐的老婆是个大度的女人,晓鸥有些妒忌她的大度。儿子从毯子里跳出来,一股浴液香味。他没有玩电子游戏,也没有上网。有母亲同在的三亚让他充实满足。他跳出毯子是要母亲看他腿上一道礁石擦出的伤。这伤不疼,只不过三亚的母子关系让他想撒娇了。

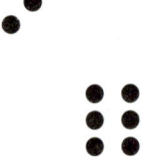

九指卢晋桐在梅晓鸥离开他之后狠狠相思过她。相思了好几年。这几年中他不受任何女人引诱，也不引诱任何女人，只跟唠叨没完的老婆过，他用这么一种"生不如死"的过法悼念与晓鸥爱情的死亡。之后他开始壮丽的浪子回头大举措。他用九根手指干十根手指都干不完的工作，亲自干广告公司的摄影、电脑动漫、电脑平面设计。因为他只能指望自己九个手指头，其他十指健全的雇员都走光了。他的回头晚了一点，公司利润恢复到最盛期百分之二十的时候，他得了癌症。是那种许许多多男人都为之受化疗、光疗之苦的癌。用他的话说，从今后就算东山再起也泡不上像样的妞儿了。他打电话这样告诉晓鸥。他打电话的目的是要晓鸥带儿子去看看他。他要死了，必须看见自己的生命是什么样的男孩替他活下去。

晓鸥把儿子送到北京，托了个朋友把儿子和两斤虫草送到卢晋桐家。卢晋桐倚病卖病，把他和梅晓鸥生儿子的秘史告诉了老婆。老婆看在他癌症的分儿上,没有和他大规模干架。卢晋桐是混蛋,但老婆知道,卢以后死了她连混蛋都没了。几十年夫妻,混蛋也焐得滚热。因此在卢晋桐见到儿子之后,提出把儿子留在北京上学,卢的老婆居然同意。卢晋桐留下儿子的理由是要让儿子学一口正宗北京话,还要让儿子跟爷爷学书法(卢晋桐的父亲五十岁学吹打居然修炼成了全国有名的书法家),再学点爷们气,现在的儿子在卢晋桐眼里是个剃了头的小娘儿们。

"对了,跟你学的还多着呢,比如赌博。"晓鸥淡淡地回他。

不过卢晋桐说的有句话让晓鸥伤痛半天,他说他还能跟儿子相守几天啊?让儿子记住父亲的模样吧。晓鸥最后答应了卢晋桐,元宵节让儿子北上陪父亲,然后再向儿子学校告两星期假,在父亲家里住到三月初。卢晋桐也答应为儿子请家教,争取不落到学校教程后面。

安排这一切的时候,晓鸥已到达越南。这是史奇澜带那个远房表弟来赌博的第六天。第一天赢了三百多万,第二天输了五百五十万。第三天又赢了一百来万。第四天打算就以这赢到的一百多万告终,在赌场周遭游山玩水两天就乘机回国。但表弟在游山玩水时决定跟赌场再决一战。赢一百多万的那天,让他感到全身走动一股气,气流从头顶、手心、脚掌往外冒,是温乎乎的一股气,那气冒得顺溜时,他明白该押什么。表弟从正游玩的山水里回到赌厅,挑了张赌台入座。老史问他气呢？他答说正上来呢。

这第一把表弟就押了五十万。果然赢了。

老史在表弟押第一把时跟了两万。表弟赢了后他跺脚捶胸：他老史一向大手笔,怎么才押两万？应该把手里七万筹码全押上去。他跟晓鸥复述时解释,那时他只剩那么七万。

表弟再押,老史把全部家当都拿出来加磅。全部家当不过九万。

结果呢？

输了。

晓鸥毫无表情地听老史讲述,心里更是静如止水。这种情形在她认识的赌徒身上重复太多次了,重复得她觉得单调乏味透了。无非赢了几手,便自认为找到了感觉,看出了路数,接下去把偶然的赢当成必然,把必然的输当成偶然。想想吧,一个颠倒了偶然和必然的人会有什么结局？就是必然的牺牲品。聪明的,接受牺牲；愚蠢的（或把愚蠢当倔强的，比如此刻的表弟），不接受牺牲从而继续对抗，直到最后一滴血最后一口气。老史指指赌台上的表弟，跟晓鸥使了个眼色：他的阴谋正在得逞。表弟已经借了六百八十万。表弟借的筹码当然是赌场借给老史的。这六百八十万筹码，晓鸥可以看做是他老史归还她的。

快入夜了。晓鸥轻轻走到表弟背后。表弟做小生意起家，步步艰难地挣卜儿千万，挣下一截粗粗的红脖子和两个紫红耳朵。要喝多少酒才能让后脖颈和耳朵红成那样？一个农村的乡镇企业老板，只能拿自己的酒量闯各种关卡：乡、县直到省，还要闯都市里的批发商的关。他委屈自己的肝脏，一瓶瓶地喝下或真或伪的洋河大曲、古井贡酒、五粮液、茅台，再把一个个都市极小的局部买下来，成了许多小区从不出现的业主（或许表弟买的房中就有段总盖的）。表弟的领土版图持续扩大，直接干扰着上海、北京、广州等大都市的房价，他走到今天有多艰辛他的后脖颈和耳朵能见证。他的资本还会扩大，虽艰辛但稳定地扩大，直到他的远房表哥为他设下一个圈套。表弟已经落入圈套中，正在成为他表哥的猎获……

而梅晓鸥也将参与分享这份猎获。

表弟又输了四十万，现在这份猎获价值为

七百二十万。老史再次向晓鸥投来一个请功的眼色。

"几点了？"表弟回过头，大概是问他表兄。当他看见表兄身边出现了一个陌生女子时，窘了一下，让一个秀丽女子看他走麦城，因此而窘。或许他受不住了，输不起了，而他不愿女人看见他输不起。他那样瞬间的窘迫让晓鸥更加感觉到他心里最后的一点点田园风光。

史奇澜把表弟介绍给晓鸥。表弟马上摆阔，邀请晓鸥吃鱼翅。输那点钱算什么？冰山一角而已。表弟这样艰辛发财的人最想让外人、女人相信他的经济实力，甚至用惨痛的金钱消耗来证实那实力。因为他的实力远比他显示的要小。晓鸥痛快地接受他的晚餐邀请，配合他验证他的实力。晓鸥感觉表弟心里最后的田园渐渐在消失。

老史不安好心地催促表弟再玩几把。梅小姐玉驾光临，该借她的吉祥。不等表弟和晓鸥答复，他已去拿筹码。晓鸥小跑着跟在他身后，都叫不住他。

在兑换筹码的柜台外面，她拦住老史。

"行了！够了！都七百二十万了，你还想让他输？"

"怎么够了呢？"老史憋着坏地瞪起眼，"他还要再输五百八十万才够呢！"

"你这人怎么这样？！你是人吗？！他是你表弟啊！"

"远房的。"

"远房的也不能坑他呀！谁你也不能坑啊！"

"是我硬拉他来赌的？他可以不来呀！他可以赢啊！他要是赢了，那我带他来就带对了，是不是？哦，他输钱就是我坑他了？他输的钱，是以我史奇澜的名字从赌场借的，海枯石烂都得我姓史的还。"

晓鸥觉得他的胡搅蛮缠里有一丁点道理。

"他赢了好啊！我头一个高兴！记得他上手赢的那几把，我多高兴啊！给你发了那么多短信报喜！"

"别让他再玩了，我求求你！"

"他不玩我怎么还你钱？"

"这么还我钱，你还不如抢银行呢！至少银行的钱是大伙的，也不知道他们都是谁，坑了就坑了。这样看你抢你表弟的钱，我成什么人了？"

"抢钱给你，意味着什么？"

晓鸥看他憋着坏的笑眼：他的坏和多情是一回事。

"一个男人为一个女人去抢，意味什么你自个儿去想吧。"

意味着他喜欢她。一个强盗的爱情自白。堂吉诃德疯疯癫癫地征战,都是为心里模拟的淑媛。老史一边跟柜台里的人交涉拿筹码,一边蜷起右腿,半佝下身子,把右边裤腿撩起来挠一个蚊子叮的疙瘩。晓鸥简直不忍目睹这个动作中的史奇澜,赌徒加逃债者的沦落相,全在这姿态里。她伸出手拉了他一把,他刚落在纸上准备签名的笔画了个斜道道。

"不准签。"

"名字是我的,不让我签?"

晓鸥借着拉他的惯性把他拉到柜台右边。

"你听着史奇澜,我不要你还我钱了。假如你不信,我现在就给你立字据。"

"为什么?"

"废话。你在字据上要签名的,保证这辈子不再进赌场。你不进赌场,我就不要你还钱。"

"你要我还别的我没法还啊。那些贵重木头原材料加成品都已经抵给债主了。小小不知道,还让你去搬。"

情形比晓鸥看见的和计算的还糟。她本想得到老史几件作品,不管怎样那是灵魂和精神的老史。

"我不要你还。"晓鸥一字一字地说,"只要你不进赌场。"

"你凭什么不要我还?"

晓鸥回答不上来。不好意思回答。她是爱才还是爱人?爱他这个人因为他是人才?似乎都是,似乎都不是。晓鸥的妇人之仁不够普度众生,但愿够拉巴一个史奇澜。老史被拉起来了,所有输者也似乎得到一丝弥补:经过她梅晓鸥而输的输者。十年来,她对输者们渐渐滋生一丝亏欠,隐隐的。

柜台后面的掌柜用广东话大声问老史还拿不拿筹码了。老史大声回答当然拿。他要转身,晓鸥抱住他。这个带汗酸味的老史。这个眼球充血的老史。表弟输了赢了他的肾上腺素跟着拼命分泌,脉搏跳动之快等于一个在长跑的人,或说等于一个发三十八度烧的人。晓鸥把脸埋进发烧的人渣怀里。她只配为这种人渣发情。

老史感觉到晓鸥身体内部的变动,他也有了些变动。一只雕刻精品的手伸出来,摸了摸那细柔的脖子,脖子上面三十七岁的脸颊。他和她从来不承认彼此是怎么回事,也许承认不了,因为他们不知道彼此多年来到底是怎么了。他们的身体却承认是那么回事。按身体承认的办,一切就大白了。

恰好这一刻没人来兑换筹码。柜台在窗内,人在里面看不见两边。晓鸥愿意遵循身体的意愿，哪怕就这一回，只要能拉住这个人渣。用一种人性的低级活动阻碍另一种低级活动，就让她的身体去办吧。

史奇澜不受她身体的终极诱惑，轻轻地从她臂膀里解套。他说情话那样轻柔，说她的到来说不定让表弟时来运转，把已经输了的赢回来，你晓鸥没权力不让人家返本吧？

晓鸥感觉是一切就绪而被赤条条地晾在床上。老史在最关键时刻弃她而去，而她弃自己身体而去。每一个毛孔都在怒放，又突然被迫收缩，那种难以启齿的不适……原来情欲也会受到创伤。

在晓鸥安抚自己受伤的情欲时，史奇澜在借筹码的表格上签了名。表弟不知什么时候已经站在老史身边了。也许他看见了刚才那一对狗男女的苟且。说破大天也不可能让他懂得他们不是狗男女。他俩在不爱中的爱比很多人给予和收受的爱要多得多。

总之表弟下面再看晓鸥的眼神是不一样的，轻佻了一点，明戏了一点，接近无名分阿嫂了一点。好在她梅晓鸥习惯人们不拿她当正经人看。好在她乐意人们误会她是老史的艳情对象。

老史的胳膊搭在表弟肩上，回到赌厅。夜深了，正是赌的好时候。表弟坐在赌台上的样子像要跟荷倌相扑。荷倌是个瘦小黑黄的越南姑娘，略微凹陷的眼睛瞪着前方，简直是一个抗美女战士在伏击坦克。

表弟推出去五十万筹码，押在"闲"上。他的两个赌伴一个押"闲"，一个押"庄"。从电子显示屏上看，三个蓝色的"闲"连了起来。晓鸥不禁冷笑，如果它就是这对远房表兄弟看出的路数，天下人不必种田做工坐办公室做生意了，钱在这张台上就能生蛋。表弟的脸定格在一个傻笑上。他手上的牌一张是三，一张是二。庄家的牌也不出色，一张J，一张四。表弟向荷倌做了个潇洒的要牌手势。晓鸥发现这手势表弟做得相当洋气，可见他不是赌台上的雏儿。

现在是决定他押的五十万去留或下崽的时刻了。表弟粗相的双手开始抠纸牌的一个角，然后把纸牌掉过头，再抠另一个角。伏击中的越南女游击队员一动不动，宣传画似的。表弟五短的手指捻开牌的竖边，一小条空白渐渐扩展、拓宽……五短手指头在接生纸牌下不出的崽子，难产的崽子，这崽子很可能死于母腹，母子双亡……崽子和母体终于相脱离：一张红桃二。荷倌翻出的是个黑桃九。

表弟赢了。

晓鸥似乎真是他的运星。老史抱了她一下。

荷倌把表弟赢得的五十万数给他。表弟欣喜若狂，手忙脚乱，把赢来的和推出去的老本一块往回刨，筹码响得哗啦啦啦，听上去赢的远比现实多，多得多，差点让表弟忘了付出的本钱，以为自己赢了一百万。

接下去的一局表弟竟然真赢了一百万。老史对不知怎样下第三注的表弟热烈鼓励，看来是"长闲"的路，一定能闯过三关。这意味着赢来的一百五十万全部要推上去。表弟可怜巴巴地朝他表兄笑着，似乎被他表兄推着去跳崖。晓鸥插话说何必闯三关，慢慢玩不挺好？老史却说赢的时候不敢押是大毛病，所以你生意也做不大，炒炒房而已。表兄开始激将表弟。表弟太阳穴上凸出一根紫色的筋，并扭动着；脑子在霹雳闪电。表弟向荷倌做了个飞牌手势。老史使劲顿了一下足，走开了，围着另外两张台子打了个转，再回到原地。两个赌伴却都下了注，都押的是"闲"。"闲"一个牵一个，连成一串蓝色珠子。赌台的诡异就诡异在此：它偶尔让你在绝对的不可捉摸中相对地捉摸到一点什么。

闲家和庄家都要足了牌。无论输赢都没表弟的份儿了。最后一翻，又是闲家赢了。假如刚才表弟听了表兄的，押上一百五十万，现在可了得，台面上堆着的是属于他的三百万了。

老史跌足痛骂：没出息，小鼻子小眼儿，一辈子成不了大事儿，干脆还回去做你的牛仔裤、旅游鞋吧！

晓鸥于是知道表弟是做牛仔裤旅游鞋起家的乡镇老板。表弟给表兄越骂越舒服，那都是他想骂却舍不得骂自己的话。既然错过了大好机会，那就回房睡觉。老史悻悻地带头往客房电梯走去。

第二天早晨，睡了六小时整觉的晓鸥被客房的电话铃吵醒。老史告诉她，表弟昨夜回房间后怎么想怎么后悔，到手边的一百五十万给他放跑了，因此他在凌晨一点钟叫醒老史，两人一块回到赌厅。上来三把连着赢，接下去是势如破竹地输。输到早晨七点，整整输了八百万。

"成功了！伙计！"老史说。

晓鸥不做声。

"是不是在暗自窃喜啊？"老史又说，"你这趟越南没白来，把债终于追回来了。对不对？"

"你是个混蛋！我从来没见过比你更大的混蛋！"

"我也没见过。"

"那不才八百万吗？你还差我五百万呢。要还全还来。"

"是要还啊！表弟还在台子边上努力玩呢！"

"你还让他玩？！你想让他玩破产？！"

"不玩怎么还你剩下的五百万？"

十分钟的洗漱时间里，晓鸥心里就两个字："混蛋"。她赶到赌厅，看见表弟表兄的脸膛都油光光的，头发都给头油腻成一绺绺的，她记忆中所有输傻了的赌徒都是这副形容，几乎个个一模一样。此刻是不能靠近表弟和老史的，因为一旦他们变成这副形容就会臭不可闻。体臭、口臭、脑油，失常的消化功能和内分泌以及体液循环，同时蒸发起来，让你闻到的气味是坏死的生命。她停在离他们五六米的地方，把心里一直念叨的"混蛋"吐了出来。

"史奇澜，你这个混蛋！"

老史回过头，脸上一点错愕也没有。有人这样对他公开宣称，他毫不意外。他唯一的反应是厌烦地摆摆下巴，指指他身边的表弟，意思是不要影响表弟办国家大事、生死大事的专心。

表弟看见晓鸥，就像没看见一样。他的神志已经在融化，理性早已随尿液出去了。眼前的表弟是昨夜那个表弟的残骸，做着机械动作的残骸：押注，接牌，翻牌。或许这就对了，形在神不在地赌，闭着眼睛赌，更宿命，更体现赌博的本质。

这一局表弟赢了二十万。每一次的赢都支撑他长长的一段输。赢局是桥墩、输局是桥身，漫长的桥梁勉强延伸，不过桥墩越来越细，所需支撑的桥身却越来越长，越来越重，一个赢局要支撑十个二十个输局，比例失衡了，一段段桥体塌方了……表弟在赢了二十万的支撑下，下了一大注，五十万，输了。再押，再输。输了七八局，他不敢押大了，押了五万，却赢了。五万的赢局又支撑他押十万，十万全军覆没……

现在晓鸥站在表弟对面。表弟已经失去了他的特点、个性，被提纯成一个纯粹的赌徒，在他们赌徒的最高境界中，和活着的史奇澜、卢晋桐、段凯文，也和死了的梅大榕灵魂相会。任何人类的活动都可以被升华到这种空灵境界，活动本身已不重要，重要的是这活动抹杀一切杂念和功利心的独立存在。战场上杀红了眼的士兵，教堂里忘我的教民，进入瑜伽终极状态的人，都是这种升华的结果。表弟现在被提纯到一个信念，就是"搏"。

梅家阿祖穿越一百多年，和表弟、史奇澜正在灵魂相会。他们单纯得像单细胞动物一样，做着最单调的动作，那动作是他们的本能，是维系他们生存所需的最单纯的本能。这里不需要智商，智商太凡俗了。

梅吴娘贡献的那一支血脉流淌在梅晓鸥身上，哪怕是支流的支流的支流，让她心里涌起一股黑暗的激情：把表弟以及他身边的表兄击倒，用椅子或用墙边那个庸俗不堪的伪仿文艺复兴雕塑。精神病和中邪者以及进入瑜伽魔境出不来的人有这一击就能到正常人类族群中重新入籍。

离还清晓鸥的债务还差五百多万。这是晓鸥到越南的第二天下午。表弟和表兄在创造不吃不睡的人体生理奇迹。表弟此刻在跟另一个越南女游击队员白刃战。这位女子四十多岁，牙齿微龅，合不拢唇，给人错觉她一直在狞笑。表弟这一手下注五万，输了。再下三万，又输了。输了十几手，他输得不耐烦了，一把推上去二十万，庄家是七点，他是六点。七点都赢了他，赢得那么险。

表弟早就忘了他对晓鸥发出的鱼翅宴邀请。再输下去他连鱼翅都买不起单了。

终于赢了一把，五万。表弟屁股在椅子上扭动一下，肩膀往上耸了耸。这就是他在活动身体、舒通筋络了。往下，他又赢了十万。不仅表弟活络了，连表兄也跟着活络。不约而同地，两人抬起头，看了一眼晓鸥。表弟此刻认出她来了，但剩下的神志还不够他表示什么，问安就免了。又该押注了，表弟把十五万都推上去；刨回三十万来。连赢三手，表弟看了一眼厅里的大钟：六点。他肯定不知道这是傍晚六点还是清晨六点。外面四季，赌厅只有一季，外面分昼夜，赌厅就是一个时辰。厅里方一时，世上已千年。表弟的脸上出现了表情，一种跟赌博文不对题的表情：他想起了自己的家乡和老婆、孩子，想起了他们现在何方。

晓鸥看着慢慢站起的表弟，看着他脸上文不对题的怀念。表兄替他收拾了剩在台面上的筹码，上去扶了一把表弟。表兄弟俩的背影在晓鸥眼中成了一对残兵，走出死绝了人的战地。

算都不用算，她知道表弟输得只剩最后那四十来万筹码了。史奇澜在这个赌场的一千万贷款额度基本用完。再追老史还债的就不是她梅晓鸥了，而是这家埋伏着无数抗美女游击战士的赌场。老烂仔的计谋得逞了，成功地转嫁了债务。表弟将在十天之内把表兄转借他的筹码钱（九百五十万左右）汇到晓鸥指定的账户。老烂仔用他极烂的方式向晓鸥捧出一颗赤诚的爱心，抢了表弟的钱来弥补他对她的亏欠。

表弟非常守信用，正如段凯文毫无信用可言。晓鸥在第七天收到老季钱庄的电话，从国内汇来的几笔款数陆续到账，总数为九百五十三万。老史欠晓鸥一千三百万，余下的零头算晓鸥给他的优惠。老史在短信中说："欠你这么多年，我心里像烂了个洞，时间越长洞越大，现在总算填平了。你可以忘掉我了。"信息结尾，一个哀伤的表情符号。

他希望晓鸥就把他当个哀伤符号记住。他已超越了救药，超越了希望和失望，超越了浪子回头的所有回头点。所以也超越了哀伤，晓鸥不该为他哀伤。

自从三亚那场活报剧，晓鸥对段凯文的债务认真起来。超过契约规定的还款期限十天之后，她每日发一条同样短信："段凯文先生，本人尚未收到您拖欠的 39，000，000 港币的还款，根据你我双方海口签订的契约所限定的还款日期，您已逾期××天。致礼！梅晓鸥。"除了款数和天数需要每每变更，其他词句都不变。款数根据本金每天积累的利息变更。一条条信息都是一个个投入水里的泥团，沉底即化，水面无痕无迹。不过它们是晓鸥的律师将会在法庭上使用的证据。

上法庭之前，晓鸥的律师找了段凯文几次。段总去新疆出差了，这是律师得到的回答。飞到新疆只需三四个小时，飞过去跟段总一块出差，晓鸥这样指示律师。律师飞到乌鲁木齐，段总的楼盘上根本没有段总。准确地说，段总的楼盘什么也没有，有的就是几个深深的大洞和一间售楼处。大洞是地基，支出一些钢筋，锈很厚了。售楼处的一对男女见律师过来就从门里奔出，比大巴莎里卖杏干卖葡萄干的维吾尔族生意人还要急于兜生意。售楼处的中心就是一块沙盘，矗立着二十来幢模型公寓。已经被卖出一大半了，朝向好的都售出了，他们告诉律师，他们恨不得把连胚芽还没有的楼当成大白杏成堆批发，向律师推介团购，团购价如何优惠。律师发现他们连段总是谁都不知道，更不要说段的去向。

律师的新疆之旅证明段凯文资金已经断了链。晓鸥问律师下一步该怎么办。马上起诉，律师把考虑成熟的方案告诉她。

起诉开始积极地准备起来。晓鸥在和律师以及他的两个女助手在北京开第二次会议的时候，一条发自段凯文的短信到了。

"对不起，刚离开乌鲁木齐就听说你的律师到了。在新疆得了一场重病，目前在治疗。能否再宽限一周，等我病好了一定还款。"

梅晓鸥的客户里，段凯文大概是第五十个使用同样耍赖招数的了。忙、开会、出差、生病，个别还病到危急，人事不省，再大的债务总不能逼人事不省的人还。趁段凯文还没病到人事不省，晓鸥回复信息说："段总安心养病。你我之间不好解决的问题，留给法庭去解决吧。"

半个小时之后，段回复说："愿意奉陪。"

晓鸥看着来自段的这四个字。什么耽搁了它们那么久，要半小时才飞到她手机里？她想不明白，回到起诉准备会议中去。五分钟之后，段的另一条信息来了。晓鸥的不理睬催来了这条信息。

"很遗憾，那就法庭见吧。不过别忘了，你自己也不干净，在法律面前你以为你就能挺直腰杆子？季老板我们已经做了调查。"段的短信说。

她突然明白，第三条信息是先写的，写完之后段感到风度差了些，上来就是调查什么的欠缺涵养。于是把它保存到草稿中，重写了四个字"愿意奉陪"。是晓鸥的沉默让他心虚，着急下把存入草稿的那条信息发了出来。晓鸥仍是以沉默回复。让他更加心虚，进一步揭她的短。他抓住的短处同样令他自己直不起腰杆。假如段非要捅她梅晓鸥这根软肋，他将陪她受伤。因为他曾往老季的钱庄汇过好几笔款。既然知道那是黑钱庄，段作为一个中国内地的成功人士，知法犯法，只能证明他是她梅晓鸥的同犯。

"我们已经做了调查"这行字却令晓鸥玩味。段当然跟她一样忙，像她调查他一样调查她，像她跟踪他一样……等等，难道他也会跟踪她？她心里豁然一亮：段派人跟踪了律师，所以段知道律师是哪一天、哪一时到达的乌鲁木齐，在称病短信中，段说晓鸥的律师刚到他正好离开。那么律师在北京所有的活动都在段的视野中。

梅晓鸥的所有活动也都在那双戴眼镜的、极具洞察力的视野中。

撕去情面，晓鸥和段凯文都丑得惊人。晓鸥不能顾及美、丑，她做的这行风险太大，她要送儿子上最好的大学，她要给母亲养老，也要给自己养老。她是个孤寡的女人，孤寡女子和孤独雌兽一样，难免龇牙咧嘴，不然她的崽子和她怎样闯过不可预期的一道道凶险？当然，这都是她在自我正义化。她明白凶手都会在杀人的一刻自我正义化。就是一切都算托词，她也会把债追到底。不是为儿子、老母和她自己追，就为钱而追；追到底就赢了。男人赌博，就是图个赢。她梅晓鸥也图赢。她的输包含男人对她的欺负，包含家庭完满的人们对她孤儿寡母的凌驾或怜悯。她追定了段凯文。

从三亚闹剧之后，段就在跟踪她。也许段的人监视到晓鸥怎样把儿子送到她前情人的家里。也许段比晓鸥更了解卢晋桐的病况。段一定也知道她去了越南，知道她跟史奇澜多年的灰色关系中终于派生出一个产品，那个诱陷表弟的圈套。段在搞清这个曲折而下作的转债圈套之后，对梅晓鸥其人的最后一点幻想终于破灭。

晓鸥的持续不理睬催出段凯文又一条短信。

"知道上法庭对你没好处了吧？"

晓鸥正在考虑如何回复，阿专发了一条短信过来，说老猫刚才给他打了电话，老猫手下的马仔看见一个很像段总的人，进了金龙娱乐场的赌厅。晓鸥回信让阿专马上去找，弄清他是段凯文还是仅仅像段凯文。

律师和助手们把宏凯实业公司在全国各地的开发项目和合作伙伴都列出来了，放在晓鸥面前。晓鸥被阿专的新发现激发出一种恶毒快乐，观看悬念电视剧的心跳来了。突然她想到段凯文的几条信息她都没有回复，便投了条短信过去。

"我刚到北京，能否面谈？"

假如段在北京，八成是会同意面谈的。他最后一条短信警告她上法庭对她没好处，那么晓鸥请求面谈会被他解读为服软求饶。面谈请求发出了十分钟，回答说等病好了可考虑面谈。

"能否探病？"

晓鸥进一步地诱他相信，她又服软了一点，居然操心他的健康了。段回复说自己的病有传染性，医生不让见客。

"能否送些补品？"

他一定认为自己的威胁警告让梅晓鸥这贱骨头在几十分钟里来了个一百八十度的大转变。回复惊人地快，谢谢了，补品他不缺。就缺一样，梅小姐的宽限。他的病跟精神压力密切相关。

"考虑宽限。"晓鸥的短信说。

他一定认为威胁警告全面收效，梅晓鸥彻底露出了贱骨头本色。

晓鸥心不在焉地听着律师分析法官可能的判决：基于段现金流已断，几处项目搁置，欠了包工队农民工半年工资，很可能会由法庭拍卖段已购置的地皮。只是目前不知道段在公司董事会拥有多少地皮，也弄不清段除了晓鸥之外还有多少等着拿他的地皮抵债的债主。肯定有更大的债主紧叮在段凯文的屁股上……

晓鸥这一会几乎是快活的：老猫的马仔看见的人要真是段凯文就绝妙了。现在她似乎不希望段马上还债，千万别现在还债，最好让他把事做得更糟，把他品格中的渣子摊露得更充分，他品格中到底沉睡着怎样一个人渣，对晓鸥来说仍然是悬念。从认识他到现在的两年多时间里，老的悬念不断被破解，新的悬念又不断产生。

阿专的短信在她焦渴的等待中到来：那个像段总的人就是段总。

晓鸥心里一阵恶毒的狂喜。段的表现糟到这个程度让她喜出望外，几乎喝彩。她马上打发掉律师和助手们，迅速给阿专回了信，问他是否惊动了段总。没敢惊动。好样的，聪明！段总在玩吗？在玩，是老猫一个叠码仔朋友借给他的钱。晓鸥简直快活疯了。十二岁的晓鸥因为盲肠炎手术住院,麻醉醒来后，护士长告诉她：她父母都因为工作忙，会晚一点来看她。手术观察室里躺着另一个女孩，祖孙几代在她床边递水擦汗。晓鸥等到天黑，父母也没有来。她开始希望他们来得更晚些，或者干脆不来。她不吃不喝，对喂她流食的护士长说等父母来了她才吃喝。她的饥饿干渴让她称心，父母每迟到的一分一秒都使这份称心上涨：看你们还有多少借口？看你们还能把你们的女儿辜负和伤害到什么程度？看你们能不能做到极致而成为最不像样的父母！十二岁时的称心现在让三十七岁的晓鸥不能自已，在酒店套房的客厅里坐立不安。假如段凯文此刻还她钱，她会非常失落。她会失去行动方向和目的。

就像在一个精彩的大悬念解密过程中，影片却突然结束，她会非常不爽……

她和老猫也连了线。老猫告诉她，段凯文从他朋友的厅里借了五百万，并且玩的又是"拖三"。眼下段赢了不少，大概台面上有九百万。台面下赢的就是两千七百万左右。

段要晓鸥再宽限他一周，就是打算用这样得来的钱还债。

她担心段凯文此刻收手。已经差不多够还她的债了，他完全可以收手。假如他收了，晓鸥看悬念片的兴奋和快感、紧张和惊悚就会被釜底抽薪。那她就没机会看段凯文堕落到底，把人渣做到极致了。假如他马上就还晓鸥的钱，连本带利，就可以找回他一向的傲慢庄严。喏，拿去，不就这点钱吗？！那笔还款会像他甩给晓鸥的一个嘴巴子，甩给她刚进入的法律程序，以及她先前的跟踪、监视、海口签约一个个大嘴巴子。那她就再也没机会看他这个强势者在她的弱势面前彻底缴出强势。

她打电话给订票热线，买了下午一点飞香港的机票。从香港搭轮渡到妈阁港，正好是傍晚七点。妈阁一片华灯，和风习习，多好的夜晚用来享受妈阁，一个大悬念等在前面供她娱乐。

除了乘飞机的三小时，她一直和老猫、阿专保持联系。阿专向晓鸥报告段凯文每一局输赢，晓鸥在轮渡上的时候，段赢到了一千一百万，加台面下的三千三百万，够偿还欠晓鸥和其他赌厅大部分债务了。现在他每分钟都可以收手。应该收手。运气是不能抻的……

阿专在码头上接到晓鸥时，她一句话也不让他说，只催他快开车。路上阿专若干次开口，描述这种千载难逢的大赢，感叹段今天"拖三"拖的不是他女老板，否则晓鸥现在已经给他拖垮了。但晓鸥请阿专闭嘴，让她歇歇。看悬念片最不能让人打搅。她专注于内向的娱乐，看看段凯文往下会抖搂出什么意外包袱来。她心里只有一个念头，就是"段总你可千万别收手"！

一进赌厅就看见几十个人围着一张台子。其中一半多的人都在边观局边发手机短信。叠码仔雇用的喽啰们把赌局的每个回合用短信发送出去，而在台面下以三倍代价和段鏖战的叠码仔们此刻在家里收看战况。台面下有五个叠码仔在分吃段这份"货"，老猫告诉晓鸥。

错了，不止几十个人，至少有一百来人围着段那张台子。一摊糖稀招来一片黑麻麻的蚂蚁，不久被粘成微微蠕动的一片黑色。这联想激得晓鸥两臂汗毛直竖起来。人群中有十几个人跟随段凯文押注，沾他鸿运的光，帮他抻着他的运气,又过了几分钟,晓鸥发现五个叠码仔大佬都亲自来了,站在最靠里的圈,脸色铁青。台子上假如不是赌局,而是一个临终病人,他们的脸色和神情会更适用一些。

晓鸥找了张稍远的椅子坐下来,人群哄的一声:段凯文一把推上去一百五十万。一个被段拖到台面下角逐的叠码仔受不了了,从人群里挤出来。段这一手若赢,眨眼间就富有了五千万。五个叠加在一起,便会穷三千七百五十万。所以这位叠码仔受不了亲眼目睹的刺激。

又是一声"哄"!段凯文翻出一张九,又翻出一张九,注押在"庄"上。荷倌翻出一个八,第二张却是个十。一百来颗心脏都经历了一趟过山车,"哄!"是这样不由自主出来的。和局了。段表示要歇口气。一百多个人陪着他歇气,都累坏了。

半小时过去,另一个跟段同台玩的老头挂着龙头拐杖站起来,前后左右四个跟包摆着搀扶的架势,并不触碰老头,向厅外走去。第五个人从赌台下捡起一双精良皮鞋,一手一只地跟上四个护驾的和他们当中的老头。晓鸥发现老头把袜子当鞋踏着出去了。不知何方神仙的老头输得香港脚都犯了。

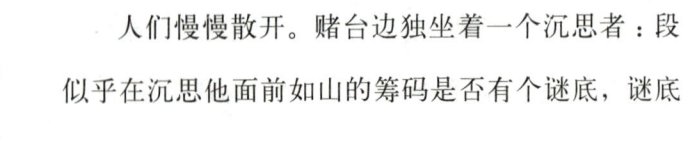

人们慢慢散开。赌台边独坐着一个沉思者:段似乎在沉思他面前如山的筹码是否有个谜底,谜底

是什么。

一个叠码仔问他还玩不玩。他又说："歇口气。"

他站起来，朝两个保安打个手势，意思是要他们看护台子上他的那堆金山。然后走进洗手间。刚才问他话的叠码仔无意中碰到段的椅子，被蜇了一样抽手。椅背湿透了，椅座也湿透了。冷汗交汇着热汗。

晓鸥都听见了，看见了。乘兴而来，现在兴味阑珊。大悬念并没有娱乐她，只多了一份无聊。

段凯文却又回来了。头发上沾着水，脸膛也湿漉漉的。他直着眼走回赌台，没看见坐在边远处的晓鸥。继续抻你的运气吧，段总，但愿你命不该亡，能把这份运气抻得够还清所有赌债。还清欠下的农民工工钱，接上断裂的资金链，让余家英和一双儿女永远待在幸福城堡的高墙里。

新的一局开始了。段先前押了一百五十万，野心收缩不回去了。四散歇息的观众又聚上来。几个叠码仔用眼神激烈交谈。

这老小子疯了吧？今天碰上什么狗屎运了？不跟他"拖"就好了！还不是听说他是"常输将军"？！……

五个叠码仔一声不吭地议论纷纷。他们的年龄都在三十岁左右，刚进这行不久。假如他们在老妈阁混事超过五年,晓鸥一定会认识他们,因此他们还没有建立完整的信息网络。而晓鸥在赌厅坐着可不是闲坐,网络四通八达地运行,把段凯文在妈阁欠的所有赌债都清查出来:九千万。段今天使命重大,必须大赢,一赢扳回所有的输,把他在妈阁各赌场的记录翻过来。他刚赢了一半多,还有四千万需要他一局局地搏。

他赢赢输输地入了夜,离开赌厅时是个美丽的黎明,进来是多少身价的段凯文,出去的还是那个段凯文。累死累活一天一夜,输去了所有赢来的,输最终还是抵消了赢。

晓鸥是在他的好运终于被掐断时离开的,那是子夜。她始终狠不下心来走到段凯文面前:"哇,先生,您长得跟我一个姓段的客户一模一样哎!"晓鸥以为自己对段凯文已经储备了足够的憎恨,足够她对他如此残忍,可最后她一声不响地走了,把阿专也招走了。段凯文在黎明前的业绩是别人转告她的。梅晓鸥还缺耳目?耳目透露说段凯文是有种的,在输完最后一个筹码之后,站了起来。能在这一刻站起来的人不多。他站起来,泛泛地道了谢,掉头向门口走去。这一回他成功了,一个子也没输,除了输掉他百忙中的一天一夜。他欠所有人的债包括几家大银行的贷款也就一动未动地堆积在

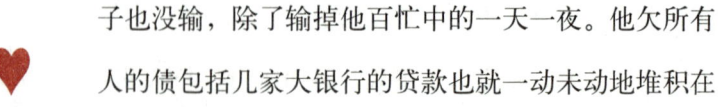

那里。所谓的楼盘依然是几个大洞,或者大荒地一片。

晓鸥在上午十点给段凯文发了条短信:"身体好些没有?"

没有回复。

二十分钟后,晓鸥揭下面膜,又发出一条信息:"假如近期您能康复出院,我就在北京等着您的召见。"

回复快得惊人:"捉什么迷藏?你昨晚不就在我旁边吗?"

晓鸥深信昨晚他没看见她。原来有人一直跟着她。段凯文的人。被捉个正着,她没什么说的了。段从来没让她主动过。她一面换衣服一面思考回复的内容和措词。儿子却来了条短信。

"妈妈,我能再多待一周吗?"

一个被她拉扯到十三岁的儿子,吃了卢晋桐什么迷魂药,居然舍不下他了。负责的人花费十三年的辛苦喂养教育孩子,不负责的把积累了十三年的迁就、宠爱、纵容在十几天里都拿出来给孩子,这就是孩子为什么对他不舍的原因。晓鸥不仅妒忌而且尴尬,在儿子面前自己落选了,哪怕只是落选一周。她愤愤地回复了两个字:"不行。"

"为什么?"

"学校请不了那么多天的假。"

"爸爸已经跟学校打了电话了,学校同意。"

居然越过她给学校打电话。她耗费了十三年的心血换得儿子一声"妈妈"的呼唤,卢晋桐白白地就成了爸爸!他在洛杉矶她家的小院第二次剁下自己手指的时候,儿子你在哪儿?你被关在儿童房,嗓子都哭出血来。可儿子现在认贼作父!

"你必须按时回来。"

那边静默了一阵。儿子胆子小,母亲动一点脾气他就不知所措。十三年中他没有父亲,强硬时的晓鸥就是父亲,而温婉时的晓鸥便是母亲。儿子明白想得到做母亲的温婉晓鸥,必须先服从做父亲的强硬晓鸥。

"那好吧。"儿子服从了。

看着儿子这三个字的回复,晓鸥的心顿时软下来。儿子长长的手指如何委屈而缓慢地打出这三个字,她完全能想象。她马上发了条信息过去,说儿子可以在北京再多待三天。儿子没有回答她,连个"谢"字都没有。卢晋桐跟儿子玩象棋,玩迷你高尔夫,用九个手指教他如何端相机取景,一个差劲的父亲,但对于儿子来说他时时在场;晓鸥呕心沥血地做母亲,但时时缺席。对于孩童,长辈的陪伴是最最豪华昂贵的,把巨宅华厦、名牌轿车都比得太便宜了。

♥ 晓鸥独自吃早餐时,眼睛呆呆地看着小桌对面儿子的位置。现在她需要儿子的陪伴比儿子需要她要强烈得多。换位体验使她敏感到儿子十三年来如何宽恕了她的不在场。难道她不是个赌徒？假如她输，输掉的将是儿子健全的心理成长，输掉一个感情健全的儿子。她为段凯文、史奇澜之流付出的代价太大了。

她给儿子发了条短信，问他是否看到她之前发的信息。看到了。在北京多待三天，高兴了吧？还行。那么能告诉妈妈为什么想多待一周，假如妈妈被说服，也许会同意儿子多待一周的。

刚按下"发出"键，她就后悔莫及。多么矫情的母亲，儿子会这样看她。恩准就恩准了，却让受恩准的一方不得安宁，把获准的心情毁了；他宁愿不获准。

"因为爸爸扩散了。"儿子的短信回答，似乎忽略了或原谅了她的矫情。

又过了几分钟，儿子的短信问："什么叫扩散？"

"扩散就是病很重。"晓鸥答道。

"就是快死了对吗？"儿子终于把砂锅打破问到了底。

这太为难他的母亲了。向一个连死的概念都不太清楚的孩子承认将发生在他父亲身上的"死"，是安全的还是危险的？

"你听谁说你爸扩散了？"晓鸥的短信问。

"爸爸跟我说的。"

卢晋桐对儿子也演出了一场类似断指的苦肉计。他在用或许会或许不会发生的死亡企图留住儿子。正在发生的癌症扩散和即将发生的死亡还会对儿子显出一种悲剧美，因为父亲的陪伴时光是倒计时的，每一天都会戛然而止，所以他活过的每一天都是一场虚惊，每一天也都是一份额外恩赐，父亲多一天的幸存就是儿子一天的赚得，更别说这是以象棋和迷你高尔夫的陪伴，以教学摄影的陪伴，充满父与子的共同语言，延续一天就增长几倍或几十倍的难舍难分。迫在眉睫的死亡把儿子推向一张无形的赌台：他在和父亲的病赌，新的一天到来，就是翻开的一张新牌，看看赢得了父亲的是谁，是他这个儿子，还是死神。

儿子毕竟是卢晋桐的儿子。正如晓鸥是梅大榕的灰孙女。

晓鸥养育了儿子，却从来没有好好地陪伴过儿子。上百个史奇澜、段凯文让她不暇自顾，也把她推到赌台前：一个新客户是她的福星还是克星，将以诚信还是以失信回报她，向她翻出他们人品的底牌时，是增分的点数还是减分的点数。难道她不为每一张人品底牌的最后一翻而兴奋吗？难道她的兴奋程度逊色于那一个个人渣赌徒吗？

傍晚时分，段凯文回到赌厅。这次没人再敢跟他玩"拖"了。老小子昨天那二十个小时把为他贷款的叠码仔折磨坏了。段拿着两百万筹码在摆有六张台子的贵宾厅游走了半个多小时，天完全黑尽时，挑了张背朝门的位置坐下来。

这都是阿专向晓鸥报告的。阿专的报告惊人地及时，在手机上书写神速，假如他不迷恋赌场的环境和气氛，完全能做个优秀速记员。

段头一手押了五万，小试手气。五万输了，他押了三万，三万又输了。他停下来，付钱让荷倌飞牌。此刻来了两个福建口音的男人，坐在了段的左边。两人上来就赢了四十万。段突然推出五十万，两分钟不到，赢了。接下去他又歇了手，看两个福建男人时输时赢，突然又押了一大注，一百万，再一次得手，把一堆筹码往回扒的时候，段的眼镜从鼻梁滑到鼻尖，多少汗做了润滑剂。

段在晚上九点多离开赌厅，成绩不坏，赢了三百多万。

早上十点，段凯文从早餐桌直奔赌台。他的大势到了，一把接一把地赢，中午时分，赌厅陆续出现其他赌客时，段赢到了一千九百万。他再次离开赌厅，回到客房去了。下午段在健身房跑步、练器械，花去一个半小时，天将黑回到赌厅。开始是小输小赢，渐渐地变成大输小赢。一次他连赢三局，每局一百万，到第四局他推上去一百五十万，却一口气地输下来。这是他到此刻为止看到的运势起伏线：赢不过三，输不过四。一个多小时，八百万输尽。

再下注五十万，赢了。二十万，赢了，一百五十万，输了。二十二小时，被段凯文战下去三个荷倌。最后一把，段押下十五万，那是他不断借贷的筹码最后的残余。十五万被押在"对子"上，他靠回椅背，两手抱在胸前，自己要看自己怎么输个精光似的。结果是他赢了。他无奈地笑笑。晓鸥对他这一笑的诠释是，怎么都是个死，非不让他好好地死，还吊着一口气不咽。他决然地站起来，为他贷款的叠码仔把他剩在台子上的筹码林林总总收拾起来，在他身后"段总，段总"地追随上去。他此刻还把段总当阔主子追，十天后就明白他排在了段凯文债主的大队最后，进入梅晓鸥正经历的追与逃的游戏。

段凯文新欠下的赌债为三千三百万。加上老债九千万，段一跃成为妈阁过亿的负债人。

段在离开妈阁之前，发信息约晓鸥面谈。一见面他便拿出准备好的地契。海口那块地皮的地契。这是你梅小姐的保障，对他段凯文的制约，一旦他不能如期还债，地皮永远在那里，年年升值。

地契堵了你梅晓鸥的嘴。你那些刻薄尖酸的俏皮话也给堵住了。什么：段总康复得好快呀！或者：段总带病坚持赌博哪？都用一张地契给堵了回去。这块地皮的价值比你梅晓鸥一生见过的钱的总和还多。

"押在你这里吧。省得你不放心。"段说。

晓鸥看他拉出旅行箱的拖拉杆。她还有什么话可说？山东好汉从来不让对手主动。他们面谈的西餐馆在购物区里，横流的物欲裹挟着人们欢天喜地地涌动。段凯文穿行其中，人们不由自主地为他让道。这个欠了老妈阁一亿多的男人，仍是霸主气势。

律师的e-mail是段凯文离开妈阁的第三天到达的："段凯文突然失踪！"他家里人和公司的人都不知道他的去向。从时间上判断，他离开妈阁后没有回北京，直接飞到某个藏身之地去了。在几个董事会成员主持下，财务科开始彻底清查账目，发现段用各种名义从公司挪用钱款已有三年。目前公司的亏欠远大于公司的总价值。所以段董事长剩给董事们的就只有债务。

余家英发现自己的家也被抵押出去，借了一笔款子。没人知道段凯文抵押贷款的用途是什么，只有梅晓鸥清清楚楚。从贷款的时间上判断，那笔钱被用去还他头一次欠晓鸥的赌债。那笔准时到账的还款打开了他之后向她借筹码的大门，通向现在的持续欠债，通向他的去向不明。余家英带着儿子搬进了一套两居室公寓。公寓是三个月之前段以余家英弟弟的名字买下的。那是他在为失踪之旅铺路。到底是个负责任的丈夫，让老婆孩子最终还是头上有瓦，脚下有地。

他给予晓鸥的厚待是天大的例外。已经是个输光的输者，在诀别家庭和社会之前把那么一大片土地留在身后，给她晓鸥。她想起他们最后一次面谈时他的每一句话，他说的不多，因此她都记住了。他问起她的儿子，还问起她的母亲。说了一句话现在她才听出底蕴："你从来没把你的故事讲完。不知哪天再听你接着讲。"

她回忆他拉着旅行箱穿过没头苍蝇一样忙乱而快乐的人群，那么目的明确，那么庄重稳健，果真是个走向不归途的身影。

新年前来了个赌客团。一共七个人,燕郊某乡的各种领导。听说那一带的田野荒芜好几年,最近出租给了北京某文化公司建影视基地,他们手中便有了赌资。晓鸥把他们托给阿专,向他们道了"玩痛快"的祝愿,搭飞机飞到海口。

这是热带雨季,属于段的荒地上出现许多水洼,两三个月之后的蚊蚋产房。雨季使这块荒地更荒了。晓鸥刚向荒地进发十几米,一个让雨衣捂得严严实实的身影出现在她左前方,问她跑进他们公司的地界要干什么。晓鸥这才发现左边搭起了一个塑料棚,这人来自棚内。晓鸥问他们公司是哪家公司。法院雇的保安公司。人已经来到她面前,挥着手里一根两尺长的粗木棒把她往外赶。雷把电线杆劈倒了,断电线都在草丛里,让电打死谁负责?原来是为了她好。这么凶恶地替他人着想的年轻保安一嘴四川口音。十几年前海南省渐渐成了个小中国,集聚了五湖四海的中国人。

"法院雇保安公司来保护这块地皮?"

"啊。"

"这块地皮跟法院有什么关系?"

"我咋晓得！快走吧，一会儿还要下暴雨！"

"原来这里插了块牌子，是卖地皮的广告……"

"你是买地的？"

"我买不起地，就是想找那广告上的电话。"

"不晓得什么广告牌牌儿。法院叫我们来的时候就没看见什么广告。"

"法院为什么叫你们来？"

晓鸥想，她换个方式提问，也许他能动点脑筋，给个沾点边的回答。

"十七八个人来过，对着它（他用拇指指身后的荒地）指手画脚，都说它上面有一块是他的。"

这个回答乍听还是不沾边，但晓鸥在几秒钟的思考之后便全明白了。保安小伙子答复完了，一片冰冷的巨大雨点就砸了下来。每个雨滴都给晓鸥的头顶冰冷的一击。西边的天开始滚雷，那种又低又闷的雷，更接近巨兽在猛扑之前喉管里冒出的低啸，呼噜噜噜，晓鸥的彻悟是跟着低啸的雷来的。

那张地契已没什么用处。段凯文到处借贷，他最大的债主已经动用法律把这块荒地保了权。十七八个债主将瓜分这块地皮。妈阁的叠码仔对这种情形不陌生：法院出面拍卖欠债人的不动产，以偿还巨额赌债。晓鸥找到了即将主持拍卖的法官。可惜太迟了，小姐，那十八位债主十个月前就登记过了。

十个月前，正是段凯文带全家到三亚度假的那个春节。他妻子和儿女都以为他去视察即将竣工的楼盘，他却来了海口让债主们收缴那块地皮。段家人不知道他已经拆了他们幸福城堡的每一面墙，去补那些已经超越了补救可能的断壁残垣。

况且这份地契也是复制的，复制得很精良，但仍不是真品，法官对惊愕的晓鸥指出。在使她惊愕这点上，段从来没有失败过。他打回的每个球都那么迅猛，而当你看见球的着落点在左边而向左边招架时，已经太晚了，球早已在右边你的防卫空虚处着地。他这一消失，落得完全彻底的主动，让你们所有人都被动地去自相残杀，争抢他抛在身后那点儿狗剩儿吧。

段凯文消失后的一年，谁都没有得到过半点他的消息。航空公司的记录查出了他当时隐去的踪迹：从妈阁飞到新加坡，在新加坡逗留了两天，又飞去了加拿大。也许他从加拿大偷越美国国境了。他没忘了把公司账户上最后的四百多万划拉干净。

四百多万，对他这样贫苦出身的人，足够喂饱自己，足够给他自己养老送终。只要他不再进赌场。

二〇一一年初春，距段凯文消失已有两年。所有欠债人也已经使晓鸥卖出了别墅，在儿子高中附近买了一套公寓。老猫一谈到晓鸥在行内走的下坡路就龇牙摇头：女人毕竟干不了这行。

卢晋桐却没有从人间消失。但他以即将离别人世的父亲的垂死情感，渐渐征服了儿子的心。儿子常常北上去探望他，所有长假短假都用来陪伴他。反过来倒是儿子常常对母亲心虚，对她的爱中一多半是讨好。哪怕只是跟父亲在电话上长谈一通，儿子也会跟母亲低眉顺眼，没话找话说。母亲对此的不适掩藏不住，面孔便越发垮塌，口头上托词是太累了。儿子一听反而觉得找到了讨好的机会，磨蹭到母亲身边，不着要点地替母亲推拿。母亲只能让自己愉悦起来，掩饰心里更复杂的伤感。在儿子眼里，她绝不能做个不近情理的女人，跟他随时会永诀的父亲争宠。做梅晓鸥和卢晋桐的儿子有多难，晓鸥很清楚,在母腹内就很难了。他还是三个月的胎儿时就听到刀刃砍在指骨上的钝响,听到母亲被这声钝响惊吓出的疯人的喊叫,感受到母体在受到巨大刺激时险些将他当异物挤压出温暖安全的子宫……三个月的生命就听不到、没感觉吗?

做卢晋桐和梅晓鸥的儿子是不可能情感健全的。晓鸥多年来操碎心也是白搭,儿子从孕育到分娩,一直到他十五岁,基因和环境没一样健全,一切都保障了他情感的异常成长。该幼稚的地方,他是异常的老成;该复杂的时候,他却一片浑然天真。他的心眼多在了一个孩子不该多的地方,而对外部世界他又单纯到无能的地步。十三岁前,他从没问过有关父亲的任何事,十三岁后,他更不问了,他自认为他对父亲的了解远比母亲深得多。有次晓鸥问他,卢晋桐还赌博吗?儿子深被得罪地看了母亲一眼。她又问他是否知道为什么他父亲少一根手指,一根很有用场的手指。儿子悲愤地低声回答父亲早就告诉他了。

只要他忏悔了,犯的罪过就被儿子赦免;只要他将死,儿子可以忽略不计他怎样荒唐地活过。连他对儿子不管不问的十三年都被赦免,忽略不计。因此只要他垂而不死,儿子和父亲就会亲密来往,晓鸥知道父子俩暗中的来往更要密切得多。

她只能怨怪自己，把所有时间奉献给了赌徒们，使儿子对她日渐背离。晓鸥丝毫不觉屈得慌。从祖国大陆来的赌客们越来越多，让晓鸥忙于迎来送往、借钱追账；猛一抬头，看到的海面又窄了好些，在她繁忙时，陆地又肿胀了一大块。不过一百年时间妈阁地区被填出两个半的妈阁地区来。多少鱼和海鸟灭绝了或远迁了，填出的陆地上矗立起一幢比一幢高的酒店、赌场，用来容纳上万、上百万的赌客。但无论让多少鱼死绝也无法扩大人们脚下的土地，妈阁半岛上仍是人均十九平方米的方圆。填海的面积在和赌徒人口的增长竞赛，胜负对前者不太乐观。

二○一一年十月，在填海的陆地上，在海洋生命的尸骨上矗立起高耸庞大的"银河娱乐度假城"。人工的海滩代替了有生命的海，以及海里相克相生的万千种生命。潮汐是马达推动的，不再跟随地球心脏的节奏，而像临终关怀医院里被机器起搏的生命假相那样敷衍了事。

据说一个精壮汉子在这伪造沙滩上一闪，跃入伪造的海水。那是天刚亮的时候，假沙滩上还没有戏水的孩子们。老猫的耳目偶然到沙滩上帮一个赌客取他落下的夹克，一晃眼看见了这个汉子的侧影。耳目之所以为耳目，都是凭着过人的辨别能力。早上九点多，晓鸥接到老猫的电话。

"喂，起来了吗？"老猫对她有贼胆无贼心的腔调始终如一。

"没呢……"她送走上学的儿子，刚进入熟睡。

"告诉你个事，肯定让你马上跳起来。"

"那你别告诉我了。"

"好吧，不告诉你了。"

晓鸥翻了个身。老猫一般不会这么早起来。你要他起早，他会说："干吗？我又不卖鱼！"

"挂了啊？"老猫在她奇痒的好奇心周围骚动。

"快说什么事！"

"你不是叫我别说了吗？等你起来穿上衣服再告诉你。"

老猫的调情都是通过这类话进行的。话颇清素，调调特荤。

"快说啊！"

"你看，我和你老急不到一个地方，急不到一个时间。"他色迷迷地笑了。

晓鸥挂上手机，眼睛却盯着它小小的显示屏。她已经全醒了。手机铃响，小显示屏上亮起老猫的"猫"字。晓鸥等铃响到第四遍才接听。

301

"把我当谁了，不接电话？"老猫问。

"正穿衣服呢！"晓鸥用他的语言调戏他。

"哎哟！……"对方出来一声烂醉的声音。近四十岁的女人身体真裸到他面前，可能会让他醒酒。

"快说什么事，我穿完了。"

"穿完了还有什么事？直接回家。"

"老流氓，你还没完了！"

"老流氓是不错。就跟一个人没流氓过，对吗？"

"烦不烦啊你？"小四十了还让老猫惦记，不易。她也就只有老猫这种人惦记了。连史奇澜都不惦记她了。两年多一点音讯都没有。

"你一直惦记的那个人浮出水面了。"老猫说。

"谁？！"她的直觉已知道是谁了。

"姓段的。人间蒸发有两年多了吧？"

"他在哪里？"

"我小兄弟在大仓看见他了。还挺会尝鲜，刚开业他就来了。"

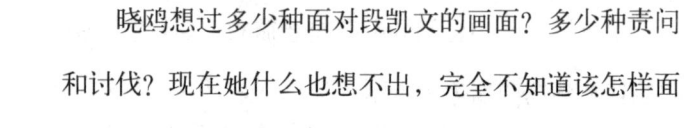

晓鸥想过多少种面对段凯文的画面？多少种责问和讨伐？现在她什么也想不出，完全不知道该怎样面

对他。

"现在他回房间去了。昨天一夜肯定玩得很爽,一早有力气游泳!"老猫说。

午饭时间老猫替晓鸥把消息完整化了。段凯文经一个朋友介绍,找到了一个刚刚在银河贵宾厅上班的叠码仔。一个十几年前偷渡到妈阁的广西仔。他从广西仔手里借了二十万筹码,玩了十几个钟头,赢了七八万。

一下午时间都不够晓鸥来想怎么办。一个人失信失到这程度,反而无懈可击。消失两年多还冒出来?别人都羞得活不了,他反而无事,照样在天黑之后来到赌厅。

老猫买通了中控室的头头,允许他和晓鸥从监视镜头中观察段凯文。段除了人添了层膘和肤色加深一点之外,毫无变化。两年大隐,又是一条好汉。他穿着一件深色运动夹克,浅色高尔夫裤,阿迪达斯运动鞋,好像他抛下所有债务所有人只是去度了两年的假,打了两年的网球或高尔夫。

荷倌开始发牌,段跟他的三个赌伴都押了庄。翻开两张牌,庄家赢。晓鸥从不大的监视仪屏幕上细看段凯文往回刨筹码的动作,比当年更具活力和贪婪。他不是贪婪赢来的钱,而是贪婪赢的本身,或者赌博本身。

老猫在屏幕前为段当啦啦队，同时当教练："押得对，押太小了，妈的，蛋给吓软了……好！好！……再出个三点、两点也行……好，三点！小子赢了！……"

晓鸥回头看一眼老猫，干这么多年了，兴头还这么大。老猫的头发几乎全白，虽然才四十五岁。他从不承认为拖债的赌徒着急生气，但他的头发承认。还有他的肠胃承认。老猫碰到顽劣的客户欠债躲债，他会出现一种滑稽的生理反应：不断打嗝，平均两秒钟打一个响嗝。现在他为段凯文的赢开始打嗝。

"走，到厅里去！"老猫拉晓鸥。

"等一会儿。"

"等什么呀？再等连这点钱都要不回来！有几十是几十。"

晓鸥还是盯着监视器上的段凯文，似乎怕对峙的时候对错了人。

"你不会是怕这家伙吧？"

晓鸥给了老猫一个"少小看人"的厉害脸色。但她似乎是怕那家伙。他的无法无天、敢作敢为让她常常感到理屈词穷。还让她错觉他如此行为是否会有某种凡人看不透的依据，某种使他有恃无恐的根底。没这根底他到哪里养得心宽体胖，一脸润泽？没这根底他敢再回老妈阁来？那摸不透的根底让他大大方方回到赌台边，继续不认输。从抽象意义上看，不认输没什么不正确，不认输应该算男人的美德，或许这就是段凯文无法无天的依据？谁说我段某输给了妈阁各个赌场一亿几千万？我这不还没死吗？到咽气之前，我都不能算最终的输者。

段凯文今晚是赢家，是整个贵宾厅的明星。十一点钟，他面前堆着四百四十万的筹码。

老猫跟晓鸥急了，"四百万你不要别人可要了啊！段生到妈阁来的消息现在还没有走漏，一走漏就轮不上你梅小姐要债了，那五六个债主会全围上他，赢了还好，输了明早他就不知让谁扔到海里去了！"他看着晓鸥。晓鸥一直看着监视屏幕。另一个监视屏幕上显示的是段凯文的背影，面前三把茶壶，壶嘴全冲着荷倌。这就是他不认输的依据？晓鸥差点笑出来。

晓鸥和老猫带着元旦——老猫的新马仔跨进贵宾厅，段正巧从台子前面起身，一只手松松地握拳捶打腰部，消失的两年多还是加在了他的岁数上，捶腰是岁数给他新添的动作。那个广西仔收拾了他赢的四百多万筹码，姿态卑恭地伸着一只手，像是邀请他去兑换现金。段却摆摆手。

"快上去！"老猫推推晓鸥。

晓鸥不动，也不准老猫动，虽然老猫的警告她听进去了：钱在段这种大赌徒手里待不长，四百多万要么让他再输给赌场，要么让其他债主分抢，好歹四百多万能把段欠她的债务减去一小截，尤其对走入经济低迷的晓鸥来说，要尽快求得这四百多万落袋为安。但晓鸥硬按住老猫，把四百多万连同段凯文放了过去。

段拿出四百多万的一小部分兑成现金，付了广西仔和端茶倒水的小姐丰厚小费，之后走到另一间贵宾厅，绕个圈子，东张西望，似乎风水不及格，他又走出去。对面小厅的风水被他看出了什么名堂，他走进去，一番高深莫测的打量后，选中个位子坐下来。坐下后他小声对跟包一般的广西叠码仔指示几句，广西人到餐柜上取了一盘什锦水果，放在他左手边。还是有人把他当爷伺候的。

晓鸥和老猫找了个角落站定。现在晓鸥能把段凯文的右耳朵和鬓边花白发看得很清楚。对于段凯文，他仍然是在过失踪人的日子，哪里藏人也不比藏在人海里隐蔽，按妈阁的人口密度算，这里是一片最深的人海，因此为人海之一粟的他显得极其自在，一点都感觉不到他的右耳朵和鬓角被晓鸥两束目光盯得要起火。落座后段用一个小银叉挑起一片片水果送进嘴里，一面看台子上原有的两个赌徒过招。两个赌徒都是东北人，当年闯关东，如今闯关内，一副不是横财不稀罕的匪劲。跟他们相比，消失到西方文明中两年多的段凯文像个爵爷一样贵气持重。吃完水果，段凯文擦干手，让广西人把他刚才赢的码子拿出一半来，放在台子上。头一注他押的是五十万。

老猫又急了，使劲推推晓鸥："该上去了！这五十万可是你的钱，让他输还不如你自己输呢！"

晓鸥又是一个厉害眼神，让他小点声。段凯文悬念迭生的人格让她着迷，可不能现在断片。五十万赢了，她的心跟着狂跳。又押三十万，但段突然反悔，把三十万拿回，再一犹豫，又在三十万上加了三十万……又赢了，她心跳得半口气半口气地喘，段却若无其事，至少在她看来是若无其事。下一注是一百万，段输了。她看得从椅子上欠起屁股，看得太入戏、太上瘾。桌上的牌比起这个不动声色的玩家，太单调了。这个玩家勾起晓鸥从未有过的求知欲，对一个穷孩子演变成富翁再演变成赌棍的谜一般的人格的求知欲。

老猫从外面抽烟回来，段凯文赢到了六百九十万！

这意味着晓鸥可以马上夺回这六百九十万来,用来买回原先的别墅或者换一辆新车,她的车已经太年迈了。或者把阿专雇回来。越来越多的客户让她做债主,她让阿专赚的抽份太少,工资也一直不涨,阿专悲哀地辞退了她这个女老板,到一个不比阿专年长多少的男老板手下当差去了。是的,段凯文面前的六百九十万是她梅晓鸥的。是她十多年的辛苦、缺觉、风险挣来的,是她用移情的儿子为代价挣来的。这六百九十万到手,她可以金盆洗手,安于小康生活,把儿子移走的情感再牵回来。曾经六千万身家都不满足的晓鸥,现在六百万足矣。

可她动不了,连走十几步,走到段凯文对面跟他来一番荒诞的见面礼都办不到。她让老猫不要催她,或许段今天暗操了什么杀手锏,或者两年做居士琢磨出了什么道行,一夜赢回他欠晓鸥的三千万也难说。这个倒霉了几年的好汉,也该回来当好汉了,晓鸥是这样说服老猫。这不是她心里的真情,她其实看不清自己心里的真情是什么。她是段凯文大悬疑故事中的重要角色,但台本对她完全保密。她像所有看悬疑片中邪上瘾的人一样,只有一惊一乍地跟着故事往下走,更别说掌握台本的主宰有着随时更改情节的全权。

老猫笑笑。你晓鸥上了赌瘾,这是他的判断,她在暗暗跟着段凯文输赢，借段的好运势玩个心跳。他又出去抽烟了，回到厅里，段的赢数上涨到八百二十万。对段这个天生的冒险家，每个赢局又成了他心理上的游戏积木：积木搭起大厦，一块块不规则形状摇晃上升，维持着危险的平衡，上升，上升……偶然坠落的一两块方形或圆柱体可能会引起连锁反应，带着整个大厦崩塌，但在它没崩塌前，段只有一个信念，就是让它继续上升……

晓鸥给老刘发了一条短信。对于段的失踪老刘一直感到对不住晓鸥，为晓鸥拉过几个赌客团到妈阁，让晓鸥至少能从赌厅赚到仨瓜俩枣的佣金。晓鸥暗示他，自己从来没有怪罪过他老刘，连她自己对段都看走了眼。但老刘自责的疼痛一直没得到缓解。直到上个月他儿子结婚，晓鸥送了十万礼金，才使老刘相信梅小姐跟他还能把朋友做下去。

"最近是否有段的消息？"晓鸥的短信问。

"毫无消息。"老刘的短信回答。几秒钟之后又跟来一则语音短信："他老婆中风了，第二次中风，很危险！"

余家英第一次中风是她的老段失踪的第三周，她和儿子被迫搬出不再是段家的豪宅，搬进东四环上的两居室。

赌徒的爱情或婚姻时不时会以婚姻一方的失踪而

结束。有趣。十几年前，晓鸥的失踪结束了卢晋桐对她常常高喊的爱情，据说她的消失对于卢晋桐比断指还痛十倍，因为卢的痛不欲生，姓尚的才下决心誓死攻下晓鸥。令一个男人害相思病的女人，另一个男人便觉得该拼死一尝。

"难道一点办法都没有？"晓鸥在一条短信中问老刘。老刘当然知道她指的"办法"是什么。

"警方和法院都没办法。"过一会老刘又跟了条微信："你是不是听到什么了？"

晓鸥听着老刘的微信，眼睛仍然看着八米之外的段凯文。老刘什么都落伍，办公室还用七十年代的保温杯，外套和裤子的式样直接以八十年代风貌跨入新世纪；更新和使用信息革命新产品却勇做先驱，可以跟晓鸥的儿子成同代人。微信刚发明，老刘就成了它的第一批使用者。

"听到一点传闻。"晓鸥看着脱下运动夹克的段凯文给老刘发出信息。

"什么传闻？"老刘问道。

"说段在妈阁冒出来了。"

"你看见他了？"

"没有。"晓鸥盯着穿短袖高尔夫衫的段下了一大注。她看不清那一注是多少万。被段推上去的一堆筹码如同一部攻占敌城的坦克。段这个坦克手不想活了，要壮烈了。晓鸥暂时搁下跟老刘的通信，气都不出地看着八米之外的段凯文，准确说是看着他的大半个后脑勺。段凯文的后脑勺非常饱满，不像许多北方农家子弟那样扁平还有童年生疖生疮落下的疤痕。后脑勺里满当当地储存着五十多年的记忆，最多的一定是有关那个此刻正中风的胶东姑娘的。胶东姑娘当时看着他清华大学的校徽，就像看着皇族的爵徽。她看了那么久，似乎校徽比他的脸更有表情。她以为这枚校徽就是她一生衣食无忧的保障。饱满的后脑勺微微一仰，荷倌翻开一张决定性的牌。广西叠码仔嘴里蹦出个亲热的脏字。

段总又赢了。

为了胶东姑娘赢的。为了她托付给他的一生，他不能输。夜里十一点半，他赢了赌厅一千二百万。广西叠码仔过来扶他，他没有拒绝。腿坐麻了，还是腿比他人先老，晓鸥判断不出。

晓鸥拖着老猫再次进入中控室。从监视屏幕上看到广西人扶着段走进休息室，为他拿了一块三明治。段坐下来，头仰靠在椅背上，大口畅饮矿泉水。似乎是处在死战间歇的休憩中，看上去不仅悲壮而且浪漫。

一瓶矿泉水喝完，又是一瓶。两瓶冰镇矿泉才把段救过来。又是五分钟过去，段恢复了常态，开始向广西人布置什么，广西人为难地微笑，频频摇头。但不久广西人似乎从命了，开始急促地打短信，发短信，段走出休息室，在走廊上不耐烦地等待着。过了一会儿，广西人发出去的短信收到了回复，他回到段的身边，两人更加投入地交谈起来。

老猫把元旦留在贵宾厅，刺探广西人和段凯文的行动和谈话内容。此刻从监视屏幕上看到元旦站在离段和广西人不远的地方，手里拿着一大盘水果，吃得很贪。很快元旦的信息发过来，抱怨说广西人和段总说话声音太轻，害得他一个字都听不见。

老猫立刻拨了个电话过去："笨蛋！还吃杨桃、菠萝呢？！嚼起来声音多大！那么多水分，连吃带喝，你现在放个响屁自己都听不见！笨！"

监视屏中的元旦赶紧把水果放下，又往段身边凑近一点。段和广西人的二人会议却圆满结束了，擦着元旦走过去，似乎一个重大决议已经产生。另一个监视屏幕是迎着二人的，能看出广西人有些神不守舍，而段的样子是横下了心。什么决策让他横下了心？晓鸥被越来越曲折的悬疑剧吸引得忘我了，紧盯着屏幕，唯一的念头就是它可别断片。

走廊里走了十多米，段停下来，回过头看了一眼身后。失踪日子过多了，本能地反跟踪。这一回头绝对必要，因为他马上判断出自己身后有尾巴：元旦跟他对视了半秒钟，小特务一般转身往回走，装着忘了什么东西。但无论如何，元旦的一闪即逝让段改变了二人会议刚产生的决策，因为他和广西人走到最大的贵宾厅门口，广西人往里跨了一步，发现段总径直向走廊尽头的电梯间走去，愣了一阵，叫喊着追上去。从监视屏幕看广西人的口型，他大概是叫："段总！段总您去哪里啊？"

有一幅屏幕上出现了段凯文，在对广西人解释着什么，广西人似乎没有被说服，但打算在执行命令中加强理解。

段和广西人刚进电梯，屏幕上出现了用短跑速度追过来的元旦，被电梯徐徐关上的门阻截了，眼巴巴地看着显示灯显示着电梯载着暂时脱险的追击目标稳健上行。

老猫从监视屏前面站起，同时给出他的判断：段凯文回房间睡觉去了。

晓鸥觉得未必。元旦的特务行动让段凯文加强了防范，担心自己逍遥的失踪日子过到头，临时回房间避一避。

"趁他没把码子兑换，再把赢的钱转移，你必须现在到他房间里去堵住他。我跟你一块去。"老猫说，毫无商量。

晓鸥知道老猫在理。这个讨回债务的时机千载难逢。段凯文是个有本事的男人，天生的创业者。是否在他消失的两年中又创了一份产业都难说。一个不备让他把钱汇走，晓鸥暗淡的经济前景会持续暗淡。

"段凯文是不会收手的。"她说。

"你怎么知道？"

"我怎么会不知道？这几年我对他很了解。"

段在休息室与广西人谈了什么她大致清楚：他要榨取这场好运势的每一点利益，趁着欲坠而不坠的积木大厦未倒之前再攀几个新高，因此他向广西人提出玩"拖"的建议。广西人千般犹豫之后同意了他。广西人犹豫不是因为赌性不够，而是因为他看见这一晚段老板如何得手，鬼使神差地总是押对地方，似有神助地大把赢钱，他不敢和这样运势过旺的人拼。不过段最后说服了他。段知道业内有"分吃"的玩法，"多叫几个熟人，分吃我这份货呗。"段一定是这样给这个经验不足的广西佬支招的。这就是为什么广西人花了十几分钟发手机短信：他在找分吃段总的同行。

段凯文怎么可能不玩"拖"呢？他玩赌不玩"拖"

等于盖房不盖摩天大厦。这就是晓鸥对他的了解。她是凭这深层了解反向地结构段的悬疑故事的。一道疑难算式，反方向破解，也许会有突破。因此她没有跟老猫一块离开银河。她现在回家反正也错过了儿子的上床时间。她反向结构的段的行为很快会给她线索。她又进入中控室，跟值夜班的两个小伙子闲扯，扯熟了，她请他们看见这个人——她出示手机上段的一张中景相片——就叫醒她。然后她蜷身躺在一张三人沙发上。暂时的停战，大家都要抓紧时间宿营。

段凯文在凌晨三点出来了。广西人刚从午夜的短暂午睡中醒来，比不睡更迷糊。段却不然，镜片后面的两只眼睛比任何时候都更有瞄准性。他摆脱了小特务，可以干一番大举措了。贵宾厅的人比午夜前少了一些，正是拉开膀子一搏的好时候。他端坐到一个秀气文弱的年轻男荷倌面前，拿出几个碎筹码，让他飞牌。他盯着一张张翻开的牌，盯了十几副。在椅子上挪了挪，把自己进一步搁稳、搁舒服，轻轻将两个袖口往后抖一抖。一个正式的开始。不成功，便成仁，他向荷倌做了个要牌手势。

三把牌打下来，段和赌厅两赢一输。现在作为段的对手的广西叠码仔也不卑恭伺候了，你段老板是爷我也是爷，被你给"拖"成爷了。

315

晓鸥比两个中控员盯监视屏还盯得紧。段的每一个小动作都不会错过她的注意。输了的那一把段丢掉一百万，加台面下丢的，就是三百万，或四百万。也有可能五百万。因为赌台附近出现了五六个年轻人，不时用手机收发短信，晓鸥怀疑他们是广西人的朋友派来的喽啰。广西人到底让几个同行和他分吃段老板，从喽啰的数目上看不出来。

赌台上开始拉锯，段的输局略多于赢局。但还不至于伤筋动骨。破晓了，所有喽啰们都四仰八叉瘫在椅子上，赌台边仍是段凯文巍然的坐姿。加拿大（或者美国）营养好，养出他这么好的体力和耐力。

天色大亮，段起身收拾台面上的筹码。他的叠码仔现在是他的敌人，因此数码子是靠不住的，他要亲自数。他粗略地数一下码子，又把码子用夹克包起来，两只袖子系成结，抱在怀里。晓鸥跟进他或赢或输的每一局，算了一下那一兜子沉甸甸的筹码总价值应该在八九百万左右，台面上下都算上，输得这么轻，对段凯文来说，就是大赢了。

晓鸥错过了昨晚和儿子睡前的母子会晤，早餐无论如何不能错过。她跟卢晋桐这个自称垂危的人在拔河，儿子的心是他俩之间的那条绳索。每一次睡前闲谈和每一次同进早餐都是她把绳子往她这一边拉近一点，有时觉得拉得颇吃力。有一次儿子谈什么谈得兴起，要放一段电脑上下载的视频给母亲看，回过头，发现母亲在看表：母亲早衰的视力使她不得不凑到床头灯下对那过于袖珍的仕女表挤眉弄眼。儿子便说视频找不到了。他的脸在说另一句话：爸爸在这种时候不会看表的。随便晓鸥怎样伪装热情，表明自己想看儿了的视频，儿子都说找不到。拔河的绳索飞快地往卢晋桐那边移去，把晓鸥拽得跌跌撞撞。

等她回到家，儿子已经上学去了。保姆说儿子没有吃早餐，拿了自己的钱到街口吃麦当劳去了。晓鸥扭身便要去追，保姆叫住她，别追了，他快活得很，说总算上帝赏赐他吃早饭的自由，不必和母亲共进早餐了。保姆还笑哈哈呢，十五岁的少年无非是跟母亲捣蛋一次。能像农家出身的保姆这样多好。农家人对天伦的力量有种不可颠覆的信念，不必动这么多心眼，天伦注定的，都是应当应分；是你的，都跑不了。都市父母多少人为工夫、亲子活动、生日派对、节日礼物，跟天伦给予的原始纽带相比，多么造作矫情又吃力不讨好。

就像挨了儿了一记窝心拳，晓鸥站在门厅里半天不动。她不是农家人，她对天伦不敢那么信赖。她像都市许多父母一样，做小媳妇一样做母亲，尤其做十五岁的男孩的母亲。

她多少个月苦心经营的亲子项目，被一个段凯文毁了。淋浴的水温偏高，她需要那一股股热流。恨不得让热流更换她一身冰凉的血液：在空调过剩的赌场贵宾厅里凉透的血。

下午一点多钟醒来，她第一个动作是打开手机短信。老刘来了七八则微信。她顾不上听老刘啰唆，直接打开十五分钟之前来自老猫的信息。

"我已经找人跟段的叠码仔谈了话，从侧面了解到段的新动向：段今天凌晨三点到七点多玩的是拖三，昨天赢的一千二百万又输掉四五百万。"这条信息是持续的，三分钟之后，又一条信息接上来："假如你昨夜听猫哥一句，至少能让段偿还你一千万的债务。我已派元旦去银河守候，一旦段出现，马上通知你。"

昨天的悬疑都被一一解密，接下来是一阵无趣：又能如何？晓鸥这个四十岁的女人心里最常盘桓的就是四个字："又能如何？"多赢几百万，又能如何？少几百万，又能如何？……

她带着"又能如何"的微笑，坐在梳妆台前梳她比三年前稀疏的头发。化妆和发式让她艳光四射，可又能如何？世上还有一个人需要她的艳吗？世上可还有任何人值得她为之艳丽吗？儿子已经有两天一夜没看见她了。儿子只有在学校开家长会的时候注意到一个事实，他有个比别人美得多的母亲。那时她花工夫修饰出的美才有了主题。她已经两年没参加儿子的家长会了。在他的学校，公认的家长是保姆。

吱吱吱的震颤使手机在梳妆台上奇怪地爬动。瞬间她忘了它是个机器，感觉它是一种异体，这十多年来离间了人间与生俱来的横向纵向关系的异体。她看到使之发出吱吱鸣叫的是老猫。从天而降的老猫干涉着她正常动作的连续性：她必须放下那支遮盖黄褐斑的粉底毛笔，让老猫打断一下。她和儿子生活的连续性，被吱吱叫的异体打断得破碎不堪。她想起史奇澜：他总是拒绝被打断。手机是他用来打断别人的，他什么时候想通话想发信由他决定，就是说，只能是他用手机，而不能让手机用他。对老史的一丝遐想、一丝渴怀让她心生一种痛楚的甜。她决定不理此刻成了异体的老猫，不让他离间她和她遐想中的老史。

老猫不甘心，在她化好妆之后又开始吱吱叫唤。这回是电话。

"喂？"

"怎么不回短信？！"老猫带一种劈头盖脸的动势。

"什么短信？"她还在想史奇澜那老烂仔可还好好地活着，现在何方……

老猫拿她没办法地咂巴嘴："啧！我告诉你，元旦已经把段老板扣住了，正等你出场呢！"

"扣他干吗？！"晓鸥对老史的相思暗动立刻被离间了。

"不扣住他，他把钱都输光了！"

晓鸥到达银河酒店大堂时，老猫正在手机上跟人激动地通话，一头茂密的白毛起了狂飙。看见晓鸥，他匆匆跟通话者道别，挂上手机，告诉晓鸥那边也是个赖账的，还是什么省级市的计量局长呢。

"段凯文呢？"晓鸥顾不得表达她对老猫的同病相怜。

老猫指指楼上，叫晓鸥跟他去。途中晓鸥弄清了扣押段的全过程：今天上午十点，段和广西人到了赌场，一个小时就输掉三百多万，而且是玩"拖"。元旦向老猫打了报告后，老猫让元旦立刻把段骗出赌厅。

"怎么骗他的？"晓鸥问。

老猫替元旦编撰出最具效力的诈骗语言："先生，有个姓段的小伙子从北京过来，专门来见您。"段一听就诈尸般从椅子上站起来。元旦马上问要不要把小伙子带来见他，段把脑袋摇成了个拨浪鼓。元旦表示可以带段老板去见小伙子，段眼睛红了，鼻头更红，这回摇脑袋摇得很慢，有气无力。元旦安慰他别分心，好好玩，反正姓段的小伙子已进了他的房间，正休息呢。段问谁他妈的让他进房间的？他一大声把老泪震出了眼眶，从眼镜后面直泻下巴。元旦告诉段总，酒店前台听说孩子是段老板的儿子，还未成年，就放他进房了。新开的酒店，希望大家开心，周到得过点头，是可以理解的。何况小伙子确实姓段，他护照给他做了证。段再也不犹豫，独自向贵宾厅外面走，把剩在台面上不多的筹码都忘干净了。广西人收罗起段的筹码，追出赌厅，段接过筹码却挥手拒绝了叠码仔的随行。

段一出电梯就知道真相了。元旦很坦荡地告诉他，段老板受骗了。其实想见他的人不姓段，姓梅。

梅晓鸥就这样被推到对台戏的位置上。段凯文听见门铃抬起脸，对业余看守元旦说："开门去。"老板架子一点没塌。

门在老猫的脸庞前面打开，老猫个头不高，段凯文越过老猫的白发把晓鸥精心吹蓬的黑发看得很清。老猫率先走进段的房间。一个商务套房，广西人待他不薄。晓

321

鸥在门口摆了一系列面部表情，没一个合适拿出来见自以为成了隐身人的段凯文。因此段看见的她基本上是粉底和化妆笔勾画的脸谱，脸谱下她的脸部肌肉已经累极了。

"晓鸥，这就不够意思了，是不是？你知道我抛家弃子，还用我儿子做钓饵把我骗出来。"段从茶几上拿起一根烟，打着打火机，因此后半句话是用没叼着烟的那半张嘴说的。

两年的失踪，似乎潇洒走一回。晓鸥被他的主动弄得像个乡下丫头，急于为自己辩护。

"我还在家梳洗呢……收到猫哥的短信……"

"你自己要见我，我能不见吗？你梅小姐恐怕不是今天才知道我到妈阁的吧？恐怕你前天就暗地盯梢我了吧？"

原来他前天就到了。老猫抱着两条晒色的手臂，跟元旦各坐一张椅子，完全一张空白脸。扑克脸。老猫的左胳膊上文了一朵夏威夷兰花。这只孤猫早年大概爱过夏威夷兰花所象征的那个女子。现在夏威夷兰正怒放，老猫身上运气，大臂肌肉使它怒放成了一道狰狞的符。老猫的表情全跑那儿去了。越听晓鸥自我辩解，段凯文越是步步紧逼，揭露指控，那朵夏威夷兰便越怒放得可怖。

"我承认那张地契是我临时拉的挡箭牌，你当时逼得太紧了。"段凯文用他永远不紧不慢的山东汉子口气说道,"你们妈阁的叠码仔做事风格嘛,当然不能强求……"

只看见一个身影扑向段,同时响起哗啦啦的声响。身影是老猫的,声响是砸碎的茶杯。老猫如同人形野猫那样朝段发起攻击,一爪子打在段的脸颊上。刚才他来不及放下茶杯就攻击了。一下不够,又来一下,猫爪子一左一右地抽打在段凯文五十多岁的保养良好的面颊上。晓鸥反应过来,段已经挨了四五个耳光。

"别打了!"

她听见自己刺耳的尖叫。她从不知道自己尖叫起来是左嗓子。等她从身后抱住老猫,才发现这是只铁打的猫,浑身没一块人肉。可想这种铁耳光打在人肉上的感觉。段凯文的眼镜早不见了,头一击就飞到床上去了。晓鸥抱着老猫往后拖,一面左着嗓子尖叫,让元旦上来跟她一块拖老猫。元旦司空见惯地闲坐在椅子上。他打人远不如他老板,不然早就不闲着了。

再来看看段凯文,左上唇飞快地在血肿。被老猫的铁爪子击中,唇和略突出的牙相撞,牙把内唇咬出个洞。晓鸥判断着,其他地方没留下任何受打击的痕迹,连神色中都没有痕迹。经过天涯亡命的段总,惊涛骇浪惯了,一个妈阁老猫能把他如何?

"你干什么?!"晓鸥对老猫呵斥,尖叫过的嗓音怎么都有些不着调。

这一场打倒把老猫气疯了,朝段凯文骂得不歇气。越骂他自己越被煽动起情绪来,把他自己的赌客也顺带骂上了。他要不骂晓鸥永远不会知道老猫是个比她还大的债主,欠他债的人从省级干部到乡级干部,从电影导演、制片人、明星到国家级运动员,七十二行,三教九流在老猫手下能组成个庞大的欠债团。

段凯文在老猫历数他客户的种种劣迹时侧卧到床上,捡回眼镜,用衣角擦了擦,端正地架回他挺直的鼻梁上。人家什么心理素质?

老猫骂完了,言归正传,问段凯文还剩多少钱。不知道,差不多四五十万。

老猫一点预兆都没给就又跟段撕扯上了。他揪住段高尔夫衫的胸口,把他从床上提起。晓鸥跺着高跟,求老猫别再打了。

"你昨天夜里还有一千二百多万,这半天你就玩成四五十万了?!你他妈的经输不经赢的蠢货!谁让你把还她的钱输了?"他指着晓鸥,"人家一个女人,养家养孩子都凭她自己，你他妈的有点良心没有？你他妈的是个男人不是？！……"

若不是晓鸥挤到段凯文前面，老猫的拳出得不痛快，段今天大概会肋骨瘀血的。

"猫哥你打着我了！"晓鸥叫道。她嗓音又扁又尖，五音不全，她绝不敢认这嗓音，但老猫被这嗓音叫住了，松开段凯义，问打得重不重，问晓鸥疼不疼。

段又回到床边坐下。死猪不怕开水烫。或者，你们演什么周瑜打黄盖呀？快谢幕吧。

"就凭他这么对你，可以让人把他扔海里去。反正他已经失踪两年，接着失踪去吧。对他家人，对谁都没什么区别。"老猫又让自己气乌了脸，白发抖得像猫科动物之王：雄狮。"剩了四五十万？他妈的笨蛋，败家子！他妈的你知道你是用谁的钱赌吗？梅晓鸥和儿子的活命钱！"最后一句话字字都像是从老猫嘴里被踢出来的。

挨了这几拳的段凯文减了几分盛气。尤其老猫那句把他扔海里去的威胁，让联想丰富的他顿时看到了活生生的画面。

"你说你打算怎么还梅小姐钱？"

"我会还的。"

"我他妈问你怎么还！"老猫收紧嘴唇说。

"昨天我是用二十万赢了一千二百多万，四十万足够我赢两千万。"段总在搞计划经济呢，或者是在种地瓜，一棵瓜秧收获多少大致有数。他换了副口气，话来了个转折，"不过假如梅小姐愿意要这四十万，现在就可以把钱拿走。"他脸转向晓鸥，不卑不亢。嘴唇的血肿已经使他的整个口形变了，明显歪向右边，跟谁使鬼脸似的。

"晓鸥，你先把他所有的钱都拿走。他愿意接着做赢钱的梦，让他从他那个广西仔手里借。"

"完全可以。"没等晓鸥开口，段痛快地答应了。

"不过要跟这家伙签个合同，他在银河赢的钱全部还你晓鸥。"老猫根本不理段凯文，只跟晓鸥说话。

"没有问题。"段凯文满口应允。

晓鸥悲哀地看他一眼。合同她跟他签过不止一份，从来没制约过他。只有他这样难受制约的人在当今世界才能创出曾经那一片家业。他脸色是坦然的；他会积极配合她晓鸥签一份甭想制约他的合同。废纸。晓鸥有气无力地央求老猫和元旦离开，

她想跟段凯文单独谈谈。

"别让他出门，万一碰到他另外几个债主，你连

326

这四十万都没了。"老猫说着站起身。

而晓鸥恰恰带段凯文出了门。她开车把他带到南湾海边。他们曾经有过一次海边漫步，他为她买了昂贵的樱桃。假如还是樱桃时节，她会为他买的，不管多昂贵。他们开始得多好？跟她哪一个新客户都没有那样好的起点。一次美好暧昧的漫步，因为飞机误点。才四年，情谊早已不在，不能全怪他。也不能怪她该诅咒的行当。

车停在海边，两人都不想来一次旧地重游。就把车当个咖啡座吧。段凯文这个谜团在晓鸥心里越滚越大，是解开谜团的时候了。

"段总假如你不觉得我冒昧，我想问……"

"问吧。"

她扭过脸，看看他。他看着前面，海在他的窗外，落日在水面上撒了几百万片金子。这都跟他没关系，晚期赌徒不需要美景。

"我能问你，这两年都在干什么吗？如果你不想回答……"

"当了两年寓公。什么也没干。"

"那你怎么又想到回来，回妈阁，我是说……"

"我一个朋友邀我来的。"

"我没看见你的朋友……"

"他在散座赌小钱。他从来没赌过,对妈阁特别好奇,非让我陪他来。"

"你听说你太太又中风了吗?"

他没话了,眼睛越眨越快,企图把眼泪眨回去,或者这么眨眼至少给泪囊打个岔。

"这是她第二次中风,据说第二次中风是很危险的。老刘才告诉我……"

"我们不谈这个好吗?"段打断她。

晓鸥也突然意识到自己多嘴。

"老刘真够烦人的。我叫他不要跟任何人说。尤其不要跟你们这些所谓的债权人说。我姓段的死也不会乞怜。人固有一死。"他拿死给他自己和所有债主,包括晓鸥垫底。

原来老刘跟段始终保持着联系。老刘对晓鸥表白的歉意原来不止于他所表白的。她该怨老刘的,可她却对老刘多出一层敬意来。老刘对段这个朋友是无条件接受的,对他的胜负都全盘接受,他给予段的友情是盲目的,忠诚也是盲目的。此刻老刘知道段漂洋过海回到了东半球,回到了老妈阁。也许段太太因为老刘的照料没有陷入彻底绝境。

"那段总这次回来,有什么长远打算吗?"

"有啊。我还是回去干老本行呗。大部分债务都还清了,幸亏海南那块地拍卖得不错。现在就剩下几笔赌债没还。"他接下去的话大概是:没什么大不了,或者,可还可不还。他曾经跟晓鸥暗示过:叠码仔靠赌徒们从赌厅挣钱,因此他欠了叠码仔的钱也白欠。

这就是他有恃无恐的依据。这就是他的根底。一切只能从头来,律师,立案,起诉……一切令晓鸥不做就累死的事,都要从头来……两只海鸥落到车窗前,都抬头向车里的人类张望,都是先用左眼看看他俩,又用右眼看看他俩,颈子灵活得可笑。两只鸟类叫花子,等着车上的人赏它们一点什么,渴盼都写在它们鸟类的脸上。晓鸥后悔没带任何食物来。

段凯文却打开车门,扔了几块揉碎的饼干赏给海鸥。那是飞机上发的饼干。吃晾干的煎饼读完大学的段总保持着好传统。可以在赌台上一夜扔掉上千万,粮食对于他却永远值得吝惜。

"在美国学了不少东西。"段突然说。

晓鸥等着听他学到了什么,他却深奥地沉默了。她已经放弃等待了,他却又开了口。

"认识了一个姓尚的先生。他认识你。"

"哦。"

她心里沉一下。沉什么呢？她从来没在段凯文面前装圣女。

"他也说你不容易。"

到现在晓鸥都琢磨不出，"不容易"是夸人呢，还是损人。段又变成他俩之间主动的那个。

"姓尚的是个老赌棍。我儿子的父亲要是没碰上他，不至于彻底废掉。看来赌徒到最后是会物以类聚的。太平洋都挡不住。"她恨透那个怕段凯文的梅晓鸥了，因此变出个唇枪舌剑的梅晓鸥来。

"那我倒纳闷了，晓鸥你跟爱赌的人这么不共戴天，自己为什么要干这行？记得我第一次见你就劝你改行吧？凭你的能力才干，到我公司当个副总都富富有余……"

"您现在是什么公司啊？"

梅晓鸥可以是刻毒的。

"我是说，等我回去重新开张一个新公司的话。"

他不会让她拿他那三千多万入股吧？那样他欠她的债务，肉就烂在他那一锅肉酱里了？

"您打算开什么新公司？"您的股东们对您还没

330

撤诉呢，他们每人都因为你挪用公款，抛下若干烂尾项目赔了大笔钱财。

"凭我资深建筑师的资质，愿意做我合伙人的太不难找了。瘦死的骆驼比马大，烂船还有三千钉。我这张资质证书北京所有开发商都搁在一块儿，也没几个人有。当年从零创业我都不怕，现在我怕什么？家英一再跟我这么说。"

过去您是零，当然不怕；现在您连零都不如，要苦干多少年才能达到零，区别就在这儿，段总。这些话晓鸥用一个"您就这么一说，我就这么一听"的笑容回答了。

"美国和加拿大是让人反思的好地方。那种寂寞，让你把上辈子的事都回想一遍。我常常想到你，晓鸥，你爱信不信。"

她非常想信。

"我想你一个女人家，对赌博深仇大恨，听说你的祖父就是赌输了自杀的。可你为什么非干这么个行当……"

"这行当不挺好的？挣钱快，不用看老板脸色……"我不干这行，怎么报复卢晋桐，史奇澜，姓尚的和您呢？祖奶奶梅吴娘就该干这行，在哪里失去，就在哪里找补回来，什么夺走了她丈夫，她就报复什么。什么夺走了那个头发微黄，一笑就没了眼睛但憋着大志向的卢晋桐，她梅晓鸥就报复什么。她可是亲眼见证卢晋桐怎么被一点点夺走的,先是一根手指,然后又是一根手指,夺走得那么血淋淋。十九岁的晓鸥初见他时春笋一般,直到二十四岁的豆蔻芳华都没把他从他的父母老婆身边夺走,可赌台办到了,把他彻底夺走了。她站在赌徒们的背后,她的身姿等于那块刻有"回头是岸"的崖石,可他们没有一个回头的。她眼看他们离岸越来越远,于是她便生出一种恶毒的快感:别回头吧,沉溺吧,沉淀成人渣吧……她就这样完成了一场场报复。当然被报复的不止人渣们,还有她自己。她精心打造优良富足的生活环境却养出一个孤儿般的儿子。十多年中她心里有句奋斗口号:"为儿子的幸福"。现在她越来越怀疑它是她对自己撒的一场弥天大谎。可悲的是儿子早就怀疑这是谎言;他从三四岁开始就怀疑,只是到了十四五岁才将怀疑诉诸表情:妈你别老拿我说事儿。

"只要你给我一点时间,我一定会把钱还给你。"段凯文说,"其他人的钱不还,晓鸥你的钱我怎么都会还的。"他又掏出一包揉碎的饼干。窗外现在有七八只海鸥了。碎饼干引起一场鸟类暴乱。

晓鸥不想看着海鸥们自相残杀,踩了一脚油门。此地的海鸥胆大皮厚,引擎轰不走它们。只好是人类让开了。她本来想跟段来一场人和人的交谈。有了手机、MSN、短信、微信等等帮助交谈的装备，人和人其实早就停止了真正的交谈。真正的交谈到底该怎样，她不清楚，但当它发生的时候她自会有感觉。和段凯文初识的那几天，她觉得它发生过。此刻，哪怕段谈谈逃亡中怎样跟余家英续上了联系，老刘怎样当他们的秘密联络官；哪怕他形容一点他当时的心情，他的无望和无助。在陌生国土处于异族人群，多么无望无助晓鸥完全能有同感。真正的谈话会让她和他的关系人性起来，哪怕是债主和欠债人的关系，哪怕是敌人和敌人的关系。充满非人性的爱和恨以及性的世纪来了，在通俗歌里，在网络上……歌里叫喊的爱和微博、博客上的恨一样，都那么人云亦云，都那么不假思索，都那么光打雷不下雨，给她的感觉是这些爱和恨都是无机的，一个模子可压无数份的。这是她突然想带段凯文出来，听听他真正的倾诉的原因。她不会免除他的债务，但他真情投入的交谈会让她给他很大的、巨大的宽限。

她的企图失败了。

把段凯文送回银河之后，晓鸥想到老刘发过来的几条微信。按时间顺序，她将它们一一收听。它们的内容大致相同。

"梅小姐，方便时请回电，我有急事要跟你谈。"

十几分钟后，一条文字信息追过来："可能你不方便回电。我只想告诉你，有件事我瞒了你两年，心里一直很过意不去。等你空下来，一定给我打个电话。"

老刘是仔细人，不愿用白纸黑字给日后留下证据。手机书写的迷你"白纸黑字"也不能留。微信和短信都是催促晓鸥给他回电的，同时也是暗示他良心不安的。晓鸥在银河大堂给老刘回了电话。自从晓鸥告诉他段凯文在妈阁浮出水面，老刘心里就嘈杂开了。两年里他和晓鸥见过几面，和她一块叹息过人杰如段凯文居然也参加到跑路富翁的群落，没有露出半点知情人面目，为此他良心感到不妥。他是损害梅晓鸥利益的同谋，这是他对自己的审判。

"段夫人怎么样？没有危险吧？"听完老刘的坦白之后，晓鸥问道。一个长期被人们轻视的老刘，竟有着罕见的忠诚和自我批判精神。也许正是忠诚和自我批判招来人们对老刘的轻视。

段夫人余家英的脸容肯定是没有端正可言了。动作也永远失去了平衡。什么都变了，只剩了对丈夫的袒护和疼爱。她让老刘把她再度中风的消息瞒下来，不要让她老段受惊吓，再吓出中风来。老刘不敢全瞒，瞒了多半，因此段凯文得知的是老婆又经历一次有惊无险的小中风。

"你看见段总了吗？"老刘听上去是胆怯的。

"嗯。"

"他没去赌吧？"

"那你说他来妈阁干什么？"晓鸥的回答带有冲撞。让对方看看他忠诚的结果是什么，他忠诚的对象是什么人。

老刘明白了，难过得说不出话来，好比听到了一个人的死讯。似乎一切过错都是他的，带段到妈阁来，介绍他做晓鸥的客户，隐瞒他出逃的消息，甚至他四方活动，动用人情关系安排段回国。段的痼疾重发使老刘的一切努力都错了。他的忠诚也错了。错的还有他对段的信念、保护、两年来充当段家的秘密电缆，给太平洋两岸的段家人疏通消息。

"他又赌输了？"老刘几乎战战兢兢。

"赢了不少，又都输回去了。"

"……那你打算怎么办？"他的意思是，段欠你梅小姐的债务将会怎么个了断。

"还没想好。"

老刘对段凯文的那份愚忠不知怎么让晓鸥心酸，

让她不忍告诉他自己会不手软地采取法律手段。

"有什么需要帮忙的地方,招呼老刘就是了!"老刘宣誓似的扬起嗓门。

晓鸥明白,此刻要让老刘为她效劳一下,老刘才会稍微舒坦,还掉一点他欠晓鸥的心理债务似的。但实在没有让他效劳的事务,于是她便让老刘去打听一下史奇澜的近况。

当晚老猫在银河赌场的散座找到了段凯文,段把那四十多万的筹码已经全部输光。老猫让元旦把段解回他的套房,一直看押到段的飞机起飞之前。段回到北京之后,老刘的短信说:"段总见到判若两人的余家英时,拿起厨刀就把自己的手指尖剁下一截。"

天啊,赌徒的规定动作也就那么几个。

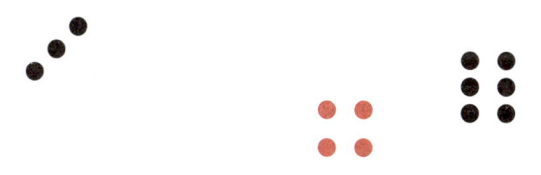

到北京办理起诉手续时,晓鸥碰见也似乎消失了两年的史奇澜。那是春节前,民工和打工妹们穿梭在浑浊的寒冷中,集聚到各个火车汽车售票点,个个顶着喜洋洋的红鼻子。一脸深刻皱纹的老史出现在这样的人群中显然是不和谐的。晓鸥和他是同时看见对方的。

"你要去哪儿?"晓鸥稀松平常地走上去。碰到老史是近期发生的最好的一件事。

"去南方。"老史的目光在她身上上下走了一趟,看出她比曾经胖了。

"南方大着呢。"

"是大,"他又是那样一笑,让你觉得他一会儿要抖包袱了,"大得飞机都到不了,只能坐火车。你还忙着讨债呢?"

"没错。"晓鸥的眼珠给冻着了,一阵酸疼。

"不是来找我讨债吧?"

"是。"

老史快活了,笑成一个更苍老的老史。他快活是因为晓鸥跟他有另一层懂得。

"我记得你在越南给我打折了,把剩余的债务全赦免了。"

"没错。我来讨一顿饭吃。这么多年都是你吃我的。"晓鸥看着面前这张老脸。他穿着不厚的对襟棉袄,宽腿棉裤,绒线帽下露出一根细细的花白马尾辫,更加成仙得道了。

"找个人给你买张软卧还找不到?"她往塞满人的售票处门内看去。人体气味涨满半条街。

"找谁?没人理我了。"

"我给一个熟人打个电话。去哪里的软卧?"

"咱还软卧呢?不趁那钱啰。"

晓鸥想从他仍然清亮的细长眼睛里看出他的话是真是假。他的样子是在吊你胃口呢,还没到抖他那个大包袱的时候。她把他从农民工和打工妹的队伍里拉出来,跨过小马路。一间连锁蛋糕铺设有两张小桌和几个凳子,嘴里损他小气,让他请客吃顿饭他就这么不要老脸地哭穷。

在蛋糕店里随便点了两块她相信自己和老史都不会碰的花哨点心,就开始给熟人拨电话。一张去柳州的软卧，几句亲热话就解决了。票下午会送到她住的酒店。她偶然扭头，见老史吃得满嘴红红绿绿的奶油，鼻尖上一抹巧克力。连白送的速溶咖啡也被他喷香地喝下去。

"别用鼻子吃啊。"晓鸥饱汉子不知饿汉子饥似的恶心他一句。

他对自己的吃相很了解，用餐巾纸抹了一把嘴和鼻子。

"今晚就走？"晓鸥问。

"一个星期就回来了。"他听出了她的不舍，草草给了句安慰，"有几块木料让我看看去。最多一个礼拜。"

"陈小小和豆豆还好？"

"还好。"

他把她那份咖啡和蛋糕也消费掉，说回来后一定请晓鸥吃饭。好像她会花一天两千多块的住酒店钱，专等他那顿饭。她随口答应下来。他叫她订餐馆。她说朝阳公园的许仙楼。他把餐馆的名字和吃饭的日期记在一个小本上。反正她是可以用短信息取消约会的。从蛋糕铺跟老史分手后的每一天，她都下决心取消许仙楼的约会。不过第二天她要再下一次决心。每次下的决心都不算数，把七天时间耽误过去了。每天花销两千七百元的酒店房价，单单等着吃老史一顿。她心里给自己开脱：七天可以多见见母亲和探望父亲的儿子，但她只见了一次母亲，儿子一次都没见。直接从卢晋桐身边走来的儿子，带着太多那个家庭的气息，那个正式的、正宗的家庭。梅晓鸥在那个家庭曾一直是个被诅咒的名字。而且晓鸥不愿看见儿子像脚踏两只船的隐秘情人一样，疲于奔命在一对争夺他的父母之间，对哪一方都要装得似乎另一方根本不存在。她在北京花钱住店只是为了等老史。

进了许仙楼，看见老史在水一方地坐在假水景之滨，她深感自己要不得。赌鬼、输者加别人的丈夫，老史对她一直就是有害无利的。早该戒掉老史了。老史和她同时出现在餐馆的陌生者们面前其实她很难为情，她这么个女人要找个私下晚餐的伴儿，也不该是这么个寒碜老男人。但那种窘迫马上就过去了，老史旁若无人地上来拥抱她，请她入座，她感到他那种风情只有自己能解，跟别人是说不清的。当他拿起一根牙签，在稀疏的鬓发上搔了搔痒，那种随便和自在，那种生怕风雅的风雅，怎么能跟别人说得清？

他是昨晚回来的。她呢，也是因为儿子在北京而一直没回妈阁。许仙楼？什么破名字？什么装潢？许仙也配有座楼？真是主题危机，什么都成了主题，不三不四的装饰，去人家湖南、湘西看看，民间工匠才懂真正的装潢。老史吃着冷盘，喝着苏打水，嘴巴里话还不停。他今晚有些紧张，紧张出这么多话来。这两年他到底在做什么？

"我其实搬出北京了。很多人都不知道。"他猜透她了，咽下一块西湖酥鱼，鱼肉在他的细脖子里下行的轨迹都依稀可见。

"搬到哪里去了？"晓鸥等西湖酥鱼着落到他胃里才问。

"我搬的地方太棒了，特别是对我这种野人，太适合了！两年里做了好多东西，你该看看我现在的木雕！"

他又夹起一块神仙鸡。这个清瘦的男人体内燃着一蓬鬼火，始终内耗着他，因此他总是急需用食物填塞进去做燃料。

"你记得那个越南赌场的总领班吗？"他在两次大肆咀嚼吞咽之间抽空问道。

怎么会不记得？晓鸥一生忘不了曾被迫参与过那种勾当。老史用那个勾当向她晓鸥证实了他的关爱。

"那家伙逼债逼得我北京没法待了。"他微笑着说，"工厂里剩下的几件东西，这王八蛋都想拉去抵债。其实那几件东西还轮得着他拉？早就有主了，只不过都没最后完工，所以暂时还搁在库房里。总领班来拉东西，那人家会答应？还债也得论资排辈儿，债主的大队人马长着呢，让你越南猴子来加塞儿?把他猴脑子都快打出来了!"他解恨地笑笑。

"你欠他的一千万,最后怎么还的?"

"慢慢还呗。"老史慢吞吞地说着,从两排牙间抽出一根鸡骨头,打量了两秒钟,似乎这不规则的形状启迪了他雕刻某件作品的灵感。

"这人来逼债,陈小小更着急了吧?"

"那还用说。"他眼睛不清澈了,起了大雾。

"谁让你当时想出那么个馊主意去坑他?"

"我家大表弟挺够意思吧?一天都没敢拖,就把钱汇给你了。那时候大表弟还把我当成大老板、大富翁怕着,我的话他不敢不听。"

"现在他不怕你了?"

"现在他不知道我哪儿去了。"

"要不是我在大街上碰到你,我也不知道你哪儿去了。手机换了,也不通知一声。"

"我都不知道我哪儿去了。"他笑了笑,似乎是一种比人类高级的生命在作弄包括他自己在内的人类那样笑。

晓鸥感到史奇澜有了个新秘密。所有赌徒都有秘密;对晓鸥来说,他们的嗜赌如狂本身就充满神秘性。

"他现在还追着你要债吗？"

"那个赌场领班？"他喝了口矿泉水，"当然追。"

"那你怎么办？总不能一直欠着他吧？"

"管他呢，只要不欠你就行啦。"

他又用这句话来唱小夜曲。这晚很奇怪，晓鸥喝了五年陈塔牌加饭酒，老史反而滴酒不沾。老史一定有个崭新的秘密，从巨大变更的生活中产生的秘密。

等晓鸥回到妈阁，老刘托人再托人，拐弯抹角才打听出老史的部分秘密。陈小小离开老史已有两年半了。从越南赌场的总领班开始向老史逼债的时候，陈小小就停止跟丈夫吵闹厮打，一天早晨，老史睁开眼，发现一张字条放在床头柜上。小小用她杂技演员的书法写下诀别信："不要来找我们，想到我和孩子的时候，就听一听王子鸣的《伤心雨》，怀上豆豆前后的日子，我和你老听这支歌。"诀别是多情的，但不耽误她卷走史奇澜一生中最好的木雕和她私下积蓄的两百多万元。

小小消失之后，老史随着也从北京的朋友和熟人中消失了。一向二皮脸的史奇澜，第一次怕羞，连那么爱他、死心塌地跟他的陈小小都跑了，他真着死了。谁也不知道他跑到哪里去了。北京残存着深不见底的穷街陋巷，多的是危房，那样的生态环境更适合一个仙风道骨的老史，用他穷陋的风雅愤世嫉俗。

不过老史再也不赌了。帮晓鸥刺探老史秘密的人们纷纷告诉晓鸥这句话。自从他妻子和孩子离开他，他连麻将都不沾。

晓鸥想起许仙楼的晚餐，自己还敲了老史一顿，尽管她几乎什么都没吃。晚餐时她一直等待老史抖包袱，却没等来。现在明白他那个新的秘密是什么了：造孽多年的史奇澜停止造孽了。他该停止得早一些，代价也会小一些。以失去爱妻和爱子作为代价，对于老史，仅次于丧命。

老史给她的手机号从晚餐之后就作废了。手机中的声音告诉她，是因为欠费。连"中国联通"都加入了讨债团，参与对老史的惩罚。

早春的一天，晓鸥飞到北京。事由是听法庭调停。但她心里的急切跟法庭如何裁定段凯文毫无关联。从许仙楼晚餐之后，她就一直在找老史。她哪里也没有去；她的心哪里都到过了。替她多方打听的老刘告诉她，老史肯定不在北京周边的县城，似乎搬到很远的地方去了。

法庭拿段凯文这种人也没什么办法。假如他继续开发项目，挣的钱会分期分批还给几十位债权人。所有债权人现在要保障他日子过得好，恢复创收力，不然多次上报上杂志的前富翁就是"要钱没有，要命一条"。几十个债权人拿他五十几岁这条命该当何用？因此大家同意保障他好好生活，从而好好干活儿。

晓鸥坐在法庭上，茫然的心在很远的地方。找不到老史的时候，她才感到世界真的是大。

法庭上晓鸥接到一条短信。竟是段凯文发来的。

"晓鸥下午有空吗？想跟你谈谈。"

她坐的位置在段左侧偏后的地方。能看见他壮硕的脖子上发茬过长，白衬衫领子上一圈浅黑。他人没倒架子撑不住了，谁见过他把衬衣领子穿黑过？这件白衬衫昼夜服务，白天见客、见律师，见余家英的主治医师和护士，晚上当睡服让他穿着在一堆堆签署文件之间打盹。老刘说他剁了手指尖是夸张了，他只是在左手食指上切了一条深深的口子，就被一米八二的儿子把厨刀缴下了。并且那是一把什么样的厨刀？给饲养的小兔剁青菜的。不过他是有那心的。若不是一米八二的儿子跟父亲角斗，很难说父亲会不会把钝刀指向脖子，或者手腕。这些段落是老刘后来更正的。老刘沉重地向晓鸥强调：

345

段总是有那意思要自裁的。晚期赌徒的自裁方式跟晚期癌症的疗法一样，就那么几招。

法庭调停会一直开到下午三点。晓鸥等所有人散了才慢慢往门口走。她没有回答段凯文的邀请。此刻她怕他还没走远。十多分钟后她裹紧风衣走出大门，从走廊长椅上站起个人。逃已经来不及，晓鸥招呼都打不出来，硬着头皮迎上去。逆光的段凯文显得粗胖了一大圈。坏心情使人发福，苦难使人不在意发福与否。胖胖的段凯文让晓鸥一阵悲凉。

"我有个好项目！晓鸥，我就是想跟你谈这个！"

段凯文一张嘴，晓鸥就问自己：你刚才悲凉什么呢？

法院附近有一家很有名气的烧烤店，调停了六个小时，债主们和负债人双方都饿透了。晓鸥一进烧烤店，店堂的喧闹顿时静下来。晓鸥一看，一楼基本被段凯文的债主们包场了。她感觉到段刹那间想退出去。退出去就不是他段凯文了。于是他抽象地打了个招呼，迎着几十双眼睛走到楼梯口。所有债主都被他弄得不好意思了，因为他们刚才的喧闹就是在咒骂段凯文，咒骂这场耗时六小时但用处不大的调停。并煞气解恨地宣称如何用武力弥补法律漏洞，段凯文就这么迎着他们进来，从他们中走过去，你们要武力解决他，他来让你们解

346

决，可没一个人兑现刚才的狠毒诺言，一场正义发言成了嚼舌根，背后说人坏话还被人大度宽恕，多么令他们不好意思。

晓鸥从他们中走过，跟着段步上楼梯。途中她觉得瞥见两三张半熟脸，上了四级楼梯，她转过头：那些半熟脸是她在妈阁的同行。段把他们当东墙拆了，补过她晓鸥这堵西墙，现在他们统统被段拆得七零八落。

段凯文在服务员坚持说包间全满的情况下找出一间四人小包间。他是不能退让的，只能让别人变通来适应他。别人本来的主次排位他都不承认；他不可能给排成次位；他必须为主。

进了小包间之后，服务员领进一位头戴一尺高白厨帽的男青年，报节目似的介绍他今天将烹饪的几种海鲜，几种肉类。段凯文发现戴雪白高帽子的男青年将是他和晓鸥谈话的旁听者，马上不同意了，让男青年放下厨具出去。他和他的女客人只吃头台几盘刺身和冷菜。这个单间只能给人吃烧烤的！那请问吃刺身和冷盘的单间在哪儿？楼下散座。没那回事。那要按烧烤算钱的！算吧。

女服务员和厨师小伙子马上开始收拾烧烤食物。收同样费用又免除他们劳动，他们赶紧住嘴离开，省得这位爷改变主意。两人影子般轻地退出门，为单间里的男女掩紧门。

"现在泰安有个大项目找我做。一个大购物中心。"段凯文"大"的发音听上去就大,以"D"起始,舌尖和上膛猛一摩擦,擦燃了,爆出的尾音基本是"ta!"于是"大购物中心"大得了不得,大中含有吴语的"太"的发音。

在晓鸥听起来,段的"大"字连带着无窗的单间里固有的回音,便是"泰安的太项目……太购物中心……",所以段急需参与竞标的一笔押金。

晓鸥准备好了,只要他拉她入伙,她就说"考虑考虑",然后用手机短信把不加考虑的答复发给他:资金短缺决定不参与。不过感谢段总信任。

他从提包里拿出几张文件,放在生金枪鱼旁边,让晓鸥看泰安市委副书记给他的信。这个"太项目"是市委直接抓的,位置是市委将以极低的价钱出售的。一旦"大购物中心落成",泰安这种旅游城市会出现大都市风貌,会吸引更多游客,所以开发建造这"太项目"利润可达两三亿。一单子活儿就是两三亿,楼下那帮债主跟他讨的债算个屁钱?

晓鸥认真点头。段总说的都能实现。她比别人更相信他的能力和潜力。泰安和其他山东二线城市的项目有的是,他老家山东,山东进清华拿建筑学位的老乡有几个?何况他还有开发和建筑其他项目的好记录,他的资质证明北京的开发商中多少人获有?……晓鸥都不敢看段那双亢奋的眼睛。也许余家英牺牲了五官的对称,让她的老段回归了。

"问题是我现在拿不出交押金的钱来。"

什么?

"我又没法跟这个市委副书记说。他私底下是许诺把项目让我做,大面上还要走走过场,让当地的和北京、上海几个开发商公平竞标。假如你能借给我二百万,做竞标押金……"他拿出一张文件,备案备得相当成熟,"你看,大面上参加竞标的开发商都要先交二百万。"

晓鸥看了一眼文件,似乎是明示了这笔竞标押金的必须,为的证明开发公司的诚意和起码的财力。

"有两百万,两个亿我是稳赚。这两百万完成了竞标我就马上还给你。等项目落成,我头一个还你的债。不然的话,哪颗棋子都走不起来。"

他怎么就挑中她梅晓鸥来借这两百万?晓鸥目光定在文案上。文案不像假的。也不是复制品。她上过他的复制品的当。

"我只能跟你借。这个项目我怕人干扰。万一债权人非要参股，我这三两个亿的利润经得住他们分吗？"

晓鸥的目光不敢从文案上抬起，一个被债务逼得消失两年多的人还这么咄咄逼人。只要抬起目光她一定会给他逼得开口。她愣在文案上。自己必须先救他最后才能救自己，救他就是救自己，不救活他的公司那三千万债务就彻底死了。先有蛋还是先有鸡的永恒难题。三千万在两年前是值得她冒险玩命的数字。两年之后她已经跟这数目亲热不起来了。陈小小和豆豆的离开让老史跟谁都亲热不起来了。跟赌博都不亲热了。能亲热的就是他的雕刻刀、刀下的木头和木头变成的人、物……有了三千万，老史可以把越南赌场的钱还了，也许还能开一个艺术工作室。一切取决于段凯文能否从她梅晓鸥手里借到两百万去参加竞标。她的目光从文案上移开，看到比手画脚的段凯文，手指上难看的刀疤，倒也不影响他向她描绘美景。泰安的大购物中心建成，还有烟台的蓬莱的……

"你什么时候要这两百万？"

段凯文的嘴咬了半个字，那句深度说服晓鸥的话就这样断了。蛋和鸡不管谁先存在，必须有一个先存在，现在他面前这个四十岁的女人总算愿意充当二者之一了。

接下去他算出借这二百万该付的利息。一个月之后,他会还给晓鸥二百二十万。高利贷。晓鸥懒得跟他客气,那么就当一回高利贷主吧。

日本清酒让段凯文进入了一人世界,晓鸥告辞都没有打扰他。门掩上之前,从门缝里看见他一动不动地看着桌子上的一个点。一个隐形棋子。一个可以孵出鸡的蛋,或正在下蛋的鸡。

晓鸥从楼梯上下去时,正碰上店堂散座的那些债主上楼。在段凯文和晓鸥走进店堂时,他们正经历大革命前夜,要用暴力弥补法律的无力,把段凯文欠的钱揍回来。

晓鸥和他们交错过去。楼梯拐弯处弥漫着酒气和敌意。她一看见他们就该回去通知段的。不过她回去肯定会一块被暴力革命一番。正要下第二组楼梯时,她听见砰的一声。单间的门给撞开了。每次暴力革命的开头其实都很单调。

她向饭店的执勤经理建议,马上报警。

找到史奇澜木器厂遗址的时候，是四月的傍晚。刮了一天的七级风沙，傍晚刮累了，歇息下来。雇来的出租车顺着一条田间柏油路往南走，柏油路面上沉淀了一层细沙。远方的沙，乘风旅行了几百里上千里，到北京落户。沙漠一点点地旅行到北京，不走了。就像厂房遗址里落户的打工仔、打工妹。据说自从老史的工厂被人搬空，厂区就渐渐发展成一个保姆村。

塌了一半的库房里长出青草，从窗子里开出了野花。小保姆们来自五湖四海，原先工厂的水龙头周围是她们的俱乐部，淘米洗菜谈笑，还有两个姑娘在洗头发。不知谁在付自来水账。据说找到工作的姑娘就从这里出发，对工作不满意或想跳槽这里就是中转站。

晓鸥打听事情的时候最喜欢开朗的人，她们个个开朗。

工厂的最后几个工作人员是二〇一〇年底走的。有一个走得不远，回他自己家了。他家就在果林那一边的村里。

果林的那一边，曾经给老史和小小当过仓库保管员的柴师傅不知道多少史总的事。什么叫线索他也不懂。所以晓鸥一再强调"哪怕一点线索都行"，被柴师傅听去就像要硬拉他进入一个惊险侦探案似的，快速摆手。晓鸥失望得他过意不去了，他拿出一封信来。信封上的字迹晓鸥是认识的，是心爱的。柴师傅借过一百元给史总，史总忘了还，最近想起来，给他把一百元夹在信里寄来了。

信封落款处没有投寄人地址。邮戳说它是从广西柳州附近的鹿寨镇寄出的。在寻找木材的途中想起他欠柴师傅的一百元钱来了。他买的火车票也是去柳州的。他搬出北京了，在许仙楼他这么告诉她，但往下就没容她追问下去。在柳州的鹿寨县或许不是光找木材，还找别的。找女人？

晓鸥回到酒店里发觉自己不痛快。跟段凯文签了借贷二百万的合约并没有让她不痛快。老史成了她最近心里一种难言的不痛快。他去广西找木头也好，找女人也好，她不痛快什么？她又不爱老史。

不过假如把十几年前对卢晋桐那种感觉都叫爱的话，对老史呢？她不爱的是赌徒老史。可现在的老史

353

不是赌徒了。

就算她爱不赌的史奇澜,那老史爱她吗?抬腿走开的那个总是赢的,陈小小抬腿从他身边走开了,生拽活剥地走开的,因此老史的心残了,不会再爱了。就像卢晋桐为了晓鸥而残疾了的情感,至少他自己这么认为。

她无心照看赌场的客户,在北京恍恍惚惚地逗留,一天又一天。赌客们有的跳槽到别的叠码仔旗下,有的由老猫打理。老猫抽六成水。你晓鸥放心,会把你的客户伺候得开开心心的。有一点她完全放心:老猫的抽水很快会从六成涨到七成。果然,她在北京第二个礼拜时,老猫说他带客人如何疲劳。那猫哥就拿七成吧。她一语道破,大家都方便。

这天她在酒店房间里看电视,突然开窍了:老史搬到了鹿寨,当了寨民,北京成了他偶然来的地方。就在他春节前偶尔回北京那次,偶然地碰到了晓鸥。晓鸥逢场作戏逼他请客,他也逢场作戏地热心邀请,事后反正可以依赖手机短信取消。也许回到鹿寨的老史等着晓鸥先取消。也许他跟晓鸥一样天天内心挣扎要取消却又不了了之,最后拖到来不及取消了,只能搭飞机到北京践诺了。曾经一把输赢几十万上百万的老史,数出足够的钞票买张南宁到北京的机票时也胆战心惊,生怕凑不够数。

晓鸥只能当着老史的面才能把这番推敲证实。她拿着那只给柴师傅寄钱用的信封,到了南宁,再下柳州,再入鹿寨镇。

鹿寨镇上的派出所没人知道一个搞木雕的史姓北京人。不过镇上有个年轻人开了个木料加工厂兼收购贵重木料。晓鸥喝了警察招待的白开水,知道她离老史不远了。

木材加工厂堆木材的院子蹲着一个人,背朝栅栏,棒球帽下垂了根乱糟糟的马尾辫。天下很大,叫史奇澜的这个冤家却不难找。这地方躲债可是一流。晓鸥走到一堆木头对面,"嗨"了一声。

老史抬起头,上半个脸在棒球帽的阴影里。他慌里慌张地站起来,围裙上搁着的几把刀具落在地上,一把刀在他的登山鞋上蹦一下,掉进两块木头之间。晓鸥狠狠地看着他,他踩着滚来滚去的木头就迎上来。

"脚指头还够十个吗?"晓鸥下巴指指他的脚。

他马上找回一贯的随便和自在,也看看脚。

"你怎么知道我有十个脚指头?我那么正常呢?"

"躲债躲得真清静。连派出所都不知道来了你这么个人。"

"赵马林特厉害,看木头品种一看一个准!"

赵马林当然就是警察指到的年轻人,木料加工厂老板。晓鸥向街面的两层自筑小楼望一眼,她刚才进来并没见到任何年轻人。

"小赵带了两个木匠去山里买木头了。看这鸡翅木,这纹理,妈的,漂亮吧?"

"就堆在院子里,夜里不怕被人偷?"

"有人看着。"

"谁看着?"

"我呀。反正我天快亮才睡。"老史一边点了烟斗——鸡翅木雕刻,一边带路引着晓鸥往院子另一头走。

院子到处是木屑、刨花,木头的香味把晓鸥心里的不痛快全更替了。院内种了些幼树,是晓鸥不认识的树,老史马上让她认识了它们:鸡翅木在变成木材之前的样子。走到院子那头了,一幢更加土气的自筑小楼朝着另一条街道。老史用钥匙打开门,一房间木雕,各形各色,一时辨不出它们是什么,但每件都有自己的生命。比它们懒散、厌世的创造者更有生命。老史的懒散厌世多么带欺骗性?他有多活泛、多生猛看看这一件件作品就知道了。

灯拧开了。灯光是讲究的，给每件木雕以追光。晓鸥看见了虎、豹、胖裸妇，皱纹满脸的老人……都在似与不似之间，不似的那部分，靠你想象力去完成它，每一座人或兽或器具或景物都是天下独一份，都有着绝对的不可复制性。

"我过去白活了，不知道鸡翅木表现力这么好。你看这些木纹，"他摸着木雕老汉的脸，"就让你想到鬼斧神工，人为什么不跟自然合作呢？一件半天工半人工的作品多有形而上。"他又摸着胖裸女不对称的乳房，顺应天然木纹雕刻的。

晓鸥认为这么多好作品足够开个史奇澜作品展览了。开了，在南宁市文化馆。怎么样？没几个人看。小地方，又太偏远，到北京或者上海开去呀！北京联系了，老说考虑研究，定了之后通知。还去过哪些大展览馆和美术馆？去了广交会，西方商家看上了几件作品，下了订单，每件做四十件五十件，必须跟展品一模一样。那做出来了吗？做出来了，史木匠什么做不出来？

他自我贬低地笑笑。晓鸥明白艺术的不可重复性令他享受，而多次重复却折磨他。他没余下多少盛年时光，多半要被重复制作的木匠劳役消耗。他以为陈小小和儿子离开了他，他对人间别无他求，能做出些好作品，让散去的家补回他一点什么。就算是小小和儿子把他出让给他毕生想做的事,让他独自为那些事殉道。他的痛苦在于,他正要做烈士,发现所殉之道并不地道,他丧失了做烈士的初衷。小小和豆豆的出走白搭了,家庭破碎也白破碎了。

他口中谈的不是这些。他摸摸这只"虎头",拍拍那片"荷叶",在自语地纳闷大自然怎么会把形态、动态、笔触藏进这些木讷之物。需要心诚眼明手高的人把它们一点点发掘出来,那些让他复制四十件、五十件的欧洲、美国的商人难道不明白大自然是上天的艺术?一颗沙子都不会复制另一颗,连两条完全相同对称的眉毛都找不到,鼻孔、乳房都不会一模一样地配对……他只能在复制品上做手脚,把五十只虎、四十个裸女做得基本一模一样。现在他手中还有订单,有的木雕要重复两百次。应该培养一批复制木雕的徒弟。培养了,做出的东西给退货了。连工匠都不能复制?可不。

她无语。

"你怎么找着我这儿的?"老史这会才想到他一开始就该问的话。

晓鸥懒得告诉他。她这才感觉到找他找得很累,因为人没上路,心早就开始跋涉,哪儿都找了。缓过来再告诉他。或许用不着告诉他了。老史从来都说不出创造一件雕刻的过程,因为过程不算数,她在找他之前,心里有多少份繁复矛盾的过程?只有结果算数。结果在他面前:她来了。

"春节前那次碰到你,你比现在胖一点。"晓鸥说。

"除了你们女人谁这么计较胖瘦?"他总是装着不爱美。

"不是个个女人都计较你的胖瘦。"

"我知道。"他赶紧堵住她,生怕她提小小,生怕她让他想起小小。

"哎,这些作品卖给我吧。"

老史脸上神情一阵变动。晓鸥见过翻脸的史奇澜,但她吃不准他这会翻什么脸。神情变动停止了。到底没翻脸。

"为什么?"他对她这种什么都敢买,什么都买得起的气概是反感的,他那反感的笑藏都藏不住。

"不为什么。就因为我喜欢。"

"那你把我买了得了。"

"你卖吗?"

"开价你可别生气啊。"

晓鸥后悔自己刺痛了他的自尊。阔女人常常买自己不懂的东西,何况她现在已经不是阔女人,装装而已。

梅晓鸥投入了不赌的老史的怀抱。不赌的老史真好,气味都不一样了,虽然不是洁净的气息,但闻上去单纯。木头跟他一样,散发着单纯的气息。老史垂下头,亲吻着她的头发,吻得很轻,新生的树叶撩过一样。这一棵多情的树。

晚餐是在街口一家当地菜馆吃的。吃的时候和吃过之后晓鸥都没注意吃了什么。但她知道,她和老史的日子就这么开始过了。

史奇澜的作品海运到妈阁时，是儿子的高考时间。晓鸥这才意识到儿子比其他考生都小一岁。为了让她自己多些时间陪赌客，她把儿子早一年送进了小学。这样想着，她在考场大门外出起汗来。儿子从小就要对付比他年长的人，对付出许多额外的心眼子。一个人长那么多心眼，怎么能快乐？现在他又多了些心眼来对付史奇澜。这一两年里，他能感觉到老史是要来妈阁了。因为老史到来之前的一个礼拜，母亲的骨头先就轻了。这个骨头轻的母亲嗓音比自然的要高半度，对保姆的耐心要少几分，儿子便是她好心情的最大受益者，他晚上跟人在网上聊多久都被容许。他对四十一二还会恋爱的母亲感到不可思议，四十二岁，那是好老好老的人；更何况好老好老的女人。他在准备高考时，母亲陪他熬夜，陪他吃夜宵，但儿子知道这份属于年轻人的旺盛精力来头不妙。在他第三场考试出来，母亲给他看了一张海报："史奇澜木雕展"。

"老史叔叔这次要火啦！"母亲告诉他。

儿子把海报拿起，目光在每幅照片上停留的秒数足够表示礼貌和尊敬。儿子从来不是不懂礼貌的孩子。他的礼貌是没有温度的，有时晓鸥心里渴望他没礼貌一些。

"怎么样？"

"挺好的。"

"真的？"

儿子停顿一会，眼睛看着挡风玻璃前面的马路："你不是问我考试吗？我觉得挺好的。"

这个多心眼的男孩。他的心眼和礼貌够一个国家外交部使用。他在责备母亲没有在他走出考场劈头就问："考得怎么样？累坏了吧？"当然他的母亲知道这天考的是儿子的长项：英文。儿子在美国托儿所里跟英文一块成长，到妈阁也交了不少美国玩伴，因此英文成了他成长的一部分。这是为什么晓鸥没问他"考得怎样"的原因。但儿子非常外交辞令地责惩了她。

一还一报：晓鸥曾经怎样责惩过中年恋爱的母亲？

她开着车去码头货运处。老史在海关门外等她。儿子问母亲这是要把他开到哪里去。开到码头货运站的海关去呀，老史叔叔的木雕运到了。儿子不说话了。曾经晓鸥对待恋爱中的母亲也是这样，突然没了话。不说话比什么都让长辈窝囊。比什么都让长辈心虚，不知所措。母亲的所有作为儿子都接受了：没有意见，允许同居，母亲也是人嘛。但一到他这种突然无话的时候，你就会意识到他意见有多大，把非婚同居看得多么龌龊。这么大岁数了，还同居？图什么？你们同居都做些什么？也做同居的青年男女做的那些？晓鸥在儿子一次次沉默中听出他这些诘问。

老史慢慢沿着海边的马路逆行。晓鸥按了一下喇叭，他停下来。儿子不止一次问晓鸥，难道老史叔叔不是个输光的赌徒？他现在不赌了。输光了当然没得赌了。别这么说！妈妈是这样说爸爸的。老史叔叔跟卢晋桐不一样。儿子每次也都是以不说话告终的。

晓鸥停了车，轻快地推开车门向老史走去。儿子被留在车座上，看着母亲厚重起来的背影。让他去认为母亲屁颠屁颠吧。她回头对儿子大声招呼一句，一会就回来。让儿子看看这对老不正经如何两情相悦吧。她问老史，东西是否都运到了，老史说是的，等她填表过关呢。在鹿寨镇晓鸥脱口而出要买下老史所有杰作，老史最后是全部馈赠给她了。不过有个条件，晓鸥在欣然接受老史的馈赠之前卖了个关子：必须由她偿还越南赌场的全部债务。她背着儿子把那套出租给人的旧公寓卖了，又卖了全部债券，把一千万还给了越南赌场。虽然老史在国内还有大笔未偿还债务，但他在国外不再需要躲债，因此也就不再有被越南前游击队员现任黑帮追杀的危险。

办完海关手续，回到车里，儿子斜躺在副驾驶座椅靠背上睡着了。晓鸥对坐进后座的老史竖起食指，撮起嘴唇。提醒他不要吵醒儿子，也提醒他不要说任何亲密话，因为儿子很可能不是真睡。是为了避免跟他俩说话，同时给他俩行方便。

到了家之后，晓鸥发现老季从钱庄发了条短信来。段的利息到账。段凯文从晓鸥这里贷的二百万没见回来，"太项目"也不听提及，每月倒是按时把二百万的利息如数汇来，如此晓鸥也不说什么了。赌客她都批发给老猫和阿乐了，间或抽一两成水，段的利息支撑起了晓鸥的小康之家的柴米油盐。大陆和海外多少吃高利贷利息的人不都这样子经营？原来做普通百姓没什么不好受。她知道史奇澜是不该陪她做普通百姓的。他跟她说过，他有种可怕的能量，必须挥发出去，不被创造力挥发，就被摧毁力挥发。赌博是一种自我摧毁。晓鸥为他张罗展览，就是为他那种可怕的能量找挥发的出口。

但十四天的展览不太成功。报章只有几篇敷衍了事的评价，当地艺术家协会走过场地开了两小时研讨会。这是那种给了赞美却让人发疯的会议，晓鸥直盼望会议快结束，在老史发疯前结束。倒是香港来的几个赌客意外地看中几件木雕，要跟老史订五百件复制品。每件复制品的价钱只值那块鸡翅木的钱。

老史飞回广西去开木匠训练班，头批培训的二十个工匠两个月就把货出齐了。他们出的是大模子，老史再在每个雕刻上打打磨磨，锉几刀，做做假，两个半月之后，这批货成了交。晓鸥为他庆功，跟他深夜对酌。他拿出一张纸，上面写了一个款数。竟也有六位数。刨出成本和工匠费用，算是一笔不蚀本的交易。老史满脸凄凉。这样成批生产不如做家具了。晓鸥嘴上坚持着乐观，但心里也是一阵凉意：独一无二的艺术品难得到认同，把它普及成批量生产的货品就容易存在，容易得人心。麦当劳、肯德基就是靠批量胜利。没有足够的量不能流俗，成不了风俗又进入不了文化，文化积淀提纯的，才能成为文明，你一上来就创作文明，顺序错了。以后要在美国的沃尔玛，法国的家乐福，所有深入世俗的超级超市看见老史的第一百三十六万个复制品，老史的大时代就来了。晓鸥听老史半醉地恶心自己。拉起他的手，他的手冰凉。

自从跟史奇澜同居，晓鸥基本上不去赌场。她发现自己开始有早晨了。原来她是这么喜欢早晨的人。妈阁的早晨属于渔夫、蔬菜贩子、小公务员、上学的学生，现在她知道这些人占了多大的便宜。她也知道拥有夜晚的富人们亏了多大。日出比日落好得多，看着越来越大的太阳比看着越来越小的太阳好得多。太阳从一牙儿到半圆，再到浑圆就像一件好事情越来越大，越来越近，她站在自己的阳台上，看日出看得咖啡都凉了。但她还是错过了太阳最后圆满的刹那。据说不是每个人都能看到那一刹那的，要心诚，气息沉潜，不然眼皮会抖，你并不觉得它们抖动，但那微妙的抖动恰好让你错过太阳被完全娩出的一瞬。她想她什么时候气息能沉潜到那个程度，看到太阳从海里上天。

　　手机响起来。是老刘。老刘急赤白脸地问她是否见到段总了。见鬼了，她怎么会见到段总，她又不在北京。段总前天说是去山东出差，但他女儿段雯迪给山东打电话，山东方面根本没见到段总！这事还瞒着余家英！

　　晓鸥听着老刘急煎煎的声音。皇帝不急急死一群太监。日本烧烤店里债主们趁乱暴揍和法庭调停都没让段凯文老实。她梅晓鸥对他的最后一次信赖也给当了垃圾。

两百万够史奇澜做多少件原创木雕？好像他原来欠她的三千多万债还不够筑他的债台，又添上去两百万。

奇怪的是她一点火气也没有，也不想动用任何信息手段在老妈阁搜索他。她只想拥有从此后的每一个日出，谁也别烦她。她挂了电话，发现老史挤紧眼睛从玻璃门往外看，看见她，拉开窗帘和门走到她身后。

"找你呢。"他梦游般地呜噜着。

他上床已经接近拂晓。她装着没醒，在黑暗里偷偷享受他窸窸窣窣的摸索声和鸡翅木的香气。关闭视觉，那香味才能独属嗅觉，因此专一而浓郁。他跟那些天然的肌理年轮拥抱一夜，他的肌肤也有一种油润的凉滑。老史一向缺一点阳气。他摸到她的手，像每天夜里那样，攥着她的手长长打了个哈欠，睡着了。一般他们一块吃午饭。她把自己裁为两截，早餐跟儿子分享，中餐和老史共进，晚餐时间儿子和同学们自习，在学校里随便充饥，夜宵她又把自己还给老史。这个公寓一共一百三十八平方米，各有各的日月和昼夜，或者说它更像个旋转舞台，前台后台轮流，你方唱罢我登场，唯有晓鸥得不停地跑圆场，谁的后台都是她的前台。老史的手理了理她的头发。她的发型太商业气，这是他的意见，因此他一得手就把她头发弄成个倒塌的麦秸垛。

"怎么不睡了？"晓鸥问。

"找你啊。"他一边回答一边拿过她手里的冷咖啡喝了一口。你永远别想知道他的多情是真是假。

"再睡会儿去。"

"头发这样多好看。"他一手扶着"麦秸垛"，不让它继续塌。

"去你的。"她的头犟了一下。

"电话把你吵醒的？"

"不是……是电话把你吵醒的吧？"看来一定是的。他从来不接晓鸥家的电话，自己的手机大部分时间关机，除了他用它给晓鸥打。全中国没人知道他的最新手机号，除了梅晓鸥。但每次电话铃响，手机也好宅电也好，他都会经历一番几乎无痕迹的惊悚和兴奋。他明显地怕着同时盼着一个电话。

陈小小的电话。晓鸥怎么知道的？因为晓鸥也怕着陈小小的电话。她似乎乘人之危夺人之爱。这个被偷来的老史似乎会被失主认领回去，早晚的事。

"刚才那个水利部的老刘来了个电话。"

老史似乎矮了一毫米，一口抽到胸口的气放了出去。他安全了，或者失望了。

"老刘说段凯文又到妈阁来了。"她是为了让他进一步相信电话确实来自老刘,而把它的内容更具体化一些。

"噢。"老史不记得什么段凯文了。记得也没兴趣。

晓鸥把他推进门,让他接着睡觉去。她自己走进厨房,开始为儿子做早餐。固定保姆半年前被她辞退了,眼下来的是个打扫卫生的钟点工。她家停止购进方便面也有半年时间。两个保姆一个妈妈用方便面养大的男孩,居然高考进入前十名,也许儿子是前三名的智力,但前十名是命,一个糟糕妈妈加两个保姆给他的吃方便面的命。

她洗了澡,在浴室里擦擦抹抹地维护整洁,听见儿子在厨房翻箱倒柜。翻方便面呢。这孩子断奶那么容易,断方便面这么难。对人造的鲜美上了瘾,真实的鲜美再也打动不了他。在人造鲜美抚慰他童年少年无底的胃口时,天然鲜美在哪儿呢?因此他对种种人造美味不仅是味觉的需要,也是心理的需要。等他秋天上了大学,看谁敢阻拦他尽享人造美味?!

晓鸥回到客厅。儿子坐在餐桌边啃凉了的培根。他向母亲问了早安,问了昨晚的睡眠。没翻出方便面他胃口萎缩,嚼木条一样嚼着培根。然后他捎出要去北京看望病危的父亲。

"又病危了？！"晓鸥一开口马上后悔自己的尖刻。

"嗯。"儿子垂下头。不知是想哭还是为老病危而不去世的父亲难为情。

"那就去吧。反正考试考完了。"她不见儿子反应，"我没不让你去，你哭什么呀？"

"谁哭了？！"儿子突然失去了礼貌，哪怕那没温度的礼貌。

晓鸥不认识这个比她高半个头的男孩了。假如她感到一点熟识的话，那就是从男孩形态中看到十几年前浑起来的卢晋桐。在拉斯维加斯的赌场里，她拉着卢的胳膊让他猛然发力甩了她一个屁股蹲儿。儿子不用臂力光用那句话也甩了她一个跟斗，心理的、亲情的……

儿子用语言跟母亲斗狠，自己倒被气着了。他站起就走，把手里半根培根扔回盘子，当的一声。肉是够冷够硬的。晓鸥眼睛定在培根上，听见儿子出了大门。关门的声音碰到了她的痛感神经，震麻了。老猫打电话来了。打吧。铃声响了十遍，老猫放弃了。五六分钟之后，又来个电话，还是老猫，同样的铃声，听上去是老猫在烦躁。烦吧。

半小时过去了。四十分钟过去了。晓鸥一动不动，儿子不可以莫名其妙把她搁在半空中，道歉没有，再见也没有。门铃响了。一定是儿子回来道歉或者说句软话，或者说，我忘了钥匙。可以把他忘了钥匙当和解的借口，十七岁的高中生就不死要面子了？她走到门口，笑脸都准备好了。怎么办呢？这年头都是长辈自认愚蠢，自认矮三分，记吃不记打地先赔笑。

打开门，门外却是老猫。黑T恤，白头发，黑眼镜，白色的玉石佛珠，全人类都数下来也数不到老猫戴佛珠。

"给你打电话，你不接，就来了。"

晓鸥心里很堵：儿子怎么调包成了老猫。此刻敲门的人只要不是儿子，都是给她添堵。老猫看得出她客套的笑容多么浅，根本掩盖不住她对他的怨气和烦恼。因此他一下子忘了急匆匆上她门的事由。

"能抽烟吗？"老猫问，向她身后的客厅看一眼。

"不能。"

她的表情在说：好像全妈阁只有我梅晓鸥一百三十八平方米的家可以做你的吸烟室。

"那我们到楼下去说。"老猫已经掏出烟盒、打火机。

"什么事？"她穿的一身居家衣裙，只能给老史和儿子看，连老猫都不配看，何况小区的邻居。

"我到阳台上抽。"他说着就往门里挤。

"阳台也不行!"阳台是老史和她的空中楼阁。漫说老史还睡在她的床上。

她转身往里走。老猫明白她在给他带路。他跟着她穿过门厅,走进厨房。晓鸥知道全妈阁也不会找出比这更干净明亮的厨房,当吸烟室招待老猫绰绰有余。她走到炉灶前,对老猫摆摆下巴。

"过来。到这儿来。"她示意自己跟前。

老猫看着她,眼里浮起荒淫的希望:你这女人终于想开了?因为有个熟睡在她牙床上的老史,她有了千军万马的防御似的。老猫不慌不忙迈开捕鼠的最后几步,来到灶台前,晓鸥摁下抽烟机最高一档的按钮。轰隆一声。

"抽吧。"晓鸥向旁边撤退一步。

"我操……"老猫瞪着晓鸥,一副扑空的愚蠢笨拙相。他成了《猫和老鼠》卡通里的汤姆了。

她随手拿了个碟子,放在灶台上,眼神是平直的,她可没扮杰瑞跟他逗。

老猫笑笑,晃晃蓬着白棕毛的头,笑自己白白馋嘴了这么多年。或者笑晓鸥自作多情,做出守身如玉的姿态，可怜她四十二岁的身子只有她自己还当成玉来守。

"怎么了？"她靠在灶台对面的厨台上，等老猫喷出一口烟才问。

"这么响我怎么说话？"他指指抽烟机。

"我听得见。"

抽烟机可以把他的话抽掉一些，老史就听不清了。她怕他没好话。

"你知道我看见谁了？"

晓鸥没搭腔。已经没什么悬疑可以令她兴奋了。何况她已经知道老猫指的"谁"是谁。

"那个姓段的在凯旋门呢，搓牌搓得一身劲！"

接下去他告诉晓鸥，他的马仔如何发现了段，如何跟踪了他，如何观察他玩牌，如何从十万玩成二十万，又玩成五十万，再玩成三百万，一夜激战下来，最终剩下的是一万一千块……晓鸥让给老猫的客户让老猫小发了几笔财，现在他雇用的马仔分工具体，有的专门在各个赌场搜寻欠债不还又钩挂到其他叠码仔名下贷款继续赌徒生涯的人。晓鸥当然条件反射地想到她贷款给段的二百万。直到现在也没听到那个"太购物中心"开工的说法。段按期偿付的高额利息，原来是保障那两百万的本金不归还。现在段在赌台绿毡子上推出去、刨回来的只能都出在那两百万里。

"去不去看看？"

那将是难堪得无法活的场面：趁热捉拿到那双在绿毡子上搓牌的手，她不知段会怎样，但她知道自己会羞臊得找地缝钻。那双曾经撕煎饼读出优异成绩的手，那双平地起高楼的手，被晓鸥当蟊贼一样现场逮住，哦，太臊人了！光试想一下就使晓鸥臊得呆木在那里。

"求你了，猫哥，你去帮我处理段总吧。"

"又是你猫哥了？"老猫歹念又起地笑着，把一半笑容藏进握着打火机的手后面。第二根烟和第一根烟之间只有半分钟的间隙。

"追回来的钱归你。"

晓鸥在开口之前都没想到自己会说出这句话来。

"真的？"

晓鸥知道追回来的希望是极其渺茫的。她对段凯文的直线沦落充满前瞻和信心。假如她不是在跟卢晋桐争儿子，跟陈小小争老史，她不会对自己的"事业"这么消极。她感到最近的生活似乎在发生质变。曾经多几千万身家，但她从来没有感到生活发生过质的变化。质变是内向的，是只能闷声品味享受的。早点意识到这些，卢晋桐对于儿子是不会产生那么大的吸引力的。老猫走了之后，她坐在厨房的便餐桌边剥嫩豌豆，满心恍恍惚惚、断断续续的白日梦。此刻生活的无目的就是最美好的目的。在这个季节能吃到亲手剥的新鲜嫩豌豆就是生活的质变。现在什么都贵在手工；在这个时分能用手工给儿子和老史剥嫩豌豆就是生活的质变。谁有这份奢侈把手机里的好消息坏消息群发笑话堵在知觉之外呢？她晓鸥现在就有。只要儿子爱她，老史也爱她……不，只要他们俩允许她爱他们，随便她给多少爱他们都不嫌腻，质变就达到了恰恰好的度数……

豌豆还没剥完，短信来了。老猫告诉她，姓段的说欠谁的钱谁自己来要，轮不到老猫要。看来需要晓鸥亲自出马，才能把段的欠债转给老猫。晓鸥看着一碗美丽的嫩豌豆，半桌翡翠色的豆荚，慢慢站起身。又要进入那个冤孽之地，看那些牛头马面，还没动身，她已经心力交瘁。

在凯旋门赌场的散座大厅口端看见老猫、元旦和段凯文。段一看见晓鸥，眼里竟出现遇救般的神色。

可怜的男人到了众叛亲离的地步，细数下来，梅晓鸥还算他亲的热的。她称呼一声"段总"，走上去。段的右臂动了动，但没有伸出来，意识到自己已经丧失了握手接见别人的高度。晓鸥看出了他那右臂暗含的去向，主动向他伸出手。段感到自己蒙受晓鸥的接见，谦恭地微探下头，伸出右臂。晓鸥的手掌已经认不出这只手了。它不是从前那敢做好事也敢做坏事的手，手心湿冷松软，本身就是个大尿包，你要握就握，你要扔下就扔下，都由你做主。这哪里是段凯文董事长的手？再来看看他的脸吧，不再是浮肿，而是痴肥，进一步证实了人在压力、困惑、自暴自弃状态中会诉诸最低等的快感——咀嚼——的推论。他身上一件所有中老年中国男人都有的浅灰色夹克，不是XXL，就是XXXL，比他所需的尺码大了不少，似乎为将来继续增长的体积预先占位置。皮鞋尖有些上翘，如同搁浅的船头。正如他初次出现时的一切合宜，眼下他浑身的凑合。他还想找回他们初次见面时的热乎乎的笑容和腔调。

"我到珠海看一块地皮，顺便过来玩两把！晓鸥你怎么样？"

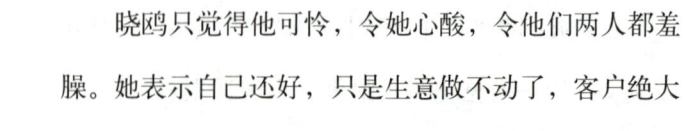

晓鸥只觉得他可怜，令她心酸，令他们两人都羞臊。她表示自己还好，只是生意做不动了，客户绝大

多数都让给猫哥了。段总看看老猫。老猫不动声色；他不用动声色。段凯文又来两句儿子不错吧，长大了吧之类的客套，让晓鸥觉得再站下去不知谁先把谁羞死。她请段总继续玩去，别让她打断了他的好手气。

"唉，晓鸥，你可是说过，段总从今以后由我接管了。"老猫说。

晓鸥给了一句支吾。

段凯文的目光绝望地扫在晓鸥脸上。这么大一把岁数，继续给人"段总、段总"地称呼着，一眨眼就被转手了？不，转卖了？千百年前卖奴隶，现在负债人也可以当奴隶卖？

"我不懂他怎么接管？"段盯着晓鸥。

"这好懂：你该还她多少钱，我先替你垫上，还给她，然后我再跟你要。晓鸥，段总欠你多少？三千还是四千？"老猫说。

当然，这里是把"万"字省略了的。

"法庭上可没有规定由第三者先帮我垫钱的，梅小姐。"

人落魄了，穷了，智慧可没有穷。

"丢，我不给你垫上，你有钱现在就还她！不然她吃什么？让她一个又当爹又当妈的女人跟孩子一块都饿死啊？！"

"我没有跟你说话。"

"我跟你说话呢!"

段却还是把老猫放在自己视野之外。他以为可以沾大庭广众和保安的光,老猫不敢像上次在银河的房间里那样暴揍他。

"梅晓鸥,我不要他给我垫钱。"段凯文可不那么好转手,愤怒得眼睛都红了。"说白了吧,他爱垫钱是他的事,跟我没屁相干。"说着他就要回赌场去。

老猫又扑食了:他上去就扯那件土透了的灰夹克领口,夹克的拉链一路拉到喉咙口。好在夹克尺码大,段的脖子在里面还能有足够的自由。晓鸥马上从身后拉住老猫,用力把他拖开。

"猫哥,监视镜头对着你呢!"

老猫对着斜上方的镜头,用唇型说了一句:"丢你老母。"

段盯着晓鸥,眼神在说,没想到你梅晓鸥下作到这种地步,跟这种人渣男盗女娼地对付我。或许你根本自己就是人渣;人渣不过男女有别,形色不同而已。他的手慢慢地、带控诉感地拉正夹克,似乎那衣服正不正有什么区别似的。

晓鸥至少把两个男人弄到了临海的人行道上。

"跟你没屁相干是吧?你又骗了晓鸥两百万,说是去竞标,你竞的标呢?!编故事骗钱!骗谁不行,

378

还非骗一个单亲母亲！你是个男人吗？！"说着他又要朝段上爪子。

晓鸥看着这只疯猫，那一头白毛比他人更愤怒。晓鸥在老猫的凶狠中看到一丝把债从段手里追回的希望，有一毛钱追回一毛钱。

"猫哥，让我先和段总谈 谈好吗？"

"不行！"老猫吼道，"你问他，是不是用那两百万上赌场竞标来了？"

"好好好，我一定问他。"她给老猫一个眼色让他撤下，但老猫的拳头还是握得铁硬。"段总，我们走吧。"她拉着段的左臂，半个身体做段的盾牌，从老猫旁边绕了点道，走过去。

"让他先把那两百万还给你！"老猫在他们走出二十多米时追来一句。

拉着段凯文胳膊的手活受罪，放不放开都令两人尴尬。手自己先累了，并充满牢骚，怨怪它的主人把它搁在如此不该搁的地方,抓握如此不该抓握的东西。这抓握也令段凯文极受罪，肌肤和姿态都僵着，盼望这种接触马上结束又不知如何结束最不着痕迹。最后是晓鸥先放了手，同时回头看一眼，说现在没事了，他（老猫）走了。似乎要段别把梅晓鸥的手臂和身体当女人，就当防身盔甲好了。

他们找了一家靠海的咖啡馆坐下来。海风把极俗的电子音乐刮得飘飘忽忽，稍微减去了几分俗气。段凯文叫来服务员，给他自己点了一杯美式咖啡，又问晓鸥要什么。意思是他请客。沦为被动，不甘心啊不甘心。晓鸥决定让他找回点感觉，吃他的请。她看了一眼桌上的菜单，点了一杯拿铁，一份金枪鱼三明治。她越点得多，他的感觉会越好。果然，他微微笑了一下，转向海水长吐一口气，又伟岸了一点。

"你那个猫哥简直是社会底层的流氓，"段先开了口，"我打着竞标的旗号骗你钱？！以小人之心度君子之腹。"

晓鸥只能听着。老史此刻应该起来了，每天他起床之后会喝一杯豆奶，一边喝一边审视用笔记本电脑拍摄的昨夜的创作。这时的他是另一个史奇澜，是评论家史奇澜，客观而苛刻，专门挑昨夜老史的败笔。只是不知道家里的豆奶够不够……她一惊，发现自己错过了段凯文好几个句子。

"……竞标倒是没什么问题，可没这个资质证明就接不了那样的大型工程。"

晓鸥把写满疑问的脸朝向段：啊？什么资质证明？

"我告诉过你,晓鸥,我这种资质证明,北京发展商里只有五六个人得到过!"

晓鸥点点头,表示相信。不过这跟他欠债还钱有关系吗?

"等于是高级执照!等于开发商里的最高等级!等于这行的博士后!"

晓鸥又点点头,她同意,应该是非常非常高级的建筑执照。

"太可惜了,因为我在国外,没有按时交费,所以执照过期了,要不然我竞标是百分之百的!"

就是说因为他执照过期,所以山东泰安的超大购物中心项目落到竞争对手手中了。那两百万的竞标押金可以如数归还了吧?

"我知道你会问那两百万的竞标押金。"

晓鸥老老实实地看着他:自己惦念自己的钱,没什么可丢人的因而也没什么可否认的。

"那两百万还在那儿呢。你放心,晓鸥。就算用它整存零取嘛,每月还得这么高的利息。不吃亏,是不是?等两百万本金还你的时候,加上利息,都成倍了!"

"段总,您去了越南还是新加坡?"

段愣了一下,只有半秒钟,但足够让晓鸥明白,她那两百万被他带上了不归路，从越南或新加坡的赌台上曲线走出去的。

"山东是我老根据地，泰安的项目没到手，还有蓬莱的，烟台的，我家乡临沂也要我去做大项目。"段凯文轻易地转开话题。他还没到彻底要不得、凭空撒谎的地步，没有抵赖他去过越南或新加坡。"只要交了费，更新资质证明，其他开发商跟我的竞争力相比，没比头，根本不能同日而语！"

听上去他只差那笔更新执照的费用。晓鸥心里帮他打了个比方：就像交会费进入某高级会所，进去了就能接触高级生意伙伴，做成高级生意，一切都始于一笔会费。那么这笔高级会费是多少呢？

"那笔费是多少钱？"

"六十万。"

晓鸥吓了一跳。她以为几万块钱呢。不过几万块她也不会给他。几万块够她和儿子以及老史过几个月好日子了。段凯文看出晓鸥心里在开计算机。

"只要你周济我六十万……"

"段总，您太瞧得起我了；我连六万都拿不出来。像您这样欠钱的客人不止您一个。您看，您一个人就欠了三千多万——咱们算上利息,对吧?再来两个像您这样的,我还有法儿在赌厅里干吗?哪个厅主还会给我筹码让我借给客户?您欠厅主的钱是得我来还的呀!您是跑得了的和尚,我是跑不了的庙。为了给你们这些欠债的客户还钱,不怕您笑话,我房子都卖了!在我们这一行里,这就是破产倒闭!您让我拿什么钱借给您?"

她稍有夸张,但绝不是胡扯。说到自己委屈处,眼睛热辣起来。在家剥剥新鲜豌豆就感觉无比幸福,还有人拿她当一管已经挤瘪的牙膏来挤。

"我没说一定要借你的钱,别急嘛……"

他伸过手轻轻抚着晓鸥手背。晓鸥瞥见他臃肿的手背上出现了浅酒窝。她恶心地缩回手——你还有本钱出卖男色?

"借给您两百万,您又把它玩丢了,我没跟您逼债吧?您还没完了?!"

晓鸥的嗓音恢复到三年前了。刚才上咖啡的男服务员从店铺里伸出半个脸。

"谁把那两百万玩丢了?"他摊开两只手。

晓鸥给他一个疲惫的冷笑。她懒得费劲揭发他。

"只要你梅小姐再搭我一把手,我肯定把我们临沂的大项目拿到手。就六十万,算我最后一次求你!"

现在的段总是有一个诓一个,诓到多少是多少,够下几注下几注。

"您求我,我也得有啊。"

晓鸥把椅子向后推了一下,站起身走了,把未动过的拿铁和三明治以及段凯文留在身后。

回到家,老史果真去了他的工作室。她看见未剥完的豌豆现在被剥完了,桌上的玻璃板刚被抛了光似的晶亮。不知是儿子还是老史干的。但愿是儿子。亲极反疏,在一起相虐,刚一分开就急于求和弥补,这就是一家人。她推开儿子的房门,发现他把床和书桌都收拾得很整齐:又是一个弥补姿态。现在是他最轻松的时候,等着大学生活的开始。应该允许他去看看卢晋桐。万一卢一脚走了从此就会成为儿子心上一个大洞,一块永远无法治愈的痛楚。那卢晋桐可就彻底赢了这场感情拔河。

她把豌豆和云腿一块炒,又烫了几棵菜心,浇上蚝油,还煲了海米冬瓜汤,此刻恰好米饭也熟了。老史是不会接电话的,所以她给儿子留下一半菜饭,把另一半装进便当盒子和搪瓷汤罐打算给老史送去。老史的工作室在老城的

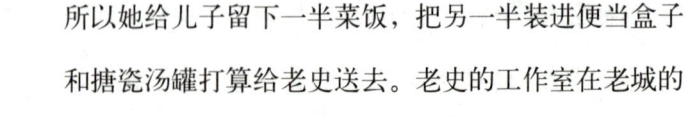

恋爱巷附近一座旧楼里，顶层阁楼的空间全被晓鸥租下来，共有两百多平方米。开车往工作室去的路上，她眼前尽是段凯文的脸。人的沦落是挂相的，心里一堆垃圾，便从脸容漾出一片腌臜。曾经那是一张多好的脸容啊。她明知道可怜谁也不能可怜他。就像北京马路边上的残疾乞丐，她明知道那是他们的扮演，但她总是买他们的"票"，人能这样扮演就可怜到极致了，不妨拿戏当真吧。

她把自己几年前至今和段凯文的交道告诉了老史。老史在雕刻一件作品，转过头来看她一眼，很抚慰的目光，当然感觉到她述说段凯文时的痛心和酸楚了。汗水从额头流到他脖子里，头脸光亮亮的，比他打磨的木雕头脸还润泽。她为他擦了擦脸，劝他歇歇，吃了午饭再干。他嘴上诺诺应允，却并不照办。似乎荒唐掉太多的时间，现在连本带利息往回捞。赌徒老史变成现在的老史是脱胎换骨，是浪子回归，可不是每个赌徒都能完成这个回归的。应该说能回归的不多。得爱妻和爱子再搭上和睦家庭来置换这个回归。够惨痛的，但毕竟回归了。看看段凯文吧，爱妻的半身不遂和高低不平的五官置换来的只是他手指上一块难看的疤痕。老史让到一边，意思是让晓鸥看看他几小时的工作成效。晓鸥表扬地微笑一下，他把胳膊伸过来在她腰上轻轻一搂。她是回归的老史的受益人。中年男女的爱情原来就是这样,比如十多只土鸡熬出的汤,只有尝的人知道多美,浮面一滴油腻都不见。

晓鸥的电话响起来。老史突然停下手。室内顿时是心惊肉跳的静,直到晓鸥对着手机说:"嗯,我知道是那个段生。他怎么有我们家的电话?"

那一头是晓鸥家的钟点工,下午一点来上班,隔着吸尘器的噪音听到电话铃,就接听了。段生说晓鸥把丝巾丢在咖啡馆的椅子上了。那可是一条不能丢的丝巾,白底红梅,老史的手绘。穿戴了十多年名牌衣服和丝巾,现在她只穿老史的设计。穿了老史的设计她才明白那些名家想象力的匮乏,设计的重复和丑陋;也意识到世上只有一个梅晓鸥:她梅晓鸥的独一无二和不可复制性。她跟钟点工说,假如段生再打电话,告诉他把丝巾留在咖啡店,自己会去取。手机还没挂断,她听见老史开始活动了。他拖着脚步走到放着菜和饭的凳子旁边,慢慢坐在一块尚未雕刻出雏形的鸡翅木上。陈小小和儿子是否得知他已戒赌,他不知道,但他多希望他们知道。他也明白他的不赌是不够的,远不够把他们赢回自己身边。不赌只是个最最低的起点,从他的债务高峰算起,那起点只是跟死海齐平的海拔。即便陈小小和儿子回来,跟他待在死海边,仰望压顶的债务高峰,也没什么幸福。关于这一点,老史越来越看清了。从每一个误认为来自陈小小的电话铃声中看清的。

餐间说起段凯文要再借六十万的事。老史正用勺子舀冬瓜汤,半途搁回了勺子。他当然在意她是否又进圈套。她怎么会再进圈套?干脆地回绝了他。要不了多久,段凯文也能弄残自己一条腿或一只手,进修深造求乞艺术,到大街上去挣生计。差一点那就是他老史做的事了,只差一点。不对,不是只差一点,你史奇澜跟段凯文人品上差距很大。晓鸥怎么会知道?他史奇澜自己知道:就差那一点,要不是小小带儿子出走,就一点不差了。

接下去的对话,是勺子和碗的、筷子和盘子的。两人都不说话了,似乎都在为差的那一点而后怕。工作室里开始进来下午的太阳,一缕又一缕,把万千灰尘孵活了,欢蹦乱跳地起舞。老史忽然凑过嘴唇来亲她。等不来小小和儿子,又有那么多的柔情要施予。晓鸥感到他的亲吻越来越深,搅拌着新鲜豌豆和云腿的滋味,很是鲜美。晓鸥一向的卫生标准顷刻被颠覆,爱是生理一些更好,带一点不洁和腥气无妨,只说明都是活的。她从来没有感觉过这么丰富的爱;丰富在于伤心和欢悦，若有所失和若有所得，混得那么乱，又乱得那么好。他知道她不愿意完整地裸露，中年女性的身体已经消失了一些肯定的线条，一些弧度是马虎混过的，颜色也不那么新鲜，总之有些旧旧的感觉；因此他由她遮盖去，在太阳中让她的身体藏在夜里。中年的欢爱有多美，无可奉告，只能你知我知，连天和地都不知。

两人大汗如洗，最后一盎司的快感都被挖掘出来。之后你看着我，我看着你，淡淡的伤心还在，得而复失失而复得，总有那一点是得不到的，却也只能这样了。老史微微一笑，她把衣服拉直，一些地方还留着快感的印记。

"晓鸥，给他最后一次机会吧。"

虽然是一句建议，但充满商讨的意思。晓鸥感觉有点被背叛，退役赌徒在帮一个现役赌徒的忙呢。

"说不定他真的是缺少这一次机会。你忘了？你也给过我最后的机会。"

晓鸥摇摇头，表示不加考虑。老史是老史，段凯文是段凯文。

"只不过我没有珍惜你给我的最后机会。"

"你凭什么认为他会珍惜？我那二百万给他骗去，

都让他丢在赌桌上了！"

"听你说过这个段总几次。你的口气都是替他可惜的。他比我有能力。条件也比我好。假如有最后一次机会……"

晓鸥收拾碗筷时，老史说那只是他随便说说的，只是建议，她听不听都无所谓。

离开工作室之后，晓鸥去了海边咖啡馆。丝巾却被段凯文拿走了，留下一张纸条。一笔隽秀的字迹告诉晓鸥，到他酒店前台去取，因为他看出丝巾的不凡，怕留在咖啡店弄脏或丢失。一个小小的负责行为，让晓鸥开始倾向老史的建议。她用手机拨通老猫，请他帮着查查看，资深开发商是否真有什么资质证明，有的话是否需要交费。老猫在傍晚时分查清了事实，段凯文在此事上没有撒谎。

她到了凯旋门酒店大厅前台，说明自己是来认领那条手绘丝巾的。丝巾被叠得四方平整，装在一个小购物袋里。段是识货的，和晓鸥一样爱这条丝巾，这和他在建筑上的超好审美观也是紧相关联。一个有着巨大潜质做好人的混账。现在难道轮到她晓鸥来挖掘那些精良潜质？别逗了，她没那雄心和野心了。让老猫去挖吧。她把老猫招来，跟他摆出条件，段凯文可以让给他，要回的债务她只要两成，但现在他必须出六十万把段救活。

老猫瞪着她，一半上唇咧开，看着晓鸥这个葫芦里卖没卖毒药。

晓鸥见他掏出烟盒，替他按着打火机。猫哥这难道不是下注？愿意玩总得拿出赌资。干吗她晓鸥不自己玩？没赌资了，也玩够了。想想吧，猫哥，同意就签个合同。他要一天时间考虑。给三天都行。姓段的不是地道人。地道人就不用押注了。

地道我还请你老猫出马？晓鸥心里冷笑。她知道老猫不会把三天时间花费在考虑上，而是花在调查上。段的能力，曾经的丰功伟绩是经得住调查的。果然在第四天下午，老猫来敲晓鸥的门。他同意跟她签合同了。晓鸥知道他一定刚从北京回来，完成了一场透彻的调查研究加三思。

清晨五点，老史没有准时回家。晓鸥不放心了，起床随便套了条牛仔裤和T恤衫，就去了老史的工作室，工作室离她的公寓二十分钟车程，老史一般是骑车往来。走到工作室楼下，她看见阁楼上面灯光阑珊，不像在工作的样子。老史在为香港秋季艺术品拍卖会突击创作几件木雕，现在回家睡觉的时间从原先的凌晨三点推后到清晨五点。

她轻轻推开门。到工作室来晓鸥总是带有一种敬畏，寻常人对创造者那种不求甚解的敬仰和畏惧。所以她每次进入这里总是十分知趣，尽管这间工作室是租在她自己名下的。灰暗的黎明中只有一盏壁灯亮着，老史坐在地上，背靠着墙，眼睛看着天花板。

"你怎么来了？"他既无倦意，也不精神。

"你怎么了？不舒服了？"晓鸥轻声问，走到他旁边蹲下来。

"没怎么，就是弄不出来。"

他指的是创作不顺心，不顺手。

"我恐怕完了，怎么使劲都弄不好。过去是心里有手上无，现在心里都没有了。"

这种状态在这两年中时而发生，延续的时间有长有短。它一发生，老史就说自己完了，或者说自己本身就很平庸，自以为复制几千件居家摆设屈了才，实际上何才之有？！庸才罢了。晓鸥于是提醒他，每次这种创作低谷和自我怀疑都会过去，不过早点晚点的事。他却说这次过不去了，因为他从来没感觉脑子这么空过，举起刀之前还有点想法，可一举起来就不知该往哪儿落了，刚才的想法跑得干干净净，剩下个空空的脑壳。有时拼命地追捕还没完全散尽的思绪，就是捕捉不到，恨得撞墙……

晓鸥赶紧去摸他的额头，额头还好，再看看周围墙壁，墙壁也无损。他明白晓鸥的眼神，说自己要不是吃了那几种药，早就撞得头破血流了。老史每天都吃三种药，有时快睡着了，又噌地一下跳下床，冲进浴室去吃药。其中几次晓鸥见他跳下床去开药瓶子，马上提醒他，他已经吃过这天的药了，别吃重了；他会疑惑地问晓鸥是不是看清和记清了，万一记错，少吃一天的药可是灾难。晓鸥问他那是什么药，为什么一天也不能缺，缺了会发生什么灾难；他含混地说都是些治疗焦躁的精神药类，他自己也不完全懂。这个黎明时分他告诉晓鸥，这些药副作用很大，其中最可怕的副作用是削平创作的巅峰情绪。那为什么要吃呢？为什么要让它削平他呢？停了药不就能恢复创作巅峰状态了吗？

"创作状态倒是恢复了，你跟我的日子就难过下去喽。"他伸过一条胳膊，把晓鸥揽进怀里。

再追问，老史也没有说得十分清楚。

"吃了药，就可以做个正常的人。做个好人。不吃药，可能就是极富创造力的疯子。所以我还是做个好人吧。为你我也要做个好人，通俗平庸就通俗平庸吧，你说呢晓鸥？你配一个好男人跟你一起过。"

老史当然不可能平庸，起码晓鸥没这层担忧。她挨着他坐在地上，头靠在他没多少体温的胸口。

秋季的香港艺术品拍卖会上，老史的一件作品被拍出去了，虽然价钱拍得不高，只十五万，但这是性质不同的钱，是令老史和晓鸥振奋的钱，跟过去用两千件复制的居家摆设赚来的钱完全不是一回事。这是陈小小和豆豆消失的第四个年头。有人跟晓鸥说，在加拿大的温哥华见到了母子俩。不知道是否也有人把这消息告诉了老史。估计老史现在一定知道陈小小和豆豆的所在，因为他已经不为电话铃声所动了。

老猫这天到工作室来找晓鸥。晓鸥在帮老史抛光一件成型的作品。一个走钢丝的杂技演员，很写意的，钢丝是一根很直的树枝，人不可思议地在上面以高难舞姿骑车。虽然小小是表演高空舞蹈的，跟走钢丝不尽相同，但可以看出老史对各种杂技动作的熟悉，对这种古老民间艺术的迷恋。这点上他和某个阶段的毕加索有可谈的。老猫看着无声息的晓鸥和老史各忙各，眼睛和鼻孔发出一个看不起的微笑：跟着木匠做木匠婆了！木匠都能得手我老猫怎么就只有看的份儿？还挺把木活儿当事儿呢！这么赚钱跟早市卖鱼也差不了多少。不指望老猫这种人懂得很多乐子在于不赚钱和用什么赚来的钱。老猫掏出烟盒，晓鸥立刻把他往门外撵。

"你要把一屋子作品都烧成炭啊？！"

"我以为你俩干柴烈火的早该把那些木头烧成炭了！"

老猫嬉皮笑脸的。现在的晓鸥一点荤都不吃；老猫给的荤让她要吐。

"滚蛋！"

"有了木匠不要猫哥了。"一个悲哀表情符号出现在那堆白毛下面。

"有话快说。"

"有屁快放。这就放：那个姓段的王八蛋把那六十万全输光了。"

晓鸥吞一口冷气。这一来她真是做圈套让老猫钻了，虽然她不是故意的。可是老猫怎么知道段输光了呢？段自己供认的。段凯文在妈阁？偷渡过来的，偷渡费都是借黑摆渡的，还是他老猫帮着还了偷渡费。人和人也能复制，段凯文复制了当年的史奇澜。是不是亲自把钱送到黑摆渡手

395

里的？一共才五千块，他老猫没那么下贱，去亲自接洽黑摆渡那种人渣，当然是由段总自己去还的。

老猫在"段总"二字的发音上出了个戏腔，似乎是嘲弄，也似乎是骂人，那意思好像说从今后人们骂王八蛋的时候可改为骂"段总"，"段总"和王八蛋是同义词。

晓鸥知道老猫又上了段凯文一记小当：那五千块钱被拿去做赌资了。看来段要把不服输的美德保持到生命终结。那么现在段住在哪里？给他安排在金沙，标准间正好在打对折，就在那个最便宜的标准间里，逼出了"段总"关于六十万资质牌照费的实话。一定又跟他动粗了？不动粗"段总"有实话？这一刻段凯文在哪里？在金沙的标准间。猫哥放心，他已经不在那里了。那在哪里？！在哪里不知道，不过他肯定已经逃走了。难道"段总"还有更阔气的住处？他从你那里得了五千块的赌资，不逃走还等什么？

老猫空白着一张脸对着晓鸥。妈阁的小赌场星罗棋布、曲径通幽，段凯文钻进去，十个老猫都别想捉回他来。段凯文贫苦出身，现在也可以跟贫苦赌徒坐在一桌，照样酣畅淋漓地玩个昼夜颠倒。妈阁的赌界是一片海，远比妈阁周边真正的海要深，更易于藏污纳垢，潜进去容易，打捞上来万难。只要段凯文放下了架子，调整了心态，肯和下九流赌徒平起平坐，可有得玩呢！那些小赌档也会有小叠码仔，他可以借到小笔赌资，一个赌场赖一笔账，段总可以在赌海中颐养天年。

老史此刻也来到工作室外。他跟老猫随意打了个招呼，掏出一盒熊猫烟来请老猫和自己的客。烟是他一位识货的客户送的礼物，一送送了一箱。老史的原则是不抽花钱买的烟，所以他说自己不抽烟，只抽礼物。

"出事了？"

晓鸥和老猫无力地笑笑。晓鸥娇嗔一句，都是他老史的不是，要她给段总最后一次机会。结果呢？机会又被他扔在下水道里了。

"他肯定特别想把他的什么牌照拿回来的，"老史分析道，"不过没有经得住诱惑，跟他的最后机会失之交臂了。"

"你怎么知道？"

"我是过来人啊。"老史坦荡地笑笑。

老猫一句话不说。他心里一串串的脏话，全是骂"段总"的。吸完一根烟，他扭头就走。指望老猫这种人学礼貌是妄想。连句再见都没学会呢。十多分钟后，他打电话告诉晓鸥，她真是料事如神，"段总"真的从标准间里逃走了。

从此段凯文的手机关机了。

一天晓鸥去工作室给老史送午饭，手机响起来，是国外号码。晓鸥的心格登一声。但她"喂"了几声，对方却不出声。等了半秒钟，晓鸥挂断手机，脚踏上车子的油门，手机又响铃，她拿起就说："喂，小小，你说吧，说完我还要给老史送饭，他没吃早饭。"

果然那边出声了。竟是老史的儿子豆豆。豆豆张口便让晓鸥把父亲还给自己的母亲。晓鸥的嘴张开，一个字没说出来，又慢慢阖上了。一定是陈小小导演了孩子，给孩子嘴里塞了这句台词。她这两年可想过要拆开老史和陈小小？可谁能拆得开陈小小和史奇澜？小小基本上是老史带大的，为了带大小小，老史把自己原先的家都扔了。豆豆又来了一句，父亲是因为怕梅阿姨伤心，所以他一直不愿意跟他母亲直接通电话，一定要通过梅阿姨转达。晓鸥一再催促自己，跟孩子问一声好，哪怕问一句他们住在温哥华可习惯，但她一声都发不出。豆豆那边先"拜拜"了，她哑声回了个"拜拜"，挂上手机。不知多久之后，她发现自己仍然坐在驾驶座上，看着窗外的妈阁。早就知道会有这一天。老史木雕的名气正像水渍洇湿厚厚的纸张一样，虽然水的疆界拓展得极慢，慢得几乎无知无觉，但终究在往外走。

一进工作室老史就紧张地从木雕丛林中探出脸。他已经从晓鸥开门、进门的声响感到了她内心的气候：气候骤变。车到恋爱巷口她都没想跟老史发难；她知道两年多来老史把她的温柔当成了自然和当然，因此一直赖于她的温柔而生存，而创作。她一张嘴就毁了老史的温柔乡。她成了个又哭又闹的女人。中年的、哭闹的女人可不好看，一点娇憨都没有，这是她在老史的眼睛里看到的。她怎么也止不住自己，揭露和绝情话一句也省不下。人到中年，许多事相互都能看穿，但绝不能说穿。她的揭露却那么不留情面，那么狠毒。你老史借我梅晓鸥的地方休养生息，也借这地方跟陈小小暗度陈仓，重修旧好！不就是秋季拍卖会那次出了点小风头，让温哥华某个记者把木雕登上了华人小报吗？那就让陈小小和你老史背着我开始勾搭！本来是夫妻，不必干这种暗抛媚眼的事！不过，是夫妻上街要饭都是夫妻，你老史不名一文，背负亿万债务的时候，怎么就没人跟你夫妻了呢？！

老史站在她对面，手都没地方搁，脸似乎更没地方搁。见晓鸥涕泪俱下，汗也给哭闹出来了，他端起自己的茶杯，添了点水，一副伺候的姿态。晓鸥一把将茶杯挥出去，茶杯碎在一个木雕的土家族老人头像上，茶叶留在老人的脸上，茶水顺着老人的额头、脸颊、下巴流淌，滴答……

晓鸥挥手的一刹那就已经后悔了。老史不是没脾气的人。你可以把茶杯砸在他头上，但不可以去砸他的作品，没有那些作品老史自认为他那副皮囊是不值什么的。但老史竟然没发脾气，走过去拿起自己擦汗的毛巾，给木雕老人擦了把脸，仔细打量着"他"，没伤着什么，又给"他"擦了把脸，垂下手臂，背还朝着晓鸥。她读出他的姿态：忍了吧。

而忍气吞声的老史更让晓鸥发疯。就是为了吃的这两年软饭，你就忍了吗？何况又是什么样的软饭：二菜一汤，或一天两顿打卤面，这么便宜就让你老史忍了脾气？你老史不是没种的人，你的血气呢？你有血气就不会瞒着我跟小小暗地联系了！你们是用邮件开始联络的，对不对？还告诉陈小小，你一旦离开我晓鸥会心碎，会受致命的伤害，所以让豆豆给我打电话……呸！自作多情！这两年多我天天巴不得你走，我好跟有意娶我的男人幽会，你以为我会死在你身上？有意娶我晓鸥的人多的是……

老史在这当口开口了。

"不过我觉得那个老猫对你不合适。"

晓鸥接着闹：谁说不合适？合适得很，我们都试过，背着你老史还常常试呢！她把跟老猫的荤话拿出来了。现在她心里只有一个愿望：伤他、伤他、伤死他！

"你说的是气话……其实你生那么大气没必要，我跟小小什么邮件都没有通，你不信可以查我的邮箱。就是拍卖会上那个温哥华记者跟小小和豆豆带了消息，后来那个记者给我发了几封邮件。我对小小的感情当然是有的，这么多年了，又有儿子……不过对她失望到心冷的地步，也是实话。"

老史看上去听上去都够诚实。不过那种吃人嘴软的口气让晓鸥一点都爱不起他来了。长此以往恐怕是爱不起来的。也好，趁着不爱让他快走吧，以后慢慢再来回想，再来伤感。她这样想着，也就平静了，转身向门口走去。

"你去哪里，晓鸥？！"这是受了惊吓的声调。没有晓鸥的日子他是怕的。两年多他们早就阴阳颠倒，阴盛阳衰了。

"还能去哪里？收拾你的行李去。"

她没有回头看他。他也没再说什么。但是她知道自己干得多么狠。

老史竟没有多少行李。三件中式褂子，两条裤子，一条西式短裤。他吃的两年便宜软饭也包括添置一件高质棉布的中式对襟褂,用作场合礼服。只用了晓鸥二十多分钟,他的东西都收在了箱子里。工作室可以暂时封起来,等他被陈小小接纳之后再把作品给他海运或航运过去。她在一种和自身相脱离状态中为他打点行装,自己绕开自己的内心走,直到她来到主卧的浴室,看到老史丢在洗脸台上的一根缠绕了黑毛线的皮筋。她拿起皮筋,发现自己的内心是绕不过去的。皮筋上卷着老史的头发,几根黑,几根半黑白。她想到两年多每次看他梳马尾辫时的随意和潇洒,又想到他起床前总是要醒着躺很久,一旦她催促,他便把她拖过来,搂着她,要她等会儿,让他慢慢醒透……

晓鸥头抵着镜子哭起来。不知哭了多久,镜子被她哭出一片大雾,老史扎马尾辫的皮筋被她的齿尖咬碎了。

夜里老史回到公寓,看见门厅放着他的箱子,晓鸥却在阳台上。老史来到主卧室和阳台之间的门口,看看晓鸥的脊背,又回到门厅。儿子和老史是前后脚回来的,男孩看见箱子,马上情绪高涨,似乎原谅了史叔叔在他家两年多的打扰,也原谅了史叔叔两年多分走的那部分母亲。他主动招呼老史,

史叔叔要走了?

晓鸥听到老史含混地嗯了一声。她慢慢走进来，问儿子在外面和同学们吃的是什么，要不要来点消夜。儿子谢了母亲，他吃得很饱，一滴水都进不去。她听见老史拉开了箱子，拿出一件东西，又拿出一件东西……

"嫌我整理得不好？还是要检查少了什么？"晓鸥尖刻不减。

尖刻能缓解她的不舍，她的疼痛。心里有多不舍，她不会让任何人知道。老史是她最后一个爱人，此生的恋爱史结束在这个叫史奇澜的男人怀里。她都不知道爱他什么。不知道爱他什么还当命来爱，那就是真的爱了。

"我的棒球帽呢？"老史说着就往主卧室走。

晓鸥跟进主卧室，嘴里还在尖刻，那顶破棒球帽有人会稀罕吗？

"我不管别人稀不稀罕，我稀罕。"

他看着晓鸥，突然把她紧抱在怀里。她没想到老史会哭。但她知道老史一哭就完了，心已经走了。他的哭是回顾：这两年多，跟她晓鸥，过得还不错，真的，挺可心的。

夜里老史疯了一样要她，要把这辈子跟晓鸥的情爱份额用一夜消费掉。而老史每一个动作，晓鸥都感觉到一个"走了"。

第二天上午,晓鸥叫老史起床,给他把咖啡和烤面包端到阳台上。感觉眼睛肿胀得厉害,她把墨镜戴上。

"吃完早饭给陈小小打个电话吧。"

咖啡似乎烫了嘴,他抖了一下。

"回北京先住酒店,再找房子租,别找太寒碜的地方。"晓鸥把四沓人民币放在他面前。

"我有……"

"我太知道你有了。"

晓鸥眼圈又红了。她匆匆走开,到厨房给儿子削水果。把儿子的早餐摆在小桌上,她拿起皮包出门买菜。还是老史给她做的皮包呢。她关上门,成功地把眼泪忍了回去。主卧室暂时让给老史和小小,她在场他们夫妻俩说话会拘束。跨进电梯之后,镜子里是一个孤单的晓鸥:半个月之后,儿子上了大学,她就是这样的了。她还会回赌场工作吗?不,不会的。那她还会爱上一个人吗?只能爱上一个人才能不爱老史。可是老史都爱过了,还可能爱别的谁?不可能了。可是她到底爱老史什么呢?

送老史去机场的时候,晓鸥的心情稍微晴朗了一些。她一生的感情苦难很多，相信自己能挺过来。路过金沙大门口，看见阿专和另外几个男人迎面走来。她想起自己还欠阿专一小笔抽头，便开了车窗叫了他一声。很久没见阿专了，现在成了个瘦阿专，看上去一脸的陌生。而他身边那伙人当中的一位看去倒挺面熟。记忆里搜索了一阵，晓鸥想起那张半熟脸属于谁。离飞机起飞还有三个多小时，本来要为老史做些采购什么的，现在她突然想证实一下她的怀疑。

怀疑在几分钟之后被驱散了：半熟脸果然属于那个曾经赢了八万元为老婆买皮鞋结果买成首饰的市计量局局长。阿专介绍说，现在人家是庞副市长了。阿专自立门户已有一年多，在金沙做叠码仔接待大陆赌客。难怪人瘦掉一半，累心累瘦的。庞副市长比过去胖了不少，本来就圆的脸现在发横了。跟阿专悄悄聊了几句，得知阿专留意了晓鸥当初的话：这是个大有发展潜力的赌客。自从自己做了叠码仔后就跟他一直保持联系，把庞副市长从赌客培养提拔成了赌徒。

庞副市长不耐烦地催促阿专，时候不早了，快带他们到贵宾厅吧。晓鸥看出这是个急着往回赢钱的人。他的远大赌徒梦想正在美丽阶段。

"赌台前面，副市长和老百姓一模一样，"老史笑笑说,"党员和我这个无党派人士也一模一样。"

"跟你过去一个样。你现在和过去不是一个史奇澜。"

晓鸥突然想到,刚才没有把她欠阿专的一笔抽头给他。她请老史稍等,自己追向电梯间。阿专说什么也不肯收那笔数额不大的钱,说是自己眼下其实没什么花销,得了糖尿病和痛风,吃不得喝不得,女朋友也跑了。晓鸥看着阿专跟在客人身后,最后一个走进电梯,想想他还不满三十岁呢。

回到大厅里,老史却在一张赌台边观望。晓鸥走过去,手里还攥着原来要还阿专的钱。老史对她指指电子显示屏上的红蓝圈圈,说他曾经多笨蛋,以为这些圈圈给他指点迷津呢。晓鸥问他,难道心里一点都不痒痒吗?痒痒也不会沾。不沾就证明还没有真正戒赌。为什么?因为戒赌就像戒酒,一滴酒不沾不叫真戒,沾了不醉才叫真戒。

"喏,玩完了这点儿,起身就走。那才是真戒了,真赢了。"

老史看着晓鸥挑衅的眼睛,慢慢接过她手里的钞票。不到一万元港币,这台子的最低限额是三百元。

上来第一把,老史输了六百。从第二把开始,他每押每赢,不到二十分钟,他赢了五万多。晓鸥劝他换一张一千起押的台子。他犹豫一下,眼睛里有一点恐惧。他恐惧的是两年多前的老史。那个老史沉睡在他身心底层，随时都会醒来，可得小心翼翼，别弄出大动静，弄醒了他谁都收拾不住。晓鸥也开始犹豫了。但老史在这一刻下了决心，脸容成了敢死队员的，快速在赌台间隙里穿梭，晓鸥几乎跟不上他。金沙娱乐场的赌场格局对于老史，简直就是他家后院，轻车熟路，远比晓鸥还知途，隔着很远便见他在一张摆着"1000"牌子的赌台边停下来。

晓鸥后悔莫及。她怎么会开了笼子，放出一头沉睡两年多的大兽？

她心里咚咚跳着，磨蹭到老史身后，第一局已经结束，正见他那双刚放下雕刻刀不久的手往回扒拉筹码。她来到他身后，嫌恶而惧怕地看着他的手。又是前史奇澜的手了，看来那个老史已经醒来。老史回过头：他对晓鸥身上的香水气味熟透了，凭那香味就知道她近来还是远去。他刚才那一注赢了两万，现在推上去四万……老一套，他又要闯三关。

三关竟然给他轻易闯过去，赌鬼幽魂轻易地更换了天才雕刻家的灵魂。钱在他面前崩爆米花一样膨化。难道晓鸥有这么恶毒的潜意识，把一个赌徒丈夫原样还给陈小小？

"走吧，该去机场了。"她凑近他耳朵说道。

"来得及，再玩一会儿。"

完蛋了，赌徒老史伪装了两年多戒赌，原来在养精蓄锐呢。

"走了！"晓鸥口气强硬了。

"你看，又赢了！"

晓鸥感到一则短信到达，打开一看，是老刘的微信。老刘来妈阁了，现在就在金沙酒店大堂，能否马上见晓鸥谈几句话，因为出了件大事，情况紧急，梅小姐务必见他。她看看老史台面上的筹码，有近二十万，要输的话也够他输一阵。她在大堂门口看见焦躁不安的老刘。

"我是为段总的案子来的。"老刘不等晓鸥走到跟前就说。

还以为什么新鲜事。

老刘把段凯文案发始末匆匆叙述了一遍。段在"贼船"娱乐场散座小赌，原始赌资才四千元，半个夜晚四千元变成了六十多万。第二天晚上，他说服了一个新出道的年轻叠马仔，借贷出一百万筹码，加上他头天赢的六十多万混进了"贼船"的贵宾厅……

晓鸥在此处打断老刘，说自己有重要客人，没心情听段的结局。况且她不必听他的结局，所有赌徒的结局都是殊途同归，无论他们赢的路数怎样逶迤曲折，最终都通向输。

"这次不是输……"老刘插嘴。

"那你转告段总,我祝他大赢之后再也别回妈阁。"

晓鸥担心赌台上的史奇澜,心里已经在害怕,怕休克了两年多的那个赌徒老史会被她引逗得苏醒过来。但老刘下面的话让晓鸥一动不动了。段凯文居然干出了这种事!他混进了贵宾厅去出老千!他拿着赢来的六十多万和借来的一百万在一张十万限额的赌台边坐下来,赢了两手,输了一手,第四局将一个十万筹码偷放到台上。碰上的又恰是个近视眼荷官,段很容易地就得了手。想接着得手的段连输四五局,心急了,出千的手势和技巧开始回生,露出破绽,被监控器里的眼睛捕捉到了。段在五六个赌场保安同时扑向他的时候,自己从座位上款款站起。被押解到贵宾厅门口,他突然停住脚步,四肢出现了一个凶猛的挣扎。按住他的手从两双变成了四双,并异口同声地呵斥他:"不许动!"他却说他的手机忘在赌台上了,就是正响铃的那个。一个保安跑回去取回他的手机,并按下拒接键。他问能否让他看一下来电显示。保安把来电人的电话号码念给他听,听到第五位数字,他便说不必再往下念了,他知道是谁了。于是这一伙人又一次起解。并没人追问来电者是谁,但走了几步,段招认说刚才来电的是他的儿子。儿子在美国,已经自立了。他的口气似乎是释然的,似乎一位落入敌手的地下工作者,向终于抓获了他的歹徒们宣布,他们下手太晚,该完成的伟大使命他已经都完成了,现在他没剩下任何价值了。

段凯文这样的结局倒是出乎晓鸥的意料。

"现在段总被关在警察局的拘留所,他不愿意牵连其他人,就让警察找我。你看怎么办?毕竟是好多年的朋友了……"

"他可从来没拿我当过朋友。"

"我哪儿拿得出那么多保释金……"

"我就拿得出来?"她提高嗓音。此刻她觉得老刘的滥好心非常讨厌,对段的滥好心,就是对她晓鸥的狠心。"欠我那么多钱,来找我保释他,亏你想得出来!"

"不然怎么办?一直给拘在那儿?"

"拘留所免费吃住,时不时给提审一下,顺便就让他反省了。我的客人马上要走,回头再说吧。"

她丢下老刘,向赌场走去。走回老史那个台子,却不见了老史。难道老史赢了大把的钱,又到别处下大注去了?

她再向远处张望一圈,还是一片陌生的面孔。没错,老史一定是转换到押注限额更大的台子上去了。她真的已经铸成大错了？先是开笼放虎，现在又放虎归山。失而复得，得而复失，除了人老了几岁，什么都是一场空。她四面扭头，越寻找越绝望。再看看手表，如果还找不着老史，真要误飞机了。

"晓鸥！"老史在她身后拍了她一下肩膀。

她猛地转过身，见他比自己还绝望。

"你怎么不声不响走了呢？我起身兑换筹码才发现你不见了！"

她上去拉住他的手，经历了这场惊险试探，似乎血与火、生与死了一场，现在都幸免于难。他从赌台边站起来了，而且是自愿站起来的！他输了一辈子，最后成了赢家。她看着他就像看着凯旋的大将军。

"干吗这么看着我？"

"走吧。"晓鸥气息奄奄地说。

"你以为我旧病复发了？"

"没有……"

"肯定以为我赌性又发作了！"

晓鸥不说话地看着他。

"问你呢，是不是？"他的手在她手指上紧紧一捏。

"发作才好,陈小小就又不要你了。"

老史不做声了。他似乎也怀疑刚才是晓鸥做的局,把他恢复成赌徒,恢复成人渣,让陈小小再抛弃他一回。晓鸥用含泪的眼睛狠毒地剜他一下。

她打开手机,查询航班信息:太好了,四点半的航班误点两小时。老史拉着她的手来到海边。两只海鸥边盘旋边鸣叫,都是左嗓子。

"还会来看我吗?"晓鸥看着远处窄窄的海面问道。

"不会了。"老史用手轻轻摸了摸她的头发,是他设计的发型。"戒赌我戒掉了,但你我戒不掉,最好一眼都不要让我看见,让我离得远远的。"他又拿出那种坏男人的笑容和腔调。坏男人不会太伤感、太缅怀,也不让对方缅怀他,为失去他伤感。

然后他从中式褂子的兜里掏出一个厚厚的纸包,往她手里一塞。一摸就知道里面装着什么。

"想还我呀?"她缩回手,"你还不清,也还不起!"

"从台子前面站起来,我就知道自己好了,赌博的魔怔好了。魔怔没法控制我,是我自己控制了自己,拿得起放得下。十八万多一点,给你……"他见晓鸥急着插嘴,用手势制止了她,"是你让我好的。所以你必须收下。"

"陈小小和你儿子从加拿大回来，需要用钱的地方多的是。"

"你为什么老要让别人亏欠你呢？！"他有点生气了。

"我没让别人亏欠我……"

"你就让我亏欠你，永远还不清你，把人家都变成乞丐，你永远做施主……我再问你一句，你要不要？！"

他把手里的纸包往她面前一杵。

"不要。"

"真不要？"

晓鸥毫不动容地转开脸，眼睛看着前面的海水：早就失去贞洁的海水。

"那我就把它扔海里去。"老史威胁道。

什么都可以扔海里，输光的赌徒把自己扔海里，赖了别人太多账的人被扔海里，岩石沙土垃圾被当作填海物质倒进海里，妈阁的好脾气大胃口的海反正是给什么吃什么。爱扔就扔吧。晓鸥把这段文不对题的话是面对着海讲出来的。

"晓鸥，你别担心我，小小在温哥华开了个家具店，卖的是她偷偷藏起来的大叶紫檀和红酸枝，都是我早先做的极品，我不知道她私下留了一手。昨天她在电话里告诉我的。她不会回北京了，让我也去加拿大，我们以后的日子不会太差。这钱你还是收下吧，别闹了，啊？"

晓鸥的泪水流下来。人家的日子马上要言归正传，又都各就各位了，自己的儿子也马上会在大学找到自己的位置，只有她和自己的影子做伴。

十八万多一点就能让他的良心好过一点？让他觉得他在她心里留下的窟窿小一点？她一把抽过纸包，向海里扔去。

老史被一声惊叫噎住了。

接下去，两人看着海水慢慢舔舐着纸包，慢慢咀嚼，然后吞咽下去，跟吞咽垃圾一样，真是给什么吃什么，好脾气、大胃口的海呀。

当天晚上晓鸥看到老史几个药瓶掉在浴室的垃圾筐里，里面的药片还半满。就是他每天必吃的几种药片。像空气和水一样离不开的药怎么被他扔了呢？她仔细看着瓶子上的说明，精神药物：抗焦虑药物、抗癫痫药物、抗抑郁药物。她把它们的拉丁名字输入谷歌搜索，发现了英文药典上的详细说明。怎么想一个人也不会同时得焦虑、抑郁、癫痫吧？第二天她找了个心理学精神病学专家咨询，大夫说这三种药合在一起，很可能治疗的是躁狂性抑郁症。不少富有创作力的人或轻或重地受着这种精神疾病的折磨，比如舒曼、凡·高、拜伦、弗吉尼亚·沃尔夫、海明威等等各种文学或艺术天才。他们最佳的创作状态从某种意义上说是癫狂状态，超出控制是毁人毁己的。这些药物可以救天才们的命，也可以保护他们的亲人不受他们暴虐，但会以牺牲他们最巅峰的创造状态为代价。就是说，吃了药的天才们会慢下来，变成"好人"，和寻常人共处而不折磨他们；但他们每天必须挣扎着穿越药物的浓雾，去采收上天给予他的全部天赋中的那一点点零头去创作，大部分天赋只能随它流失，随它浪费。因为要采收上天给予的全部天赋，需要怎样的病态速度？那种病态速度就是他们的躁狂，他们的抑郁，他们暴君式的对己对人的态度，但最终还是被那病态速度落下，因而自残。大夫告诉晓鸥，吃抗癫痫的药，不见得是老史患有羊痫风，和另外两种药合在一起，可以合成一味理想的药物，用来削平患者情绪疯狂的涨幅和跌幅，也削平他最敏锐的创作状态。

老史为了保住晓鸥不受他暴虐而坚持吃这些药，每天挣扎着穿越药物的浓雾，浓雾使他的灵感支离破碎，他拼命地抓，拼凑……仅仅因为他想让晓鸥得到一个好人，一个可以共同在阳台上喝喝茶，聊聊天，海边散散步，一同下下小馆子的正常男人。

她从大夫诊室回到家,给老史打电话,说他的药瓶子都掉到垃圾筐里了,是否需要特快专递给他寄到北京去。他却说药是他存心扔的;他不需要那些药了。为什么不需要了呢?现在她明白那些药对他有多重要。不再重要了,因为他不必让他身边的人认为他好,觉得他好相处;相反,他们爱怎么认为就怎么认为,认为他不可理喻也罢,认为他是魔鬼他也无所谓,离开了她晓鸥,他无所谓别人是不是觉得他好,他乖,他正常,没人他妈的值得他在乎,反正儿子已经离家去美国上学了。为什么只在乎她晓鸥呢?因为他爱她。他从来没跟她说过,也从来没跟自己承认过,但他现在向两人承认,他一直是爱她的。

"晓鸥,想你的时候,我会给你打电话的,或者给你写短信。"

晓鸥答应了。

她挂了电话就去办理改换手机号码和家里电话号码的手续。她要就要"全部",或者"全不"。

几天后老刘来电话说,警察局决定递解段凯文出境,移交给大陆境内的治安部门处置,并且永远不会准许段进入妈阁。

◆ 尾　声

死了五六年才彻底死掉的卢晋桐在北京开了追悼会。追悼会的邀请名单是他的夫人拟定的，其中也有梅晓鸥。不过是客气客气，晓鸥一个轻巧的借口就免除了所有人的尴尬。最尴尬的大概会是儿子，她头一个不愿儿子尴尬。那个姓尚的也会尴尬一刹那。是他逗起卢晋桐的赌性，最后让卢赌光了一切，输掉了晓鸥，郁郁不得志而患绝症，这一点晓鸥的到场会提醒他。所以她不到场是仁慈的。

儿子从北京的追悼会回到妈阁，寒假还没结束。晓鸥白天出门上成年人大学的时候，儿子都是在补觉。欧洲上了一年大学，他的睡眠透支太厉害。儿子一般下午一点多起床，在网上消磨两三个小时，晚上和她一块吃简单的晚餐。她收拾厨房的时候，儿子就仔细换衣打扮，因为他会在七点多出门跟他的高中同学聚会。她知道他们会在九点多钟一块吃饭，那才是儿子一天中最正式的一餐。她几次问到儿子和同学们晚上玩些什么，儿子说可玩的东西那么多，没有一定的。他对母亲现在很宽恕，不跟她一般见识地笑笑，意思似乎说，现在年轻人玩的东西说了她也不懂。一天早晨，她发现儿子的房门开着，床还是他出门之前的样子。居然一夜未归。晓鸥马上打他的手机，手机却关闭着。她知道他最要好的同学是谁，打了电话过去，儿子果真在这同学家。问他怎么不回家睡觉，他说玩忘了睡觉，到现在一点都不困。

玩什么能玩忘了睡觉？

她愣着神想到东想到西，妈阁能有什么可玩的？突然她触了电一样，抄起电话给老猫拨号，让他帮着调查。

下午老猫的调查结果回来了。儿子跟他的几个男同学去了贼船，玩了几把小小的输赢，到天亮才回到那个同学家。老猫说他们主要是玩闹，下注小得不能再小，不值得跟儿子发难。她谢了老猫，拿着手机发呆。一定是卢晋桐把他在赌场的大跌大宕跟儿子渲染过，儿子却当悲壮英勇的故事来听，并受到了启迪。说不定卢晋桐还给他亲手示范过，告诉他什么"小赌怡情"之类的鬼话，明知道所有大赌都始于小赌，每个亡命赌徒都从"怡情"开始。原来梅大榕那败坏的血脉拐了无数弯子，最后还是通过梅晓鸥伸到儿子身上。或者卢晋桐的基因加上梅大榕的血缘最终胜过了梅吴娘和梅晓鸥，成为支配性遗传。也许都不是；作为人的劣根性，本身就有恶赌的潜伏期，大部分男人身心中都沉睡着一个赌徒，嗅到铜钱腥气，就会把那赌徒从千年百年的沉睡中唤醒。

她没有惊动儿子，等他回到家，她稍微交代了几句"菜在冰箱里，微波炉里热一热吃"之类，就出门了。不出门她会克制不住自己。

他昨夜在赌场玩忘了睡觉，那就是玩迷了心窍，今晚他一定还会去玩。寒假结束前还有一周，够了，够他从"怡情"到嗜赌，然后迅速成长成一个年轻的卢晋桐。晚上八点多，晓鸥到了"贼船"赌场，在入口处打好埋伏，等到十一点左右，她看见五个穿着老成的男孩子进入了贼船的大门。儿子比他的同学都小，因此穿得更加老三老四，头发也梳成背头，发蜡抹得贼亮，让她想起低档服饰铺的塑料模特，头发是油漆漆出来的。晓鸥简直就不想认这儿子。其实赌场的人只要多看他们一眼，就会看出五个男孩都是剧中人，正扮演成年赌客的角色；但"贼船"跟其他赌场一样，睁一只眼闭一只眼，装着看不透他们有多年轻，赌博不分老幼，投身赌博者他们都热烈欢迎，他们早被诱上邪道，赌场早赚钱。

五个男孩在吸烟区坐定,开始点烟,看人玩牌。晓鸥更不敢相信自己的眼睛:儿子像个烟龄几十年的老烟客。为了装成年人混入赌场,他早就开始了必要的准备和训练了。所有孩子都这样,在家长面前是一个人,在社会上和他们的同辈人中是另一个人,但此儿子绝不是彼儿子,蜕变得让晓鸥既恐怖又迷惑。

好了,现在他们开始干正事了,一个个掐了烟,从口袋掏出钞票,到柜台兑换筹码。隔着一定的距离,晓鸥注意到儿子的赌资最多,大约有四千元。

儿子上手赢了四千,接下去又赢了一万二千。居然他也懂得闯三关。一定是卢晋桐给他启的蒙。然后他输了两三次,再接下去又赢了五六注。下注的胆子越来越大,眼都不眨,不愧卢晋桐的栽培,现在是卢的好门徒。她看儿子痴迷得两眼发直,简直就是卢晋桐还魂了。子夜时分,儿子输了又赢,台面上还剩三万多。再看看这个人吧,晓鸥更不想认他了:青春痘被汗淹红了,背头也纷乱了,西装被搁在膝盖上,敞开的衬衫领口露出他吃方便面养出的细瘦身子,还差大段的发育他才能算个男子汉。他把三万块一把押上去,晓鸥此刻已经走到他背后,他的同学发现了,都吓得一动不动,也不敢提醒他。专注和忘我使他的全部精神都凝聚在那一堆筹码上，荷倌做手势问诸位赌客是否还要加注或减注，晓鸥又向前跨一步，同时伸出手，把儿子面前留下的几千几百碎码子都推上去。儿子吃惊地回过头，认出为他加码的手属于母亲，一个翻滚从椅子上站起。

"都押上啊。看你今晚手气挺旺，还不多赢点儿？坐好。"

儿子乖乖地坐回去。完全听不出晓鸥是毁他还是帮他，也看不出她对他玩这种罪恶游戏的态度。荷倌再次比画，还有人要改变现在押的注没有。儿子摇摇头。他这才发现同学们一个个都溜走了。儿子指挥家一样一抬手指，荷倌开了牌。晓鸥浑身发抖，因为从哪个方面看，儿子都不是新手。她在儿子旁边坐下来，问他哪来的赌资。儿子不做声。又问，儿子小声地甩了一句，反正不是她的钱。她的确没有发现自己的钱出过差错。是卢晋桐给他的钱，卢在临死前留给他一笔不大的遗产，而他向母亲瞒下来了。老子曾经差点输掉了裤子，晓鸥的出走使他稍有醒悟，没输完的，现在由他儿子替他输完。一定的。

揭开的牌显示儿子赢了，一下成了七万元。晓鸥一把将所有筹码扫入自己张开的皮包，向兑换处的柜台走去。没想到老史为她设计为她量身定做的皮包当此用途这么适用。儿子紧跟在母亲后面，嘴里"唉"了两声。

筹码被柜台兑换时，晓鸥对柜员声明，她只要一千面值的港币。儿子紧张了，往前凑了凑，似乎母亲抢了他主角的镜头。两人无声地等待着，等几摞钞票搁在柜台上，晓鸥和儿子同时伸手去抓的时候，儿子下意识地用肩膀撞了一下母亲，好比足球将要进门之际，任何阻挡都要被撞开，被排除。

这一下居然把晓鸥撞开了。她不想认儿子，结果是让儿子先不认她。儿子抓起所有钞票，看着木呆呆的母亲，刹那间知道错了，把所有钞票捧向晓鸥。

"妈，给你！"

他年轻的脸上出现了自豪，出现了终于能报效含辛茹苦的母亲的自豪，还有就是一种还愿的释然。他忘了钞票的来路，似乎他为母亲争了光，捧着的是为母亲赢来的奖杯或勋章。晓鸥努力克制浑身的颤抖，接过钞票，不敢看儿子一眼。这是报应。她以为干上叠码仔的行当是报复卢晋桐，是替梅吴娘报复梅大榕，现在她自己得到报应了。

她走出贼船赌场的大门，走进罪恶的妈阁。早春的妈阁感觉那么不洁，风是黏的，就像万人过手的钞票摸上去那种黏糊糊的感觉。

开车回家的一路，她没有说话，儿子跟她搭了几句腔她都没有回答，因此儿子只有自顾自哼着没头没尾的流行歌。

一进家门她就拎着皮包进了主卧室，把钞票放在床上，又去厨房拿了一盒火柴。儿子刚进自己的房间，被母亲叫到主卧室的浴室里。她让儿子替她拆开捆扎钞票的纸条，儿子满心噩兆地顺遂了她。拆开的一张张一千元放在她面前。嚓的一声，火柴燃着了。

"妈你要干什么？"

她的回答是将一张一千元港币点燃，让钞票在手指间烧到最后一个边角，用它点燃下一张一千元，再把前一张钞票的残根扔进马桶。

"妈……"

儿子眼睁睁看着晓鸥变成了一个疯婆子。他在母亲用第二张钞票的残根去点燃第三张一千元时，上去拉住母亲的胳膊。

"放开！"

儿子哪里肯放开。火危险地在两人之间化成半圆光环，划着美丽的火圈。烟渐渐浓厚，母子两人都开始剧烈咳嗽，通红的眼睛对着通红的眼睛。

"放开手！不然我就把这个家点着。"

儿子扑出去了。晓鸥听见他在拨打电话。请110或120来救援？来不及了。这些急救组织都很磨叽，加上妈阁的交通状况越来越糟，还到处修路，人均面积越来越少，没命地填海造陆也没用，扩展不了越来越多的赌客脚下的地面，因此急救车穿过车流人潮，到这里也许是半小时之后了。半小时够把该烧的都烧完。

打开浴室的窗户，流通的空气会助长火势。现在不是一张张钞票来烧，一把就烧他个三四千元。儿子站在浓烟里，看着疯婆在更浓的烟里从容不迫地烧。

穷命，穷疯了，祖宗八辈都是穷光腚，穷得只认识钱，不管什么来路的钱。结果怎么样？还是回到穷命。这是疯婆一边焚烧一边念叨的。

等120的人冲进门，晓鸥早已擦干了被烟熏出的眼泪，换了衣服，重整了发型与妆容，站在主卧外的阳台上喝茶。七万多钞票变成了钞票的尸体、钞票的排泄物，正跟粪便同路，顺着马桶的粗大污水管一泻千里地远去。

第二天下午，儿子起床后跟晓鸥诚恳认错，说着说着，他居然跪下哭起来。他认识到自己多么辜负了母亲，在母亲的亲朋以赌博伤害了母亲之后，作为最亲的一个亲人，他又在母亲伤痕累累的心上添了一道伤，一道最深的伤。

晓鸥也流出了眼泪，但胸口里揣的还是颗多疑的心。她在儿子回学校之后开始张罗卖公寓，也开始在房地产网站看温哥华的房产。当年夏天，儿子该考期终考试升大学二年级的时候，她卖掉了妈阁的公寓，在温哥华租了一个两居室的公寓。离开妈阁也是无奈中的办法，就像当年梅吴娘举家离开被赌博腐化的广东。

一到温哥华她就爱上了这座城市。温哥华住着史奇澜，光这一点就让她感到风物景致都多情。

听老猫抱怨段凯文被妈阁警方递解出境的事，看来晓鸥转到他手里的段的几千万债务这辈子是妄想追回了。老猫自己还搭上六十万，为段去刷新资质牌照，好挽救他的生产创收能力，结果那六十万也成了他的赌资，输给妈阁的某一个不见经传的赌档了。老猫口气低沉，吃了亏上了当似的，让晓鸥感觉到自己转手给他的是一项巨大的烂尾工程，收尾无望，崩塌是早晚的事。

毛毛雨扑面的一个上午，晓鸥从超市的停车场穿过，手机响了。她听到一个"喂！"就听出是谁来。是老史。他看见她了。什么时候？不久前。为什么不叫她？叫了以后麻烦就大了。从哪里找到她的手机号的？温哥华的华人这么多，想找就能找到。那……出来一块饮茶？嗯，再说吧。

挂了电话，她仔细地把他的号码存下来。他不愿意见她，证明见她还很危险，会是他和陈小小平安小康日子的巨大危险。不愿见她，也证明他的记忆还新鲜滴血。

存下的电话号码标明是"史奇澜"。十三年前她第一次在手机键盘上打出这个名字时，手就像现在这样微微发抖。梦里梦外都经过了，现在还会发抖。十三年前晓鸥偶然跟一个熟人到他的工作室，看见一个清秀的男子操着一把刻刀在雕刻一只牛犊，他听那熟人介绍晓鸥时，看了她一眼，那是很长的一眼，超过了礼貌和惊艳所需的时间。晓鸥那时确实是美的，那时照坏了的照片现在看都是美的。她连他当时头发的式样，身上戴的工作围裙都记得清清楚楚。熟人介绍了她在妈阁某赌场做事，有空可以接待史总去玩玩。史总有口无心地答应，一定去玩。分别的时候，两人握手，手缠绵了一刹那，他送她到工作室门外，挥挥手，他的笑容像刚醒的孩子。

晓鸥到现在都记得他那时的笑。她放好手机。毛毛雨落在她的睫毛上，看什么什么带泪。